中國語言文字研究輯刊

六　編

許　鋑　輝　主編

第14冊

順治朝內閣大庫檔案詞彙研究（上）

魏　啟　君　著

花木蘭文化出版社

國家圖書館出版品預行編目資料

順治朝內閣大庫檔案詞彙研究（上）／魏啓君 著 —— 初版 ——
新北市：花木蘭文化出版社，2014〔民 103〕
序 2+ 目 4+190 面；21×29.7 公分
（中國語言文字研究輯刊 六編：第 14 冊）
ISBN：978-986-322-669-7（精裝）
1. 漢語 2. 詞彙學 3. 清代
802.08   103001869

ISBN-978-986-322-669-7

9 789863 226697

中國語言文字研究輯刊
六 編   第十四冊   ISBN：978-986-322-669-7

順治朝內閣大庫檔案詞彙研究（上）

作　者　魏啟君
主　編　許錟輝
總 編 輯　杜潔祥
副總編輯　楊嘉樂
編　輯　許郁翎
出　版　花木蘭文化出版社
社　長　高小娟
聯絡地址　235 新北市中和區中安街七二號十三樓
　　　　　電話：02-2923-1455／傳眞：02-2923-1452
網　址　http://www.huamulan.tw 信箱 hml 810518@gmail.com
印　刷　普羅文化出版廣告事業
初　版　2014 年 3 月
定　價　六編 16 冊（精裝）新台幣 36,000 元

順治朝內閣大庫檔案詞彙研究（上）

魏啟君　著

作者簡介

魏啓君，男，1970 年生，祖籍湖南東安，現任教於雲南財經大學傳媒學院。2010 年畢業於四川大學文學院，獲文學博士學位。主要研究興趣爲漢語詞彙史，已在《歷史檔案》、《紅樓夢學刊》、《西南民族大學學報》、《雲南師範大學學報》、《寧夏大學學報》、《當代文壇》、《學術探索》、《漢語史研究集刊》、《東亞文獻研究》等刊物上發表學術論文數十篇，其中多篇被 CSSCI 來源期刊收錄。

提　要

　　《明清檔案》全稱《中央研究院歷史語言研究所現存清代內閣大庫原藏明清檔案》，由臺灣中央研究院歷史語言研究所張偉仁教授主持整理出版。全部共 324 冊，包括明朝宣德年間至清代光緒年間的題本、上諭和其它公文。其中第 1 冊到第 37 冊是清代順治年間的檔案（公元1644 年至 1661 年），計 37 冊。作爲官府正式公文，這些檔案記述了當時地方治安方面發生的大量事件，反映了當時的社會萬象，眞實可靠，在涉及社會下層俚俗人物的陳述稟白的內容中，往往直錄了大量的方俗口語，在社會歷史和語言研究方面具有彌足珍貴的文獻價值。其中出現的不少詞彙成分，對於漢語歷史詞彙的研究具有難以替代的作用。本文以清初順治年間檔案爲基礎，搜集其中使用的十七世紀新詞，並用語義分析的方法對它們展開分析探討，從而管窺該共時段詞彙面貌及其新詞衍生機制。全文共分六章：

　　第一章爲緒論。介紹順治朝檔案的內容及語料特點，作爲公文語體的順治朝檔案具有材料的原始性、內容的廣泛性、敘述的口語性等特點，是理想的漢語史研究語料。本文引入詞彙層次理論，探索更精確的新詞界定標準。繼承前修時彥的訓詁成就，運用審形察義、類聚顯義、語境尋義、繫聯探義、綜合辨義等語義考辨方法，把詞彙投放在更廣闊的社會文化背景下考察，追溯其產生的原因。借鑒語義類聚的相關成果，將所釋詞語納入詞彙系統當中加以考察，以名物類、行爲類、性狀類爲綱組織詞條。運用語義構成理論，分析構詞語素的語法語義關係，爲驗證釋義的可靠性及探究詞語的語源提供技術支持。

　　第二章考釋名物類詞語。從統計歸納結果看，檔案新詞中名物類數量最多。可以從有生類、社會類、器物類三個方面梳理。其中有生類涉及文武職官、下層吏役、親隣人眾、職業階層、罪案人員、身體部位、疾病創傷、其他生物等八個方面。社會類涉及銀錢貨幣、田土賦稅、勞役工食、制度文書、詞訟案件、處所時令、官衙其他等七個方面。器物類涉及器械刀棒、用具雜物、家具服飾等三個方面。

　　第三章考釋行爲類詞語。主要從審訊訴訟、戰爭軍事、搶奪傷害、欺詐姦淫、口角鬥毆、處置彙報、經濟行爲、其它行爲等八個方面考察順治朝檔案中的新興詞語。

第四章考釋性狀類詞語。從色彩狀貌、性格情態和其它詞語等三個方面加以考察。以上三章考釋詞彙的立足點是 1644-1661 年的順治朝檔案材料，但反映的是十七世紀前中期的詞彙面貌。因爲本文在選擇所釋詞條的書證時以順治朝（1644-1661）爲中心共時段，上限向前追溯到 1600 年左右。這種界定方法基於以下因素的考慮：詞彙系統可分爲四個部分：基本層、常用層、局域層、邊緣層，作爲邊緣層的新詞，在文獻中記錄下來需要一段時間；詞彙系統具有開放性，以共時段爲中心適當往前推算年代考察的方法，在一定程度上避免了因時間的局限而漏收新詞的失誤；詞彙顯現具有偶然性，文獻對口語詞的記載總是後時的；詞語演變具有惰性，新詞與舊詞其實並不能斷然劃界，適當前推年代，符合語言連續統的實際。

本文的後兩章在前三章詞語釋義的基礎上，對所列的十七世紀前中期的漢語詞彙新質從語法語義的角度加以分析。討論的範圍限於形式和意義都新的詞，新義詞不在討論之列。旨在揭示該時期漢語新詞衍生的內在特點和數量構成，在窮盡性統計的基礎上總結十七世紀前中期漢語新詞的能產模式。基於有些詞語可以轉換爲句結構表達的思路，對所列新詞進行語義構成分析。

第五章分析單一結構的語義構成。整個新詞可以劃分爲單一結構和複合結構兩大類。單一結構指由單一形式對應一個意義，不能通過表層形式的分析來分析它的意義。語素的意義和形式，就是詞的意義和形式。單一結構的意義隱含程度高，內部的複合意義沒有在形式上表現出來。因此單一結構的語義關係表現爲形式和意義各自以一個單獨的整體互相對應。單一結構包括單純詞、並列式複合詞和部分附加式詞。其中並列式複合詞的情況相對複雜，一爲加合型並列式，其合成意義是構詞語素意義的加合。一爲疊架型並列式，其合成意義並不是構詞語素意義的簡單相加，構詞語素間的關係或聯立或並立或不等。具體而言，並立式疊架結構的語義關係爲 $AB > A + B$。聯立式疊架結構的語義關係爲 $AB = A = B$。不等式疊架結構的語義關係有三種情況，分別爲包含式疊架 $AB = A$，$B \in A$ 或 $A \in B$；交叉式疊架 $AB = A \cap B$；實虛式疊架 $AB = A$ 或 B，A、B 語義存在具體與抽象之別。

第六章分析複合結構的語義構成。複合結構表達兩個或多個不同類別的概念形式和意義之間的組合關係，分析爲句結構時遵循最簡原則、一致原則和完形原則。複合結構包括偏正式複合詞、述賓式複合詞、述補式複合詞、主謂式複合詞和部分附加式詞。本文把語義關係中反復出現的抽象的概括性語義格式稱爲語義模，語義模中不變的詞語或語法關係爲模槽，往往不顯現在詞語的表層，借用主謂賓狀補等語法術語加以表達。語義模中可以被置換的詞語爲模標，往往顯現在詞語的表層，用該詞的詞性加以表達。複合結構的語義模可概括爲主謂、主謂賓、主狀謂、主狀謂賓、使成兼語、複句構詞等類型。統計分析結果顯示，在十七世紀前中期漢語詞彙數量最多的爲偏正式複合詞，其次是並列式複合詞。偏正式中語義模爲主狀謂賓的最能產，並列式中語義關係爲 $AB = A = B$ 的最能產。

本書以順治朝檔案材料爲中心，全面描寫這一共時段的詞彙新質，旨在更清晰地展現十七世紀前中期的漢語詞彙面貌。全面梳理其中的原始材料，爲漢語詞彙史研究提供切實可用的語料。分析詞語的語義構成，揭示詞語的整體意義與構詞語素意義間的關係，爲預測新詞的發展趨勢提供可資比對的範本。

序　言

　　漢語詞彙的研究，是一項極其瑣碎的工作，這是因爲詞彙成員數量巨大，情況各異。一些詞彙成分的使用處在長期穩定的狀態，但是，也有許多詞彙成分忽生忽滅，變化迅速，致使整個詞彙的面貌在不斷地改變。詞彙的變化，是每年每月甚至每天都在發生，雖然並非每一次變化都會被大眾或群體接受，直接影響詞彙的面貌，但總有一些變化得到大眾認可，日積月累，在潛移默化中改變著詞彙的面貌。因此，對於詞彙的調查和研究，在密度上肯定遠遠高於語音和語法。客觀地說，任何一個歷史時段的漢語詞彙都是需要認眞瞭解和描寫的對象，而且時段跨度越小，描寫的精度就越高。

　　同時，詞彙在文獻中的分佈又極不平衡，不同的文獻由於記載的內容、語體或行文風格，甚至寫作者個人的語言態度等方面的差異，造成它們在詞彙使用方面的差異和各自的特點。因此，從事漢語詞彙的歷史研究，需要針對各種文獻從不同的角度展開工作，這樣才能比較全面地展示一個時期的詞彙全貌。

　　檔案文書是官方的文件，但和一般的官方文件不同，很多檔案材料直接記載社會基層發生的事件，貼近日常生活，採用民眾實際用語，不同於那些具有權威性的詔令佈告一類的官樣文章。這使它在漢語歷史研究中，具有很高的價值。保存至今的清代大內檔案中，就有大量的來自社會基層的材料，值得高度重視。

　　大型文獻彙編《明清檔案》（全稱《中央研究院歷史語言研究所現存清代內閣大庫原藏明清檔案》），彙集了清宮大內保存至今的皇家檔案資料，其中有許多發生在各地的重大刑事案件的卷宗，其中包括案件當事人口頭陳述的筆錄、下級機關向上級機關彙報案情的材料，等等，在反映清代社會生活和法律制度的同時，也為我們保存了豐富而寶貴的語料。

　　2007 年，魏啓君從雲南來川大攻讀漢語言文字學博士學位，有志從事漢語史方面的研究，最後選擇了清初順治年間（1644-1661）的檔案作為基礎語料，對明末清初（十七世紀中前期）的漢語詞彙展開調查性的研究。這個選擇對他來說很有難度，因為此前他做的是應用語言學方面的研究，基礎材料是簡體字寫成的現代漢語材料，要讀手抄的清初檔案，其中豎寫的格式和大量的繁體、異體字形就構成第一道難關，前景未免令人擔憂。不過，魏啓君本人對於中國的傳統文化有很高的熱情，困難激發了他的鬥志，經過一段時間的熟悉，閱讀材料的能力大大提升，工作進入正軌。

　　詞彙的分佈情況複雜，一方面，很多詞彙成分有著明顯的行業背景，集中在某些領域內使用，另一方面，任何一個詞語都不會只局限在某一類文獻中使用而絕不出現在另外的文獻中。因為雖然很多詞語具有行業背景，適用於某些範圍，但在語用中跨行業的內容經常出現，具有局域特徵的某些詞語因此出現了跨域的使用。所以，研究清初檔案中的詞彙不能封閉在這個資料範圍之內，需要擴大視野，廣泛搜集材料。魏啓君在三年的研究中，除了熟悉清初檔案文獻本身之外，利用各種方法，搜集並調查了大量的其他文獻中的相關資料，為本研究提供了充分的佐證，擴大了研究的視野。

　　本書的另一個特點是作者重視對詞彙的理性分析，書中在對語料中的詞彙新質作搜集描寫之外，注意採用科學的詞彙分析手段，從詞彙的分類、語義構成兩個方面，從詞彙的研究手段和方法的角度作了有益的實踐。

　　很高興能夠看到本書出版，希望作者能在本書的基礎上，繼續深入，為漢語詞彙的歷史研究再作貢獻。

俞理明，2013 年

目

次

1 緒　論

　　十七世紀前中期時值明末清初，由於朝代的更迭，使漢語的發展呈現相對複雜的局面，清朝統治者出身滿族，異族文化的交融，給語言增添了更爲豐富的內容。爲了揭示這一時期的詞彙面貌，我們以順治朝內閣大庫檔案（爲行文簡略，以下簡稱順治檔案或檔案）爲對象，全面梳理其中出現的新詞新義。

1.1　關於順治檔案

　　檔案是記錄人類社會歷史的重要文獻之一，是人類社會發展到一定階段的文明產物。《中華人民共和國檔案法》第一章第二條對「檔案」的定義是：「檔案是指過去和現在的國家機構、社會組織以及個人從事政治、軍事、經濟、科學、技術、文化、宗教等活動直接形成的對國家和社會有保存價值的各種文字、圖表、聲像等不同形式的歷史記錄。」

1.1.1　內閣檔案的由來始末

　　內閣始設於明代，據《明史・職官志》載：「以其授餐大內，常侍天子殿閣之下，避宰相之名，又名內閣。」內閣爲當時的政令中樞，權利顯赫，「（永樂初）尋命編修等官於文淵閣參預機密，謂之內閣。」[註1] 清初以國史院、秘書

〔註1〕　〔清〕黃佐撰：《翰林記》卷一，中華書局 1985 年版，第 2 頁。

院、弘文院內三院為內閣，各設大學士參與國家軍政大事。至雍正時設軍機處，掌軍政要務，使內閣權力架空，但「內閣尚受其成事，凡政府所奉之硃諭，臣工所繳指敕書、批摺、脊俸儲於此」〔註2〕。

內閣官員的一項重要職責是承辦題本。題本分為兩種，「在京部院進者」為部本，「外文武大臣及奉使員具本送通政使轉上者」為通本。題本一般需經票簽，滿漢文具一副上，滿文左行，漢文右行。然後呈送皇帝，待皇帝閱畢，漢學士乃朱書於本面，以本分類發科，科抄發部。年終由六科回繳紅本處，入紅本庫保存。〔註3〕再加上奏摺、明發的上諭等其它文書，都保存在內閣大庫中，即我們所稱的內閣檔案。內閣檔案的主要內容如王國維所言：「內閣大庫在舊內閣衙門之東，臨東華門內通路，素為典籍廳所掌。其所藏，書籍居十之三，檔案居十之七。其書籍多明文淵閣之遺，其檔案則有歷朝政府所奉之硃諭、臣工繳進之敕諭、批折、黃本、題本、奏本、外藩屬國之表章、歷科殿試之大卷。」〔註4〕

內閣檔案中光紅本的數量就相當可觀。但今天我們所見的內閣檔案其實並不完整，且歷經劫難。

光緒二十五年二月（1899）內閣大學士李鴻章等奏：「查庫內恭存硃批紅本，歷年存積，木格已滿，……謹擬通盤詳查，將所有經過多年，潮濕霉爛之副本撿出，派員運往空閑之處，置爐焚化，以清庫貯。」〔註5〕同年三月二十五日內閣頒佈堂諭：「其遠年新舊各本，及新舊記事檔簿，仍著原派各員等，水〔將〕實在殘缺暨雨淋蟲蝕者，一併運出焚化，以免堆積，而便開工。」〔註6〕

宣統元年（1909）內閣大庫因年久失修，坍塌滲漏，部分庫內檔案只好移出。實錄、聖訓移至銀庫暫存，其餘檔案，一部分暫移文華殿兩廊，大部分仍留庫內。當時擬焚毀乾隆至同治五朝約萬餘捆，後來因張之洞的奏請，罷免焚毀之舉。宣統二年六月（1910）大庫修畢，實錄、聖訓仍搬回大庫，

〔註2〕 王國維著：《觀堂集林·庫書樓記》，河北教育出版社 2003 年版，第 582 頁。

〔註3〕 〔清〕席吳鼇撰：《內閣志》，中華書局 1985 年版，第 3~4 頁。

〔註4〕 王國維：《最近二三十年中中國新發見之學問》，收入《王國維經典文存》，〔王國維著〕洪治綱主編，上海大學出版社 2003 年版，第 226 頁。

〔註5〕 內閣奏稿（光緒朝），故宮博物院明清檔案部藏。

〔註6〕 內閣北廳《清查光緒年紅本檔》，轉引自《清內閣庫貯舊檔輯刊》二。

而檔案和書籍沒有送回，至此，內閣檔案開始了輾轉流落的過程。由於時任學部參事羅振玉的奏請，全部檔案交歸學部，案卷之類移至國子監南學，試卷之類遷置學部大堂後樓暫存。民國二年（1913），於國子監設歷史博物館籌備處，五年（1916）移於午門端門，案卷及試卷均移於端門門洞中。僅將比較整齊的檔案撿出置於午門門樓，其餘仍裝入麻袋。〔註7〕鄧之誠在《骨董瑣記》卷二《紅本》中曾有記載：「勝朝內客〔閣〕紅本清釐時，貯麻袋凡九千餘，移午門博物圖書館理之。司其事者，部曹數十人，傾於地上，各執一杖，撥取其稍整齊者，餘仍入麻袋，極可笑。」〔註8〕

　　其後是震驚中外的「八千麻袋事件」。民國十年（1921），歷史博物館因經費不足，遂以賣檔解燃眉之急。除揀出部分較完整的檔案繼續留存外，將其餘檔案約十五萬斤裝了八千麻袋（計十五萬斤），以四千元的廢紙低價賣給同懋增紙店，以作造紙原料之用〔註9〕。時任學部參事的羅振玉不久獲知了此事，當即以原價的三倍價格（12000元）將內閣檔案全部購回。並對檔案初步整理，在其中抽取若干材料刊印為《史料叢刊初編》十冊〔註10〕。民國十三年（1924），羅振玉留下部分檔案，其餘部分以16000元賣給李盛鐸。民國十七年十二月（1928），史言所在廣州成立〔註11〕，經與李盛鐸多次商議，於次年八月以18000元的價格購回內閣檔案（十二萬多斤），並將這批檔案移至午門西翼樓上開始整理。經過初步整理，於民國十九年（1930）陸續刊印整理出來的成果——《明清史料》。為避戰亂，內閣檔案於民國二十二年（1933）曾南運，不久運回，部分檔案於民國二十五年（1936）再次運抵南京。

　　由於歷史原因，1948底至1949年初，部分內閣檔案分三批運往臺灣。

〔註7〕　參見徐中舒：《內閣大庫檔案之由來及其整理》，中央研究院歷史語言研究所編：《明清史料》第一本，中華民國十九年（1930）刊印，第1頁。徐中舒：《再述內閣大庫檔案之由來及其整理》，《國立中央研究院歷史語言研究所集刊》第三本第四分抽印本，中華民國二十二年（1933）版，第543頁。

〔註8〕　鄧之誠著：《骨董瑣記全編》，中華書局2008年版，第58頁。原文作「內客紅本」，依文意應改為「內閣紅本」。徐中舒：《內閣大庫檔案之由來及其整理》第2頁在引述該段文字時亦作「內閣紅本」，當從。

〔註9〕　秦國經：《中華明清珍檔指南》，北京人民出版社1999年版，第141頁。

〔註10〕　李宗侗：《史學概要》，正中書局1968年版，第284頁。

〔註11〕　後稱「史言所」為「史語所」。

位於臺灣省臺北市郊外雙溪的臺灣故宮博物院藏有清代檔案二百零四箱。其中，宮中檔三十一箱，軍機處檔四十七箱，清文館檔六十一箱，起居注冊五十箱，本紀九箱，實錄二箱，詔書一箱，圖書，舊滿洲檔一箱，雜項檔二箱，共計四十多萬件〔註12〕。這部分明清檔案與中國第一歷史檔案館所藏同屬一個系統，有著不可分割的聯繫，內容上可以互補。臺灣所藏的部分，正是第一歷史檔案館所缺少的部分，甚至一個檔的來文在大陸，而覆文可能在臺灣〔註13〕。

當時運至臺灣的內閣檔案數量大概占史言所開始購回時的四分之一，但這部分大庫檔案仍遭受了劫難。其中一箱因內封鐵皮受損，抵臺灣後其中文件業已被雨水浸爛，無法利用。1977年，臺灣南港遭遇大水災，史語所貯藏室的內閣檔案被泥漿淹沒，幸而竭力搶救，所失尚屬有限。據李光濤估計，史語所現存的檔案文件大約還有三十一萬件。〔註14〕1981年，史語所決定由張偉仁主持通盤整理所存的內閣大庫檔案，並於1986年開始影印整理出來的檔案材料。本文的研究對象，即爲這批整理出來的成果——《中央研究院歷史語言研究所現存清代內閣大庫原藏明清檔案》，簡稱《明清檔案》。這是一套旨在「爲了確保檔案的內容不致湮滅」，也「爲了便於學者利用」〔註15〕的規模弘大、內容廣泛的檔案彙編。〔註16〕

〔註12〕王爲國：《新史記》，經濟日報出版社1997年版，第2996頁。據張偉仁《明清檔案·序》稱，運抵臺灣的只有一百四十箱，各類文書約三十多萬件。（張偉仁：《明清檔案·序》，聯經出版事業公司1986年版，第3頁）

〔註13〕倪道善：《明清檔案概論》，四川大學出版社1990年版，第68頁。

〔註14〕張偉仁：《明清檔案·序》，聯經出版事業公司1986年版，第3頁。

〔註15〕張偉仁：《明清檔案·序》，聯經出版事業公司1986年版，第6頁。

〔註16〕其餘內閣大庫檔案的下落爲：宣統元年（1909）未移出內閣大庫的檔案，仍存故宮明清檔案部；當1922年羅振玉購買大庫檔案時，北京大學研究所國學門得知歷史博物館還保留一部分，請示當時政府批准整理，陸續運校，共計六十二箱又一千五百零二麻袋，1952年移交故宮明清檔案部；歷史博物館留下小部分內閣檔案，仍存歷史博物館；羅振玉當時自己留存的檔案，於1936年移送奉天圖書館儲藏，1952年移交故宮明清檔案部；1948～1949年未南運的檔案，始終存放在午門和端門，現存故宮明清檔案部。參見李鵬年：《內閣大庫——清代最重要的檔案庫》，《故宮博物院院刊》1980年第2期，第57～59頁。

1.1.2　順治檔案的內容述要

　　作爲官府正式公文，順治朝檔案記述了當時地方治安方面發生的大量事件，反映了當時的社會萬象，眞實可靠，在涉及社會下層俚俗人物的陳述稟白的內容中，往往直錄了大量的方俗口語，在社會歷史和語言研究方面具有彌足珍貴的文獻價值。其中出現的不少詞彙成分，對於漢語歷史詞彙的研究具有難以替代的作用。

　　《明清檔案》第 1 冊至《明清檔案》第 37 冊，爲順治朝（1644～1661）內閣大庫檔案。每冊按時間先後順序組織編排，約刊載 200 份檔，頁數在 600 頁左右，累計達 22200 頁。經過仔細閱讀，我們發現在這些檔案中，三法司的案卷所占比重最大。如李光濤所言，「本所所藏此項檔案，以關於清『三法司』者最多。」〔註 17〕即使就整個內閣檔案而言，情況依然如此。徐中舒曾做了統計，「就史言所論，關於刑科繳進的紅本，即三法司案卷，整本共佔五架半，殘本共佔六架，關於其他各科繳進紅本，整本共佔七架，殘本共佔二十二架……」〔註 18〕而這些也正是我們研究的重點。這些檔案材料大致可以分爲兩部分。

　　《明清檔案》第 1 冊至第 11 冊，收錄 1644 年至 1650 年的檔案。因入關之初，國家政權根基未穩，這一時期的檔案內容主要集中內、外兩個方面。對內加大吏治力度以緩和社會矛盾，有爲數較多的懲治官吏腐敗的案例〔註 19〕；對外大肆徵討以定四海神州，有爲數較多的「討逆、討賊」戰報。從公文體式上看以題、揭帖、塘報居多。除此以外，圈地、投充、逃人、剃髮等問題相對集中，當然也有民間糾紛引發的命案，但較之後期親政時代，數量少得多。

　　《明清檔案》第 11 冊至第 37 冊，收錄 1651 年至 1661 年的檔案。順治親政伊始，勉力求治，漸顯一代開國明君的風範。戒奢以儉，以民爲本，剿撫並用，以定天下。隨著國家政權日益穩固，社會內部矛盾逐漸佔據主要地位，呈

〔註 17〕李光濤：《記內閣大庫殘餘檔案》，載《明清檔案》第一冊，聯經出版事業公司 1986 年版，第 155 頁。

〔註 18〕參看徐中舒：《再述內閣大庫檔案之由來及其整理》，國立中央研究院歷史語言研究所集刊，第三本第四分抽印本，中華民國二十二年版，第 550 頁。

〔註 19〕詳情參看韋慶遠：《〈明清檔案〉與順治朝吏治》，《社會科學輯刊》1994 年第 6 期，第 88～98 頁。

增多趨勢的民事糾紛案例、刑事命案以及被稱爲清朝「毒瘤」的官吏腐敗案例成爲這一時期檔案內容的主體。此外，邪教、民族矛盾、私鹽等問題相對突出。公文體式以揭帖居多，雖有塘報，大多涉及南方及邊遠地域。

1.2 順治檔案語料特點

　　王國維曾高度評價內閣檔案的價值：「自漢以來，中國學問上之最大發現有三：一爲孔子壁中書；二爲汲塚書；三則今之殷虛甲骨文字，敦煌塞上及西域各處之漢晉木簡，敦煌千佛洞之六朝及唐人寫本書卷，內閣大庫之元明以來書籍檔冊。此四者之一已足當孔壁、汲冢所出，而各地零星發見之金石書籍，於學術有大關係者，尚不與焉。故今日之時代可謂之『發見時代』，自來未有能比者。」〔註20〕

　　具體而言，順治檔案的語料特點，主要表現爲以下幾個方面：

1.2.1 材料的原始性

　　漢語史研究，特別垂青第一手材料，檔案是原始資料的原始資料〔註21〕。檔案是原始的文字記錄，是研究歷史的第一手材料，它可以直接反映出歷史原貌〔註22〕。我們的研究對象是原藏內閣大庫的寫本影印件，從未經過後世輾轉傳抄，與一般傳世文獻不同，極大程度地避免了訛誤〔註23〕。順治朝檔案收錄的大量題本，直錄了當時的審案情況，訴狀、供詞如實地反映當時的語言實際。「因爲訴訟之事關係重大，記載下來的時候不能有什麼修改潤飾，只能保留它本來的面貌。」〔註24〕因此，在漢語史研究中，這類經辦案人員謄錄的公文，亦可視爲原始材料。

〔註20〕 王國維，《最近二三十年中中國新發見之學問》，收入《王國維經典文存》，〔王國維著〕洪治綱主編，上海大學出版社 2003 年版，第 223 頁。

〔註21〕 單是魁：《談談明清檔案的價值及其利用》，《中國社會科學院研究生院學報》1983 年第 6 期，第 70 頁。

〔註22〕 劉青松：《中國古典文獻學概要》，湖南大學出版社 2002 年版，第 27 頁。

〔註23〕 儘管如此，文字的訛誤並不能說已完全避免，仍然偶有衍字、訛字等。例如：「而寇良卿又供：係染居花匠，臣等不勝駭騍（愕）。」（20/11135b）騍爲「愕」的訛字，因偏旁類化致誤。

〔註24〕 劉堅：《古代白話文獻選讀》，商務印書館 1999 年版，第 23 頁。

　　太田辰夫認爲，一般地說，可以把文獻分爲兩種——同時資料和後時資料。所謂同時資料，指的是某種資料的內容和它的外形（即文字）是同一時期產生的。甲骨、金石、木簡等，還有作者的手稿是這一類〔註25〕。以此衡量，順治檔案完全可以歸入「同時資料」，而且更有優於其他「同時資料」的特點。

　　在清代，檔案材料的收集與管理十分嚴密，內閣大庫檔案幾乎不爲外人所見，深藏於大庫之中。翻閱尚不可得，更遑論竄改了。阮葵生《茶餘客話》云：「內閣大庫藏歷代策籍，並封貯存案之件、漢票簽之內外紀，則具載百餘年詔令及陳奏事宜。九卿翰林部員有終生不得窺其一字者，部庫止有本部通行。」〔註26〕此外，內閣檔案的撰寫制度也非常嚴格。早在明代，朝廷就規定了文書寫作的基本要求。

　　《大明律》「上書奏事犯諱」條云：「若上書及奏事錯誤，當言『原免』而言『不免』，當言『千石』而言『十石』之類，有害於事者，杖六十。申六部錯誤，有害於事者，笞四十。其餘衙門文書錯誤者，笞二十。若所申雖有錯誤，而文案可行，不害於事者，勿論。」〔註27〕同書「增減官文書」條云：「凡增減官文書者，杖六十……若行移文書，誤將軍馬錢糧，刑名重事，緊關字樣，傳寫失錯，而洗補改正者，吏典笞三十。首領官失於對同，減一等。干礙調撥軍馬及供給邊方軍需錢糧數目者，首領官、吏典皆杖八十。若有規避，故改補者，以增減官方文書論。」〔註28〕把書寫的要求寫進律例，這便從制度上保證了公文撰寫的客觀與嚴謹。

　　順治檔案材料的批紅亦明確記錄了當時對公文書寫的嚴格要求，主要表現在三個方面。其一，對條文律法要求表述準確。如「順治伍年貳月貳拾捌日奉聖旨：刑部核擬具奏，『城旦』貳字非律本文，著改正行。欽此。欽遵。」（8/4215a）〔註29〕其二，明確指出奏本裏的漢字訛誤。如「本內漢字一處寫

〔註25〕太田辰夫：《中國語歷史文法》（修訂譯本），蔣紹愚、徐昌華譯，北京大學出版社 2003 年版，第 374 頁。

〔註26〕〔清〕阮葵生：《茶餘客話》，中華書局 1959 年版，第 30 頁。

〔註27〕懷效鋒點校：《大明律》點校本，遼瀋書社 1990 年版，第 37 頁。

〔註28〕懷效鋒點校，《大明律》點校本，遼瀋書社 1990 年版，第 40 頁。

〔註29〕第一個數字表示《明清檔案》的冊數，第二個數字表示總頁數，英文字母表示單頁的欄數，a 表示右上欄，b 表示左上欄，c 表示右下欄，d 表示左下欄，餘仿此。

『寧五塔』，一處寫『甯文塔』，參差不一，著改正行。」（19/10481a）

（19/10481c）

（19/10481d）

「順治玖年肆月貳拾伍日奉聖旨：該部議奏，本內『詳』字訛『計』，著改正行。欽此。欽遵。」（14/8009d）「覽卿奏，知道了，蓋衙門知道，本內『敦』字錯寫『敵』字，著改正行。」（19/10647a）其三，明確指出奏本裏的滿字訛誤。如「本內滿字「奇」訛「齊」，著改正飭行。」（23/13142b）「本內漢字看語『立決』落『決』字，滿字『張光前』訛『蔣光』，『瑞』訛『睿』，著添補改正飭行。欽此。欽遵。」（26/14549c）「順治拾壹年拾壹月參拾日奉旨：熊邦杰依擬應絞，著監候，該督再行親審具奏。本內滿字『督』訛『撫』，著改正行。欽此。欽遵。」（27/15306d）「依議，本內滿字『秀』訛『蕭』，著改正。」（28/15695a）

蔣紹愚在論及語料鑒別時指出，「首先，是要確定語言資料的年代」，「其次，是要識別語言資料中的後人竄改和訛誤之處。」〔註30〕以此衡量，作爲原始材料的順治內閣檔案，是漢語詞彙史研究的相對可靠而理想的共時語料。

第一，每則材料的前、後銜一般都明確標注了著者、時間（年、月、日），正文裏也記錄了事件發生的確切時間以及地點，文獻的斷代問題無需費神。

第二，對於刑案，因爲需要逐級多次審理〔註31〕，材料中記載了內容近似，用語略異的語言表達，以及當事人的口供實錄，爲同義詞研究、口語詞研究奠定了基礎。

〔註30〕蔣紹愚：《近代漢語研究概況》，北京大學出版社 1994 年版，第 26～27 頁。

〔註31〕明代以縣、府、省、刑部、皇帝爲五級五審，清承明制，在省（布政使、按察使）上增設總督、巡撫一級，共爲六級六審。地方案件以州、縣正印官爲初審，不服，可逐級控告於府、按察司、督撫及刑部，最後由皇帝核准。參見程維榮，《中國審判制度》，上海世紀出版集團、上海教育出版社，2001 年版，第 153 頁。

第三，從順治檔還可以管窺這一時期的用字書寫習慣，例如文獻中忠實記錄了異體字情況，「即」的三種書寫形式隨意使用：**卽，卽，即**；所考察的 37 冊檔案材料，無一處使用「柒」，全部爲「柒」等等，爲探究漢字形體的變遷再現了寶貴的原始依據。

1.2.2　內容的廣泛性

順治檔案是當時社會的縮影，其反映社會面貌之廣泛、社會生活之眞實、社會矛盾之細膩是一般文學作品所不可比擬的。

以檔案記錄的刑名案件爲例，罪案涉及社會生活的各個方面，大致有官吏、官兵腐敗，搶劫、盜竊財物進而殺人斃命，鄰里爲細小糾紛使氣鬥毆以致發生命案，通姦、強姦引發命案，以及其他原因（逃人、蓄髮、造反等）而獲死罪的案件。對於腐敗案件而言，作案手法不盡相同，如私加火耗、剋扣短缺、惡意敲詐、濫施刑罰、欺上瞞下、生活淫靡等等。

命案除發案原因不同外，還有詳細的驗屍報告，因需要三檢才能定案，仵作驗屍非常仔細，除準確記錄傷口的類型、位置外，甚至精確到傷口的大小尺寸。通過這些文字，我們能窺探明末清初的身體部位名稱用語。例如：

> 該夏邑縣知縣祖業興帶領吏仵蔣桂臻等，於順治捌年柒月拾捌日親詣屍塲眼同屍親閻氏初檢得：本屍問年陸拾壹歲，仰面額顱紅傷，圍圓壹寸捌分；鼻梁骨碎茬青，左胳膊青傷，斜長壹寸捌分，闊肆分；右胳膊赤傷，斜長壹寸捌分，闊肆分；左胠胅青傷，斜長壹寸肆分，闊肆分；胸膛紅傷，圍圓壹寸捌分；心坎青傷，圍圓壹寸捌分；右脇青傷，圍圓壹寸柒分；左腿赤傷，斜長壹寸捌分，闊陸分；腦後青傷，圍圓壹寸捌分；右後肋紅傷，圍圓壹寸捌分；右腿紅傷，斜長壹寸捌分，闊肆分。檢畢屍，令屍親領收外，取有結領在卷。（20/11167b-d）

本段驗屍報告涉及的身體部位名稱用語達十一處之多，其中屬於十七世紀前中期的新詞語有「紅傷、青傷」等詞。

1.2.3　敘述的口語性

順治檔案中刑名案件的司法文書主要記錄的是審案情節，原告、被告以及

證人的口供儘管經書吏轉錄，其口語化程度仍然較高。早在宋代的王明清《揮塵錄餘話》就已經提及，「首狀雖甚爲鄙俗之言，然不可更一字也。」〔註32〕司法語言中，如預審筆錄、辯護詞、代理詞、一些訴狀中，往往有一些口語詞語〔註33〕。蔣紹愚也曾注意到了供詞的口語性，「還有一些特殊類型的作品（如審訊、談判的記錄）忠實地記錄口語，當然用的都是口語詞彙。」〔註34〕徐時儀把古白話文獻作品分爲四類，其中第二種是「爲某種特定需要而記載下來的當時口語的實錄，如禪宗語錄、理學家語錄、外交談判記錄、司法文書、直講體、會話書等。」〔註35〕

即使是官府衙門的用語，也力求簡明通俗，並不迴避口語詞的運用。《利瑪竇中國札記》敘述了明末官話的這一特點：「除了不同省份的各種方言，也就是鄉音之外，還有一種整個帝國通用的口語，被稱爲官話（Quonhoa），是民用和法庭用的官方語言。這種國語的產生可能是由於這一事實，即所有的行政長官都不是他們所管轄的那個省份的人，爲了使他們不必須學會那個省份的方言，就使用了這種通用的語言來處理政府的事務。官話現在在受過教育的階級當中很流行，並且在外省人和他們所要訪問的那個省份的居民之間使用⋯⋯這種官話的用語很普遍，就連婦孺也都聽得懂。」〔註36〕

口供的口語性源於古代審案時對實錄的高度重視，即使在現代法律也是如此〔註37〕。以下略舉幾例：

【酒鏇】溫酒的鏇子。

（韓世清）遂差兵丁至滿海家內搶抄女衣服參件、男衣服貳件，並銅

〔註32〕參見李心傳編：《建炎以來繫年要錄》卷一百四十三，中華書局 1956 年版，第2303 頁。

〔註33〕陳炯著：《法律語言學概論》，陝西人民教育出版社 1998 年版，第 64 頁。

〔註34〕蔣紹愚：《近代漢語研究概況》，北京大學出版社 1994 年版，第 223 頁。

〔註35〕徐時儀：《古白話詞彙研究論稿》，上海世紀出版集團、上海教育出版社 2000年版，第 38 頁。

〔註36〕利瑪竇著；何濟高、王遵仲、李申譯：《利瑪竇中國札記》，廣西師範大學出版社 2001 年版，第 22～23 頁。

〔註37〕例如，《中華人民共和國刑事訴訟法》第 42 條第 2 款規定：「證據有下列七種（1）物證、書證；（2）證人證言；（3）被害人陳述；（4）犯罪嫌疑人、被告人供述與辯解；（5）鑒定結論；（6）勘驗、檢查筆錄；（7）視聽資料。」

　　錫酒壺、茶壺、酒鏇等物搶掠一空。（14/7564d）

元戴桐《六書故》：「鏇，溫器也，旋之湯中以溫酒。」「酒鏇」亦見於《醒世恒言・李玉英獄中訟冤》：「少頃，丫頭將酒鏇湯得飛滾，拿至桌邊。」〔註38〕《奇俠飛天豹》第三十回：「話說來貴、三元二人見禁子不肯放他去，只得將酒鏇交與禁子提入監內，二人僅在外面打聽而已。」〔註39〕《末代狀元張謇傳奇》第十章：「喜兒從王二手裏拿過了酒鏇子，舀了大牛鏇子道：『王師傅，夠你喝的了。』」〔註40〕

　　【披風】 披在肩上的沒有袖子的外衣。後亦泛指斗篷。

　　　　藍花紬男夾襖、玄色布披風各壹件，花布門簾壹個，藍夏布裙壹條，小銅面鑼、銅腳爐各壹件，無口錫注壹把。（8/4534a-b）起出李三名下盜分金梅碗簪壹對⋯⋯油綠布披風⋯⋯銅錢貳千伍百文。（23/12722d-12723b）

《醒世姻緣傳》第一回：「晁大舍說道：『你說的有理，你去越發覺得有興趣些！你明日把那一件石青色灑線披風尋出來，再取出一匹銀紅素綾做裏，叫陳裁縫來做了，那日馬上好穿。』」〔註41〕《蘭花夢奇傳》第四十三回：「寶珠傳鼓聚將，支派一番，著水軍上船，自己穿了大紅披風，緊身服飾，上船督軍。」〔註42〕亦其例。《大詞典》引《醒世恒言・吳衙內鄰舟赴約》：「若是不好，教丫鬟尋過一領披風，與他穿起。」該詞今天仍活躍在日常口語中。

　　【腋肕】 腋窩〔註43〕。

　　　　兩腋肕左右俱青色，兩肐膊左紫赤，斜傷二處，長各三寸，闊一寸。（10/5652d-5653a）兩腋肕左紅傷壹處，長壹寸伍分，闊壹寸，係棍打。（22/12613d）

〔註38〕　〔明〕馮夢龍：《醒世恒言》，人民文學出版社1956年版，第584頁。

〔註39〕　祝仁壽編著：《奇俠飛天豹》，哈爾濱出版社1989年版，第219頁。

〔註40〕　劉培林著：《末代狀元張謇傳奇》，光明日報出版社2007年版，第83頁。

〔註41〕　西周生撰：《醒世姻緣傳》，上海古籍出版社1981年版，第10頁。

〔註42〕　〔清〕吟梅山人撰，李申點校：《蘭花夢奇傳》，嶽麓書社1985年版，第281頁。

〔註43〕　謝觀主編：《中華醫學大辭典》，遼寧科學技術出版社1994年版，第1439頁。收有詞條「腋肕」，釋爲「即腋也。俗稱胳肢窩，易作麻癢。」可從。

《永樂大典》卷九百十四:「一、仰面:頂心……兩血盆骨、兩肩甲、兩腋胑……」《清高宗實錄》:「各持鍬鋤及鑲鐵尖挑等器互毆,以致沈禹得戳傷詹上誥胸膛,沈賢章戳傷詹上誠腋胑胸膛。」亦其例。

【剩議】對考慮不周之處再加討論。

本部查得李尚采響馬截劫,拒捕傷人,依律擬斬已無剩議。(24/13511c)

明張萱《西園聞見錄》卷七十三:「天啓元年,雲南道張新詔曰:遼台有事以來,徵兵、徵餉幾遍海內,主戰、主守幾無剩議。」〔註44〕《銅仁府志》卷十七:「至條畫詳當的可施行,無剩議也。」〔註45〕亦其例。

【搊扶】攙扶。

趙林說:「我少你壹貳兩銀子,我且沒得與你。」(黃)玉又說:「我不問你要銀子,你廝番甚麼。」玉就一手搊扶出門。(23/12727c-d)

「搊」有「攙扶」義,如明沈榜《宛署雜記・民風二》:「扶曰搊。」明曹于汴《仰節堂集・劉孺人曹氏墓誌銘》:「既而劉君感恙,疴瘻不能屈伸,承事搊扶。」《綠野仙蹤》第八十一回:「不意玉蘭同壺俱倒,那水便燙在玉蘭頭臉上,燒得大哭大叫。落紅連忙搊扶他。」〔註46〕亦其例。

【調姦】挑逗並(希圖)私通。

(朱卿)於順治柒年拾壹月貳拾陸日夜撬開伊門,突入臥房調姦袁氏,比伊不允。(22/12151d)

《大詞典》「調姦」謂「和奸。」引清六十七《番社采風圖考・送花》:「番已娶者名暹,調姦有禁。」《大清律例・刑律・犯奸》:「凡調姦圖姦未成者,經本婦告知親族鄉保,即時稟明該地方官審訊。」〔註47〕再查《大詞典》「和姦」謂「男

〔註44〕〔明〕張萱撰:《西園聞見錄》,參見《明代傳記叢刊》607,明文書局1991年版,第269頁。

〔註45〕中共貴州省銅仁地委檔案室,貴州省銅仁地區政治志編輯室整理:《銅仁府志》,貴州民族出版社1992年版,第332頁。

〔註46〕〔清〕李百川著;侯忠義整理:《綠野仙蹤》,北京大學出版社1986年版,第697頁。

〔註47〕本句「調姦」不能釋爲和奸,既然「和奸」是男女雙方自愿發生性行爲,不可能「調姦未成」。

女雙方無夫妻關係而自願發生性行爲。」《唐律・雜律・和姦無婦女罪名》：「諸和姦，本條無婦女罪名者，與男子同。」長孫無忌等疏議：「和姦，謂彼此和同者。」依此，「調姦」即謂男女雙方無夫妻關係而自願發生性行爲。

此處釋「調姦」爲「和姦」欠妥，如果「和姦」是自願發生性行爲，與例句「比伊不允」矛盾。我們認爲本處應理解爲「挑逗並（希圖）私通」。因爲「調」有「挑逗」義，唐薛用弱《集異記補編・金友章》：「一日，女子復汲，友章躧屨企戶而調之日：『誰家麗人，頻此汲耶？』」明祝允明《前聞記・南京奸僧》：「有娘人探親獨行，一僧遙尾以去，至迥寂處，乃迫娘人，調之。」清沈復《浮生六記・閨房記樂》：「芸初緘嘿，喜聽余議論，余調其言，如蟋蟀之用纖草，漸能發議。」此外，「調姦」的「姦」亦不能理解爲「強姦」，朱卿在調戲不成時，才進而採取暴力，「（朱）卿又不合輒逞強暴，將繩綑縛袁氏兩手，因伊咸〔喊〕〔註48〕驚地憐〔鄰〕〔註49〕，卿遂逃走出外。」（22/12151d）如果一開始即實施「強姦」，與下文「（朱）卿又不合輒逞強暴」於理難通。考「姦」有「私通」義，如《左傳・莊公二年》：「夫人姜氏會齊侯禚，書姦也。」《孔叢子・陳士義》：「或曰李由母姦，不知其父，不足貴也。」清蒲松齡《聊齋誌異・羅祖》：「官疑其因奸致殺，益械李及妻。」

「調姦」亦見於安遇時《包龍圖判百家公案・遺帕》：「次日飯後，取一錠銀子約有十兩，往其家調姦。二婦貞節不從，屬色罵詈，叫喊鄰人。」《包龍圖判百家公案・嚼舌吐血》：「程二即具狀告縣：『告爲強姦殺命事：極惡張茂七，迷曲蘗爲好友，指花柳爲神仙。貪妻春香姿艾，乘身出外調姦，恣意橫行，往來無忌。本月某日潛入臥房，強抱主母行奸，主母發喊，剪喉殺命。身妻喊驚鄰甲共證。』」

1.2.4　公文語體特點

張涌泉曾談到：某一特定體裁的文體在語言上往往有自己的特色。對體裁語言的研究不但可以更深入地把握這種文體語言的特點，也可爲全面地描寫一個時代的詞彙系統打下堅實的基礎〔註50〕。檔案是經過承辦完畢後，爲備日後

〔註48〕原文爲「咸」，根據上下文，當爲「喊」之訛，書手因字形相近而誤。

〔註49〕原文爲「憐」，當爲「鄰」之訛，書手因形近而誤。

〔註50〕參見張小豔：《敦煌書儀語言研究》，商務印書館2007年版，第257～258頁。

查考而保存的文書，因此，文書與檔案實爲「一樣東西的兩個過程」〔註 51〕，我們可以視之爲公文語體，在形式上具有以下特點。

1.2.4.1　穩定的框架模式

《公牘通論》論述了公文的框架模式，「公文之結構，自其實質言之，除一二特殊性質之公文，如任免令、任免狀等文之外，雖名稱各異，詳簡互殊，總不外依據、引申、歸結三段結構而成。」〔註 52〕「或據法令，或據前案，或據先例，或據理論，或據事實，或據來文，諸如之類，皆爲本文引申論列之根據。」〔註 53〕

內閣檔案是相對成熟的公文語體，一般包括本面、前銜、事由、正文、結束語、後書六個組成部分。本面居中偏上書寫「題」或「揭帖」或「塘報」或「啓」等字樣，以表示公文種類。前銜用以標明文件的作者及其職務，無論字數多少都用一行寫完，如「欽差巡撫直隸等府地方贊理軍務并關鎮海防兵部右侍郎即兼都察院右副都御史今降壹級調外用王來用。」（20/11427b）事由可稱述內容提要，也可述說文件的原因或性質，格式是「爲……事」，如「爲刑辟宜有定案以便稽查事。」（20/11427b）正文是文件的主體，隨文件的內容而千差萬別，爲節約篇幅舉例從略。結束語根據文件的種類不同，用語有別，多由固定套語組成。以揭帖爲例，如「爲此，除具題外，理合具揭，須至揭帖者。」（20/11428b）後書標明時間、職銜，並蓋上印章。如「順治拾壹年玖月初捌日兵部右侍郎副都御史今降一級調外用王來用。」（20/11428b）

1.2.4.2　森嚴的等級差別

從行文關係看，公文文種分爲上行文，平行文，下行文。上行文多用「狀、詳、稟」，平行文多用「咨、照會、移會」，下行文多用「牌、票、箚、示」等。這些文種在使用時，主要是按授受官署級別的高低來選擇，旨在彰顯發文者與受文者身份地位的差異，體現了等級森嚴的封建官僚制度。

以刑名案件爲例，判案的開頭用語相對穩定，常用以下詞語總述案件的基本情況。

〔註51〕傅振倫，龍兆佛：《公文檔案管理法》，檔案出版社 1988 年版，第 95 頁。

〔註52〕徐望之：《公牘通論》，上海書店，第 176 頁。

〔註53〕徐望之：《公牘通論》，上海書店，第 176 頁。

【~得】看得、問得、查得、照得、審得、議得、檢得

議得漢陽縣知縣吳衷一平昔疎防，致監犯殺傷禁卒，越獄逃走。
（20/11109d）

該夏邑縣知縣祖業興帶領吏仵蔣桂臻等，於順治捌年柒月拾捌日親詣
屍塲眼同屍親閻氏初檢得：本屍問年陸拾壹歲，仰面額顱紅傷，圍圓
壹寸捌分。（20/11167b）

該職看得：李春光因陰氏勒換潮銀微嫌，遂蓄死氏兇心，誘室鐮砍，
喉顙俱斷。（37/20741a）

一、問得壹名畢進城，係平陽府解州夏縣人，充應平垣營拾壹隊兵丁。
招稱：進城素不守分，專一合夥作歹爲非，向未事犯。（37/20747b）

查得蔚奇言打死蔚鳴皋，既因打鑪爲戲，一時互毆，原無夙仇事。
（32/18102c）

該本部會同院、寺，會查得張氏乃土娼也。（33/18615c）

此外，有時還使用「案查、竊照」等語：

案查：順治拾肆年柒月貳拾玖日，奉都察院勘箚，准刑部，咨江南清
吏司，案呈奉本部，送刑科鈔出。（34/19341b）

初伍日據雷州副將先啓玉啓，前前事，內稱：竊照西賊自陸月內入踞
化石，宣謠鼓惑，致愚頑搖動，率多附和，黨與日繁，中途阻塞，上
下呼吸不通，水陸交訌愈迫。（20/11064d-11065a）

這幾個詞一般是可以通用的，其細微的區別在於：上級交議的案件多用「議得」；
經上級批示覆審的用「覆看得、覆審得、覆查得」；兩個或兩個以上衙門會稿的，
用「會看得、會審得、會查得、會議得」〔註54〕。

1.2.4.3　豐富的謙敬用語

爲體現尊卑關係，檔案公文用語中頻見謙辭、敬辭，以下各舉一例。

【叨任】、【叨列】謙稱有愧於所得到的職位。

職叨任地方之責，值茲異災，皆臣不職之罪。（1/383d）職筮仕先朝，

〔註54〕參見張我德等編著：《清代文書》，中國人民大學出版社1996年版，第123頁。

叨列言職，恭遇清朝不遺葑菲，此職俯竭涓埃之日也。（2/411b）

《大詞典》「叨」謂：「猶忝。表示承受之意。常用作謙詞。」引三國蜀諸葛亮《街亭之敗戮馬謖上疏》：「臣以弱才，叨竊非據，親秉旄鉞以厲三軍，不能訓章明法，臨事而懼，至有街亭違命之闕。」《謙詞敬詞婉詞詞典》收同義的「叨位、叨據、叨踐、叨塵」等詞〔註55〕，失收「叨任、叨列」，當補。

【欽此】、【欽遵】敬詞，恭敬遵奉。臣子稱遵奉聖旨的套語。

如再有久不奏詳的察來，處治，刑部知道。欽此。欽遵。（20/11417c）順治拾肆年柒月初肆日，奉旨：依議。欽此。欽遵。抄部送司，案呈到部，移咨到院，備箚前來，依奉案行陝西按察司提問，及屢催批駁，去後。（32/17960a）該巡按御史再行親審具奏，餘依議。欽此。欽遵。（33/18616a）

「欽」的表敬用法源於「恭敬」，《禮記·內則》：「欽有帥。」鄭玄注：「欽，敬也。」孔穎達疏：「當教之令其恭敬使有循善道。」《大詞典》首引書證為《清會典事例·宗人府·授官》：「著宗人府，即將此旨通諭各族長學長，一體欽遵。」稍晚。

此外，公文文種通過嚴格講究的書寫格式，表示尊敬。以「抬頭」為例，從已發現的史料來看，該制當始於秦代。在繕寫公文時，凡遇有皇帝或特定的尊貴字樣，均不得緊接上文，而須另起一行或空格後書寫。檔案所見的抬寫方式有空抬、平抬、單抬、雙抬、三抬、四抬諸形式。〔註56〕清代《科場條例》卷四一規定，凡「朝廷、國朝、國家、龍樓、鳳閣、玉墀、上苑、太液、各宮、殿、門名」字樣，都必須單抬。

在書寫時還有所謂「側書」，把「臣、職」等自稱用語不居中書寫，而是以小字書於該行右側，以示謙卑〔註57〕。

1.2.4.4 習用的結構用語

鄒熾昌在《公文作法》中認為：「凡處理關於公眾社會之事的整個地表達意

〔註55〕洪誠玉：《謙詞敬詞婉詞詞典》，商務印書館2002年版，第62頁。

〔註56〕雷榮廣：《明清檔案中的抬頭與避諱》，《四川檔案》2006年6期，第53頁。

〔註57〕曹喜琛主編：《檔案文獻編纂學》，中國人民大學出版社1990年版，第258頁。

見的文字叫做公文。」〔註58〕作爲事務語體的公文，爲保證政令暢通，有一套嚴格的程式語言，以示森嚴的等級制度；爲保證信息交流的順暢與準確，有一套簡明、精煉的常用套語，以示行文的表意明確。自清以來，就有一系列的著作對公文及其用語進行了研究。清黃六鴻的《福惠全書》有治牘的心得文字，陳宏謀的《培遠堂偶存稿》彙集了清代主要的公文文種。民國時期，徐望之的《公牘通論》探討了公文的類別、體例、用語以及程式，可謂拓荒式的研究。吳江的《公文程式》側重研究了公文的體例，鄒熾昌的《公文作法》闡述了公文的定義、類別、結構、用語等，揭示了公文文體的若干特點。朱伯郊的《文書處理程序》側重介紹了公文的收文、撰擬、核稿、發文、歸檔等流程，其中有精關的關於公文用語之分別的論述。此間還出現了兩部解釋公文用語的專著：文公直的《公文用語大辭典》、吳瑞書的《公文用語辭典》。建國以後，殷仲琪的《清代文書工作述要》開創性地進行了公文的斷代研究。其後，張我德、楊若荷的《清代文書》以公文文種爲中心，結合檔案原件研究，推動了公文研究的深入。雷榮廣、姚樂野的《清代文書綱要》結合巴縣原始檔案，全面闡述了公文的擬寫、程式、分類，並有專節選釋清代常用公文用語。

　　清代公文除詔書外，行文不使用標點符號。爲彰顯文件的性質、類別，提示文件的句讀、結構，有一套專門的結構套語。清代公文大都採用裝敘法行文，即裝敘上級、平級或下級來文敘述情況。公文往來經過幾個衙門，每個衙門都要或詳或略地套引一番，形成複雜的結構，因此公文中需要交代各級衙門的文件從哪兒開始，到哪兒結束，本衙門的處理意見如何。〔註59〕對於這些結構套語前修時彥多有探討。較早對公文結構套語進行分類研究的是《公文作法》，以上行文、平行文、下行文用語爲綱，再細分爲呈文用語，咨文用語、公函用語，令文用語、指令用語、佈告用語、批示用語，每一類型下列舉若干公文常用套語，如呈文用語分爲起首語、引述來文語、收束來文語、承轉語、本文結束語、結尾語、除外語、期望字。其他咨文用語等分類與此大致相同。這種分類方法突出了各種公文文種的細微差別，揭示了上行文、平行文、下行文的用語差異，但概括性似嫌不夠。《公牘通論》將公文用

〔註58〕鄒熾昌：《公文做法》，世界書局1933年版，第4頁。

〔註59〕張我德等：《清代文書》，中國人民大學出版社1996年版，第127頁。

語分爲「術語、成語、約語」三大類，這種分類法側重關注公文用語的表現形式，但似乎沒有突出其作用。《清代文書》把公文常用套語稱爲「交代語」，分爲領述詞、引結詞、結轉詞、文件到達詞、命令詞、歸結詞、祈使詞七類。這種分類方法顯然充分吸收了《公文作法》的優點，但是命令詞與祈使詞似乎不屬於公文的結構套語，而且二者難免有交叉之處。而且以「詞」來表稱「交代語」，似乎模糊了「詞」與「語」的根本區別。《清代文書綱要》將文書用語分爲等級關係語、標點替代語、特殊詞語三大類，突出了公文套語提示行文的句讀作用，但在等級關係語裏收入謙辭或敬辭，似乎與常識中的觀點存在出入，因爲謙辭、敬辭在新聞語體、文藝語體中也不乏使用。此外，特殊詞語一說稍嫌籠統，未能體現公文用語的相應特點。

我們借鑒《公文用語大辭典》的分類方法，按照公文行文的基本框架，把常用公文套語分爲起語、承語、轉語、合語四類。起承轉合本來是針對詩歌結構提出的，其後擴展到其它文體。清初袁若愚云：「時文講法，始能學步；詩不講法，即又安能學步乎？且起承轉合四字，原是詩家章法，時文反爲借用。」〔註60〕鑒於公文用語的歷史傳承性較強，而且數量並不很多，故本節所討論的詞條不限於新詞，凡順治朝檔案中出現的公文套語，均在收錄之列。

1.2.4.4.1 起　語

起語指公文開頭的用語，大致包括看語和領述語〔註61〕。黃六鴻對看語的界定是：「看語即審單也，亦曰讞語。其法或先斷一語而後序事，或先序事而後斷，必須前後照應。」〔註62〕領述詞指事由的固定用語。檔案中有「爲……事、（謹）題爲……事、（謹）啓爲……事、（謹）揭爲……事、（謹）奏爲……事、具爲……事、竊、竊照、竊思、竊惟、臣、該臣、微臣、臣部、職、該職、該（後接各衙門名稱，如該府、該道）、該本（後接各衙門名稱，如該本府、該本道）、卑職、該卑職、本職、照、爲照、照出、切照、案照、查照、查、伏查、遵查、爲查、審得、會審得、覆審得、看得、會看得、查得、照得、議得、會議得、問得、勘得、察得、今、茲」等。

〔註60〕〔清〕袁若愚：《學詩初例》卷首，乾隆二年刊本，湖北省圖書館藏本。

〔註61〕此處的領述語比《清代文書》的「領述詞」範圍小，不包括裝述來文的相關用語。大致相當於《公文做法》的起首語。

〔註62〕黃六鴻：《福惠全書》卷十二。

1.2.4.4.2　承　語

承語指承接起語的用語，大致對應於引述來文的相關用語，包括《公文作法》的「引述來文語」和「收束來文語」。此外，我們把引用律例或皇上旨意的固定銜接語也歸入到承語這類之中。因爲從一定意義上說，律例與聖旨也可看作是來文，前者爲固定的來文，後者爲封建時代最高級別的來文。檔案中所見該類用語有「咨開、內開、計開、單開、開載、款開、開報、前事、據……稱、案據、呈稱、詳稱、稟稱、狀招、狀稱、供稱、等由、等情、等語、各等因、各等情、各等語、在案、各在案、緣由、情由、依、遵、敬遵、遵依、遵照、遵奉、恪遵、照依、欽此、欽遵」等。

1.2.4.4.3　轉　語

轉語的主要作用是承上啓下，提示引敘來文的結束，《公文作法》將這類詞稱爲「承轉語」，《清代文書》將其稱爲「結轉詞」。轉語還包含一些用語，用以標明文件的流轉情況，《清代文書》將其稱爲「文件到達詞」，《清代文書綱要》的「等級關係語」中有部分詞語亦屬此類。此外還包括一些現代漢語中仍然活躍的篇章關聯用語。檔案中所見該類用語有「蒙此、奉此、准此、據此、據此爲照、爲此、奉批、蒙批、到（後接各衙門名稱，如到府、到部、到院）、前來、去迄、去後、牌移、移會、除……外、即、遵即、隨、行（後接各衙門名稱，如行府）、轉（後接各衙門名稱，如轉道、轉府）、照准前因、擬合就行」等。

1.2.4.4.4　合　語

合語爲公文的結尾用語，多出現在公文的最後一段，發文者向收文者提出具體要求或請求。大致對應於《公文作法》的「期望語、聲明語」等。檔案中所見該類用語有「理合、相應、合行、仰、祈、請、煩、希、著」等。

爲了更直觀地表達，我們選取檔案中最常用、最有代表性的格式用語，按照起、承、轉、合的作用歸併爲四類，茲列表說明如下：

類　　別		意義或作用	上行文	平行文	下行文
起語	~得	看語	＋	＋	＋
	竊、竊惟、伏查、遵查	表示謙敬	＋＋	＋	－
	照出	專用於刑名案件	＋	＋	＋－
	照、爲照	事實清楚的問題	＋	＋	＋－

	查、案查、爲查、案照、案查	不限於刑名案件	＋	＋	＋
	案據，案……據	依據案卷	－	－	＋
	情	陳述情況	＋	＋－	－
	茲，今	發語詞	＋	＋	－
	爲，爲……事	表示事由	＋	＋	＋
承語	咨開、牌開、奉批、蒙批、牒復	徵引上級或平級來文	－	＋	＋
	內開、內稱、內	徵引各級來文	＋	＋	＋
	呈稱、稟稱、詳稱	徵引下級來文	＋	＋	＋
	狀稱、供稱	只用於原被告	＋	－	－
	等因	徵引來文結束	＋	－	－
	等由	徵引來文結束	－	＋	－
	等情、等語	徵引來文結束	－	－	＋
	在案、各在案	徵引來文結束	－	＋	＋
	欽此、欽遵	徵引聖旨結束	＋	－	－
轉語	蒙此、奉此、准此、准批	裝敘上級或平級來文，轉入下文	－	＋－	＋－
	據此	轉入下文	＋	－	－
	去後、爲此	徵引前案結束或文件到達	＋	＋	＋
合語	著	皇帝或攝政王的命令之辭	－	－	＋
	仰、敕	提出要求或命令	－	－	＋
	仰〔註63〕、乞、祈、請、煩	提出請求	＋	－＋	－
	理合、相應、合行、擬合	應該	＋	＋	＋

說明：（一）表中符號表示公文文種適用程度的等級：＋＋＞＋＞＋－或－＋＞－。

（二）起語指用以領起下文的詞語，多用語公文的開頭；引語指徵引的提示語，可以裝敘來文內容，也可以徵引聖旨、律例等；轉語提示引語的結束，轉而陳述他事或處理意見；合語指提出要求或命令，多用於公文的最後一段。

〔註63〕「仰」最初用在上行文中，如《北齊書·孝昭帝紀》：「詔曰：『但二王三恪，舊說不同，可議定是非，列名條奏，其禮儀體式亦仰議之。』」後來也可用於下行文，逐漸在書信和公文中運用，表示希望或命令。如宋歐陽修《與韓忠獻王書（治平年）》：「仰煩臺慈，特賜慰卹，豈任衰感之至。」順治檔案中的「仰」在上行文和下行文中都有使用。張我德等的《清代文書》（第137頁）只提及「（仰）在清代的下行文中，是上級衙門要求屬下辦事的命令詞。」不夠全面。

1.3　本書的研究方法

從史學、法學等方面研究《明清檔案》，前修時彥已經做出了卓有成效的貢獻。但據筆者陋見，從漢語史角度全面梳理順治檔案的工作尚未開展，論著（作）寥寥。立足檔案材料進行語言研究的，僅見以下幾種。《清初被動句研究》較全面地考察了順治朝前期（1644～1648）的語法現象，歸納了觀念被動句和被動句形式上的特徵〔註 64〕。《雍正朝內閣大庫檔案詞彙研究》立足雍正朝前期的材料，較細緻地描寫了該時期出現的新詞新義〔註 65〕。《澳門語言研究》以葡萄牙東波塔檔案館藏 1509 份清代的澳門中文檔案為研究對象，並整理出 385 個用詞，以管窺 17 至 19 世紀澳門語言的面貌〔註 66〕。此外，從目前學界的斷代語言詞典編纂情況來看，已經出版的有《唐五代語言詞典》、《宋語言詞典》、《元語言詞典》、《宋元語言詞典》等，但對於明末清初這一時期的語言尚未系統整理。為了全面描寫順治檔案的詞彙新質，藉以管窺十七世紀前中期的漢語詞彙面貌，我們運用了以下幾種研究方法。

1.3.1　詞彙層次研究

「要研究詞彙的發展，避免紛亂，宜從斷代開始，而又要以研究專書為出發點。」〔註 67〕基於此，本書以順治朝內閣大庫檔案作為語料，以口語性較強的刑名案件為重點，對其中詞彙全面爬梳、逐個勾稽，選取十七世紀前中期的新詞按照語義特點加以分類。

我們此處限定「新詞」，並不僅僅以某詞條在文獻中初次出現為標準。以往常用的方法是找出研究對象中的若干詞語，通過與《漢語大詞典》比對，從而確定詞語的年代。毋庸諱言，這種方法非常實用，而且有時得出的結論也比較可靠，因為《漢語大詞典》的編纂宗旨就是「源流並重」，詞條的首引書證力求追溯到最早。王力先生指出：「舉例要舉最早出現這個意義的書中的例子，也就是說要舉始見書的例子……因為瞭解一個字的意義從什麼時候開始具有的，就

〔註64〕參見宋慧曼：《清初被動句研究》，四川大學碩士學位論文，2004 年。

〔註65〕參見晏一立：《雍正朝內閣大庫檔案詞彙研究》，四川大學碩士學位論文，2006年。

〔註66〕黃翊：《澳門語言研究》，商務印書館 2007 年版，第 28～49 頁。

〔註67〕周祖謨：《呂氏春秋詞典·序》，山東教育出版社 1993 年版。

不至於用後起的意義去解釋比較早的書籍，造成望文生義的錯誤，不符合古人的原意。人們如果能把每個字的每個意義都指出始見書，功勞就大了，對漢語詞彙發展史的研究就立了大功勞了。」〔註 68〕但是，隨著專書研究的深入，加之新材料的陸續發現，很多新詞變得並不「新」，辭書的首引書證往往不是該詞的最早文獻用例。比如我們在附錄中所列的 967 個詞條，檔案中的用例都早於《大詞典》首引書證。

朱慶之（1992）曾坦陳這種以《漢語大詞典》作爲參照系的比對方法「其中的誤差在所難免，只能算作『不是辦法的辦法』。」〔註 69〕《〈睡虎地秦墓竹簡〉詞彙研究》（2003）也討論了判定新詞標準的局限性。《睡簡》處於先秦向兩漢過渡時期，作者界定爲戰國後期。判斷該時期的新詞有兩條途徑：一是在《睡簡》和同時期文獻《管子》、《墨子》、《荀子》、《莊子》、《韓非子》等文獻中都出現，而不見於更早的文獻，如《孟子》、《論語》、《左傳》等；一是只在《睡簡》出現，不見於同時期文獻，傳世文獻中的用例最早見於《史記》等漢代文獻。這種方法類似於我們所說的「與《漢語大詞典》比對」。作者接著指出了不足，「科學地說，這種方法是有漏洞的，現在能見到的先秦文獻有限，此前的文獻中未出現過的詞語，並不能證明它就是戰國後期新出現的，……」〔註 70〕

但是新詞畢竟是相對舊詞而言的，因此，要判斷一個新詞，必須藉助於參照物。我們的作法是，以順治朝（1644～1661）爲中心共時段，上限向前追溯到 1600 年左右，下限爲 1661 年。也就說，某一詞語如果在檔案中出現，不見於同時期文獻，只在更晚時期的文獻中首次出現，如《紅樓夢》、《醒世姻緣傳》、《福惠全書》等，我們認定該詞爲新詞。如果某一詞語在檔案中出現，又在比檔案更早（1600～1644）的傳世文獻中出現，我們依然認定該詞爲新詞。具體的篩選辦法是以作者的出生年限爲界，1580 年以後出生的作者，其創作時期當在 1600 年以後。或者有些作者生卒年代不詳甚至作者佚名，如果我們能肯定其作品是 1600 年以後創作的，都把他們作品中呈現的語言視爲十七世紀的語料。對於《明史》，我們借鑑方一新、王雲路（1997/2004）提出

〔註68〕王力：《字典問題雜談》，《辭書研究》1983 年第 2 期。

〔註69〕朱慶之：《佛典與中古漢語詞彙研究》，文津出版社 1992 年版，第 58 頁。

〔註70〕魏德勝：《〈睡虎地秦墓竹簡〉詞彙研究》，華夏出版社 2003 年版，第 56 頁。

的史書材料的處理原則：史書中的材料應該分爲兩大類，即原始資料和其他資料，它們作爲語料的年代是有區別的。〔註 71〕我們的處理辦法是：《明史》中原文引用的文獻，仍以該文獻的作者出生年限爲標準劃分，只選擇 1580 年以後出生的作者的作品作爲語料，原始資料以外的部分，視爲清代語料。至於其它文集如《明文海》、《通志》等，亦彷照此辦法對文獻加以區別對待。

具體來說，以下是符合我們篩選標準的明末作者及作品：

序號	作　者	生　年	作品名稱	備　　註
1	阮大鋮	約 1587	燕子箋	
2	楊爾曾	不詳	韓湘子全傳	約生於萬曆、天啓時期（1573～1627）〔註 72〕
3	佚名（李清？）	不詳	檮杌閑評	亦名《明珠緣》〔註 73〕
4	周起元	？	周忠愍奏疏	死於 1626〔註 74〕
5	陸人龍	？	型世言	刊行於崇禎（1628～1644）
6	俞汝楫	？	禮部志稿	明泰昌元年（1620）官修
7	胡我琨	？	錢通	明末人
8	方汝浩	？	禪眞逸史、禪眞後史	刊刻於天啓（1621～1627）和崇禎二年（1629）〔註 75〕
9	東魯古狂生	？	醉醒石	由明入清的文人〔註 76〕

〔註 71〕方一新、王雲路：《六朝史書與漢語詞彙研究》，載《中古漢語研究》，商務印書館 2004 年版，第 146～147 頁。原載中國語文編輯部編：《慶祝中國社會科學院語言研究所建所 45 週年學術論文集》，商務印書館 1997 年版。

〔註 72〕錢仲聯等總主編：《中國文學大辭典》，上海辭書出版社 1997 年版，第 890 頁。該書刊刻於天啓三年，參見周振甫等主編：《中外小説大辭典》，現代出版社 1990 年版，第 204 頁。

〔註 73〕古亦冬編著：《禁書詳解・中國古代小説卷》，天津社會科學院出版社 1993 年版，第 170 頁。該書爲明末清初白話小説，據繆荃蓀、鄧之誠推測，該書作者爲明末清初的李清。

〔註 74〕一般認爲周起元的生年不詳，參見南京大學歷史系《中國歷代名人辭典》編寫組編：《中國歷代名人辭典》，江西人民出版社 1982 年版，第 416 頁。但黃劍嵐主編：《漳州歷史人物・龍海卷》，東方出版社 1991 年版，第 43 頁，認爲其生年爲 1571,因未見證據，故姑錄於此。

〔註 75〕周振甫等主編：《中外小説大辭典》，現代出版社 1990 年版，第 205～206 頁。

〔註 76〕周振甫等主編：《中外小説大辭典》，現代出版社 1990 年版，第 281 頁。

10	張應俞	？	杜騙新書	成書不晚於 1617
11	周祈	？	名義考	明萬曆間人（1573～1620）
12	袁仲韶	1589〔註77〕	啓禎紀聞錄	
13	朱長祚	？	玉鏡新譚	成書於崇禎元年（1628）〔註78〕
14	沈德符	1578	萬曆野獲編	
15	劉宗周	1578	劉蕺山集	
16	淩蒙初	1580	初刻拍案驚奇、二刻拍案驚奇	
17	陳仁錫	1581	皇明世法錄	
18	袁于令	？～1674	隋史遺文	成書於崇禎（1628～1644）
19	黃士俊	1583	建連平州治碑記	
20	劉若愚	1584	酌中志	
21	文震亨	1585	長洲志、長物志	
22	宋應星	1587	天工開物	成書於 1638～1654
23	范景文	1587	文忠集	
24	徐霞客	1587	徐霞客遊記	
25	楊嗣昌	1588	楊嗣昌集	
26	李中梓	1588	醫宗必讀	
27	倪元璐	1593	倪文貞奏疏	
28	孫傳庭	1593	白谷集	
29	李應升	1593	落落齋遺集	
30	茅元儀	1594	武備志	
31	張國維	1595	吳中水利全書	
32	張岱	1597	陶庵夢憶、石匱書後集	
33	祁彪佳	1602	祁彪佳文稿	
34	申佳允	1603	君子亭集	
35	文秉	1609	烈皇小識	
36	黃宗羲	1610	明儒學案、明文海〔註79〕	

〔註77〕張慧劍編著：《明清江蘇人年表》，上海古籍出版社 1986 年版，第 345 頁。

〔註78〕王重民撰：《中國善本書提要》，上海古籍出版社 1983 年版，第 399 頁。

〔註79〕《明文海》是黃宗羲編輯的明人文集，對其中的作品亦嚴格按照我們的選擇標

37	方以智	1611	物理小識	
38	孫廷銓	1613	顏山雜記	
39	計六奇	1622	明季南略	

　　我們這種以順治朝（1644～1661）爲中心共時段，上限向前追溯到 1600 年的詞彙新質判斷方法出於以下幾個方面的考慮〔註80〕。

　　第一，詞彙成分的層次性。詞彙系統是異質的，而且這種異質成分往往表現爲「你中有我，我中有你」的複雜面貌，分層次地研究有利於更精確地描寫。俞理明師《詞彙歷史研究中的宏觀認識》指出：「綜合共時和歷時兩個方面來觀察，從使用範圍來看，不同的詞彙成分存在著時間和空間兩方面的差異，即詞彙成分在穩定性和普遍性方面的差異，我們把詞彙分爲四個部分：基本層、常用層、局域層、邊緣層。」〔註81〕

　　新詞當然是詞彙系統的組成成員之一，如果在層級系統中考察，至少可以保守地認爲是邊緣層〔註82〕。從穩定性來觀察，邊緣層當屬於次低普遍度或低普遍度，可以量化爲使用人群爲「30%左右或 10%以下」〔註83〕；從普遍性來觀察，邊緣層當屬於低穩定性或不穩定性，可以量化爲使用時間爲「20～40 年或 20 年以下」〔註84〕。如果取最大值 40 年，順治朝新詞的上限應向前追溯到 1600 年左右。

準加以離析，只選用 1580 年以後出生的作者的作品。

〔註80〕本書詞彙新質的內涵爲新詞和新義。

〔註81〕俞理明：《詞彙歷史研究中的宏觀認識》，《江蘇大學學報》（社會科學版）2008 年 3 期，第 70 頁。《人大複印資料‧語言文字學》2008 年 10 期轉載。四個層次思想的表述，最早可追溯到 2005 年，參見俞理明：《東漢佛道文獻詞彙研究的構想》，《漢語史研究集刊》第 8 輯，巴蜀書社 2005 年版，第 21 頁。

〔註82〕我們這裡的論述主要著眼於新詞開始產生時的層級地位，至於新詞在使用過程中的變化，可以進入局域層，也可以進入常用層，甚至還可以進入基本層；當然也可能從詞彙系統中消失，成爲壹匆匆過客。此外，新詞中每個成員的運動速度也是千差萬別的。

〔註83〕俞理明：《詞彙歷史研究中的宏觀認識》，《江蘇大學學報》（社會科學版）2008 年 3 期，第 70 頁。

〔註84〕俞理明：《詞彙歷史研究中的宏觀認識》，《江蘇大學學報》（社會科學版）2008 年 3 期，第 70 頁。

　　第二，詞彙系統的開放性。詞彙是語言中最活躍的部分，德國哲學家、語言學家洪特堡（Wilhelm Von Humboldt）說：「在語言中從來都沒有靜止的片刻，就好像人類思想之火永遠不停一樣。根據自然規律，它永遠處於不斷的發展之中。」〔註85〕而新詞（或新義）的產生正是這種開放性的必然結果之一，如果精確地判定，每分每秒的詞彙成分都有著或多或少的差別。因此，「理想的詞彙面貌的描寫，應該以某個時點為基礎，彙集當時這種語言全部使用者當時所掌握的所有詞彙成分。但是，這一設想很難實現，實際使用中，詞彙成分總是呈線性排列的，在時間上有先後，並且，以目前的技術手段，我們還不能把某一時刻人腦中所掌握的詞彙成分全部記錄下來。」〔註86〕

　　為了捕捉這種詞彙的動態面貌，結合語料的特點，我們嘗試以順治朝作為一個共時段加以描寫。其中難免模糊之處，因為歷史是不可能被完全復原的，我們只是朝著更逼近歷史的真實而努力。這種以共時段為中心適當往前推算年代考察的方法，在一定程度上避免了因時間的局限而漏收新詞的失誤，使得那些暫時在語言中沉積下來的詞語也有可能進入我們考察的視野。從表面上看我們的標準更寬泛、更模糊，而事實上卻更真實地逼近歷史詞彙的原貌。

　　第三，詞彙顯現的偶然性。「文獻在保存語言材料方面具有隨機性的特點，記錄的內容、方式以及記錄者的用語習慣等等，都影響詞語在文獻中的出現。」〔註87〕即使已被文獻記錄下來的詞語，我們仍然不能把該詞語的最早用例視為該詞語的產生時間。因為「書面記錄的語言新成分有非同時性。不少語言成分，先在人們的口頭使用，後來才進入書面；當然也有一些書面創造的語言成分，通過文獻進入口頭。文獻對口語詞的記載總是後時的，創造書面新詞語的文獻，也可能失傳，因此，保存在文獻中的詞語最早用例，不等於這個詞語的產生時間。」〔註88〕

〔註85〕轉引自簡・愛切生：《語言的變化：進步還是退化？》，語文出版社 1997 年版，第 3 頁。

〔註86〕俞理明：《漢語詞彙和詞彙歷史研究瑣見》，收入《21 世紀的中國語言學》（二），商務印書館 2006 年版，第 277 頁。

〔註87〕俞理明：《東漢佛道文獻詞彙研究的構想》，《漢語史研究集刊》第 8 輯，巴蜀書社 2005 年版，第 20 頁。

〔註88〕俞理明：《東漢佛道文獻詞彙研究的構想》，《漢語史研究集刊》第 8 輯，巴蜀書社 2005 年版，第 27 頁。

這種偶然性的存在，甚至使得有些詞語失去在文獻中被記錄下來的機會。一個新詞可能在口語中使用了好一段時間，但由於受到記錄者和語體等的局限，導致在文獻中出現的年代滯後。有些新詞可能只短暫地存在於口語中，還沒來得及被文獻記錄就已成明日黃花了。

第四，詞語演變的惰性。索緒爾認為「集體惰性對一切語言創新的抗拒」，「回想語言始終是前一時代的遺產，我們還得補充一句：這些社會力量是因時間而起作用的。語言之所以有穩固的性質，不僅是因為它被綁在集體的鎮石上，而且因為它是處在時間之中」〔註89〕因此，一般來說，新詞語的產生可謂「千呼萬喚始出來，猶抱琵琶半遮面」。

語言新質對語言舊質惰性的克服，表現為語言的「和平演變」，這也是我們在檔案中見到數量眾多的疊架式詞語的原因之一。學界普遍認同的語言連續統的觀點也啓迪我們：在尋找某一共時段的詞語新質時，我們其實並不能在舊詞和新詞之間劃出一道涇渭分明的分界線。例如對語法化的研究，我們往往可以在語法化的起點與終點之間找出處於兩可階段的語言現象。

1.3.2　語義考辨研究

蔣紹愚主張通過以下方法考釋詞語：認字辨音，參照前人的詮釋，排比歸納，因聲求義，參證方言，推求語源等〔註90〕。結合這些方法，兼顧順治檔案材料的公文語體性質，我們歸納了以下幾種語義考辨的方法。

1.3.2.1　審形察義

我們在前文曾經提及，順治檔案為寫本材料。儘管書寫嚴謹，但是檔案出自多人之手，難免受書手影響而出現訛誤。順治檔案的多處批紅指出了這些訛誤，便是明證。以下是因形而誤的兩個例子：

【搬臺】「搬擡」的訛字。

其收藏冰塊，雇募夫役，修艌龍鳳等舟船，修理鰲山四柱牌坊等燈，培養花卉，買辦瓜鮮，造辦花爆盒子，清理宮內溝渠，捉補滲漏等項

〔註89〕索緒爾著；高名凱譯：《普通語言學教程》，商務印書館 1980 版，第 110～111 頁。

〔註90〕蔣紹愚：《近代漢語研究概況》，北京大學出版社 1994 年版，第 239～249 頁。

應用工料，及搬臺器物腳價，咸皆難緩之需。（1/249a-b）

「臺」為「擡」的訛字，「擡」指兩人以上合力扛舉。唐白居易《馬墜強出贈同座》詩：「足傷遭馬墜，腰重倩人擡。」「搬擡」係同義連用，共同的語義特徵是〔＋位移〕，指搬運擡移，在清代文獻中有以下用例。清嬛嬛山樵《補紅樓夢》第三十三回：「潘又安照應人役，搬擡行李馱子，直到吃過晚飯，內外方才收拾齊備。」〔註91〕清歸鋤子《紅樓夢補》第四十回：「當下便帶了小丫頭子進園來，先到凹晶館前看了看，見已撐起五色彩帳，老婆子們搬擡桌椅，小丫頭支架風爐，洗滌茶酒器具，正在忙亂。」

【賊扳】「賊犯」的訛字。

前月貳拾捌日，先據開平衛指揮張忠呈准，左翼營千總馮泰徵拿獲賊扳收監。（3/1090a）

案：「賊扳」不詞，「扳」為「犯」的訛字。「賊犯」為近代漢語習語，本處指造反的犯人，還可指盜竊犯、搶劫犯，例如：《全元雜劇·無名氏〈謝金吾詐拆清風府〉》：「我就自做監斬官，來到這角頭上鬧市中。左右那裏，喚劊子手，將那兩個賊犯綁將過來。」明朱長祚《玉鏡新譚·賞賚》：『北鎮撫司許奏為緝獲事，奉聖旨：「賊犯章秉正等並失主程遠，通送刑部，依律擬罪。』」〔註92〕清張集馨《道咸宦海見聞錄·己亥四十歲》：「奉委查辦寧遠賊犯姚武搶劫一案，亦係言官參奏。」

1.3.2.2　類聚顯義

系統性是詞彙的基本特性，詞彙間的組合關係和聚合關係是構建詞彙系統性的最根本方法。檔案中的司法文書，由於性質相似，加之對同一案件反覆記錄，為我們探討詞義類聚提供了許多可靠的語言材料。著名哲學家維特根斯坦提出的「家族相似性」（family resemblance）原理認為，有些概念範疇無法用傳統的經典模式概括，範疇中的成員如同一家族的成員，每個成員都和其他一個或數個成員共有一項或數項特徵，但是幾乎沒有一項特徵是所有成員共有的〔註93〕。

〔註91〕〔清〕嬛嬛山樵撰：《補紅樓夢》，北京大學出版社 1988 年版，第 297 頁。

〔註92〕〔明〕朱長祚撰；仇正偉點校：《玉鏡新譚》，中華書局 1989 年版，第 49 頁。

〔註93〕參見蘇寶榮：《語文辭書釋義的幾個問題》，《中國語言學報》第十三期，商務印書館 2008 年版，第 87 頁。

　　範疇的表達式是詞語，我們藉助詞語的「家族相似性」，在類聚的框架下解釋詞義，通過相對熟悉的詞語解讀與之類聚的未曾相識的詞語，從而達到「溫故知新」的目的。以「控告、告狀」範疇爲例：

【訴狀、呈訴、訴准、告准、告理、具狀疊告、赴告、告赴、首赴、首出、狀首、稟赴、稟鳴、稟官、具稟、控稟、喊稟、喊、鳴官、辯理】

【訴狀】走至西溪坪，天晚，投宿胡仲申家，仲申問文斯，回說：「此人爲魯家人命事訴狀。」（21/11859c）

【呈訴】魯機觀等免紙，周霄、王奇、柯增、蔡寅、胡成、郭一科各納呈訴紙銀貳錢伍分。（21/11873d）

【訴准】崇基見奉駁審，始將冤案無據，已經天語矜疑，懇恩解網仰副皇仁事；魯起龍亦將栽贓寄罪、讐陷大冤、籲天昭雪、甦生蟻命事，黏連辯單一紙，具狀各赴祖總督訴准。（21/11853d-11854a）

【告准】比唐文正遂架捏打死祖母等項虛情，將唐正法、唐正倫及在官唐正文、正武、唐文孟等各名目牽告詞內，俱狀於順治玖年柒月初貳日，赴荊州府告准，批仰江陵縣究報。（22/12138d）有在官僧如月被本縣民佘廷龍□姦淫事情，赴徽寧道告准，批縣查審。比丁壽昌於順治拾伍年伍月拾肆日，又不合藉事指詐如月銀參拾兩。（34/19086a-b）屍弟宋養明亦將打死人命情詞俱赴趙城縣告准。（37/20743d）

【告理】看得劉宰竊用人椽，乃敢嗔王應學告理。（20/11243c）本道看得劉宰以竊盜椽木而陳王應學之鳴官。（20/11244a）及茂林得知，恨見伯姦其妻，毆其子，牽其牛，而往鳴官，亦情之不容已者。（32/17980d）

【具狀疊告】（顧）湘初不合避匿，未獲照提在卷，嗣後湘初又不合脫飾窩盜事情，出頭連具三狀疊告。（34/19370b）

【赴告】諷唆王佑具狀赴告巡撫登萊青陳都御史處。（3/1154b-c）

【告赴】在官僞部總曹養体因爭地情由，將劉種告赴。（6/2211b）潘貴雲慮恐申究，遂於本月拾玖日告赴巡撫申都御史。（6/2924b-c）又據鄭有才具爲朋謀致斃妻命事，牽連孫讓、王六子等，告赴本道。

（20/11266d-11267a）

【首赴】有在官蔣忭與明誨積有夙隙，意欲洩忿，就不合起釁，以隱糧事
情將明誨首赴本縣。（22/12137d）

【首出】有大友同庄居住先存後故夏能，明知大友為非不行首出，大友聞
得捕役追趕，將騾丟棄溝內。（32/18375d-18376a）

【狀首】原任福州府通判周才為保，狀首名督中軍馬惟龍，統兵數十圍屋
捉才。（23/13053b）

【稟赴】有王宰隨向（劉）宰講說，宰恃強不理，互相嚷鬧。王宰有先未
被宰打死伊父王應學忿宰不過，將情稟赴蔚州衛守備王世傑，票
差牢役張學拘查。（20/11241b）趙鳳遂將弘深捉獲，稟赴代捕巡
檢司周承龍，審摘口詞呈報忻州。（36/20341b-c）

【稟鳴】後翱被參來省，稟鳴高協鎮將前銀給還各兵訖。（23/13074b）

【稟官】一本官於十四年七月內指稱大人索要虎、狼、豹皮，差役蒲輝發
銀採買，向各行戶催取，蒲輝要打發銀十兩不遂，復將各行戶稟
官，重責每人四十大板。（36/20363a）隨差志洪並在官同役李檠
先未逃董興詩參人拘審間，各不合視為奇貨，多方恐嚇，先將吳
成榮稟官送倉，復又送監。（3/1186c）看得劉宰竊取王宰橡木，
又恨宰父王應學稟官。（20/11245a-b）

【具稟】供稱，因馱王宰橡木，被王宰父王應學具稟衛衙。（20/11243b-c）

【控稟】會看得侯國保與張一璽同脫逃閆福亮合本販粟，因獲利五分係潮
銀，分之不均，互相角毆，璽父張整令子赴縣控稟。（36/20347b）

【喊稟】因獲低黑利銀五分，相分不停，互相嚷毆。適有張一璽先存今被
國保等同謀共毆身死父張整在旁，遂令張一璽赴縣喊稟去訖。
（36/20345c）郭金祥喊稟潞安府，將情一面呈報巡南道，一面票
行長治縣。（34/19336b-c）

【喊】審得侯國保少年兇徒也，與張一璽等合本貿易，並無夙嫌，緣分
五分低黑利銀不均，彼此互相毆嚷，璽父張整教子喊縣。
（36/20347d-20348a）

【鳴官】及茂林得知，恨見伯姦其妻，毆其子，牽其牛，而往鳴官，亦情之不容已者。（32/17980d）該本司按察使于際清覆看得侯國保凶惡棍徒也。與張一璽等合夥販粟，因分微利不均，互相嚷毆。時有一璽之父張整教子鳴官，亦父子相爲之情。（36/20348b）

【辯理】看得劉宰狼貪習成，凶惡性生，強馱王宰椽木已屬不法，何嗔王應學赴衙辯理？（20/11242b-c）

案：順治檔案中的各類案件，訴訟之初的必有環節是「控告」，因而出現了大量表「控告」義的詞語。辭書一般未收「喊」的「控告」義，《大詞典》釋「喊冤」爲呼叫冤屈。《儒林外史》第十三回：「（那人）把那血用手一抹，塗成一個血臉，到縣前喊冤去了。」事實上喊冤並不一定呼叫，可以擊鼓、拜天等等。《大詞典》「稟」謂「向上報告」，該詞至遲在十七世紀發生詞義縮少，引申出新的義項「控告」義。「喊稟」與「控稟」出現在同一則材料，敘述的是同一件事情，都是同義連用，可資證明「喊、稟」有控告義。此外，在辭書釋義中，「鳴、告、訴」都有「控告」義。

如果從語源上考察，「告、訴、稟、喊、鳴、辯」共有的語義特徵是〔＋言說〕，可以成爲一類，如「告准、具狀疊告、告理、訴狀、訴准、呈訴、稟官、稟鳴、具稟、控稟、喊稟、喊、鳴官、辯理」。這一類詞語數量較多，語義來源比較明晰。

「首」有「自首，告發」義，如《晉書・藝術傳・幸靈》：「竊者急遽，乃首出之。」其語義源於「向、朝著」。《論語・鄉黨》：「疾，君視之，東首，加朝服，拖紳。」向著罪而承認，即爲服罪，《漢書・梁孝王劉武傳》：「王陽病抵讕，置辭驕嫚，不首主令，與背畔亡異。」顏師古注：「不首謂不伏其罪也。」「首」對自己而言是服罪，對別人而言是使其服罪，因此，「首出、狀首」也有「控告」義，是第二類。

「赴」的本義是「到、去、前往」，《史記・滑稽列傳》：「欲赴佗國奔亡，痛吾兩主使不通。」「告赴、赴告、稟赴、首赴」之所以有「控告」義，源於縮略。這些詞語的詳細釋義是「赴……控告」，從上引例句中的「具狀各赴祖總督訴准」、「赴荊州府告准」、「赴趙城縣告准」可以看出，「赴」仍可釋爲「到、去、前往」。當「赴」與表控告義詞語「告、稟、首」緊密結合時，結構上由

「赴 A 告（稟、首）」演變爲「赴告（稟、首）A」，其中的「A」有時還可以省略，從而形成跨層結構。這是第三類。

可見，考索順治檔案中的詞語，如果有意識地在類聚視野下觀照，可以避免孤立討論中容易出現的「只見樹木、不見森林」的偏差，從而接近語言事實的眞相。

1.3.2.3　語境尋義

語境給予詞語以確定的語義，伍鐵平指出：「語境的作用可歸結爲兩個方面：一方面，言語片斷依賴於語境，另一方面，語境制約著言語片斷。一個言語片斷只有同語境結合，才能夠成爲使用的語言，不同語境結合，它只是抽象的運算式。」〔註 94〕這是從宏觀上對語境作用的認識，我們可以通過上下文的暗示，尋找或隱或現的語義脈絡，解決一些相對陌生詞語的釋義問題。

【板木頭】木棍。

　　比（馬）深就不合忿恨發惡，用見獲板木頭壹根向馬承祥左額顱、左額角等處狠打馬承祥倒地，致將右後肋跌傷，深仍用腳將馬承祥左腮頰踢傷，是實。（21/11815c-d）

「板木頭」在傳世文獻中幾乎不見用例，遍查各類辭書及方言著作，均未見記錄。但是我們可以藉助上下文尋求其語義。下文有兩處談到了馬深行兇的器械，「深肆兇惡，持木棍以加毆，致斃命於隔宿。自首服辜，屢讞情確，絞抵協律，固監候再審具奏。（21/11818c）」「看得馬深欠馬承祥之工價久捐不償，嗔承祥撞去驢頭，致觸深恨，輒持木棍狠毆，殞命於隔宿。（21/11818d）」據此，「板木頭」即爲「木棍」之俗稱。

【木拐棒】木棒。

　　順治參年肆月內隨帶弓箭、木枴棒行至地名順城嶺溝，（于）繼芳等在路等候，當有行路不知姓名參人經過，繼芳等各執弓箭、木棒向前喝定。（9/4653d）突起土賊，各持長鎗、三眼鎗、弓箭、馬叉、木拐等器械，直衝截路。（5/2315c）

例 1 下文以「木棒」對稱「木拐棒」，提示了語義線索。如《水滸傳》第六十

〔註94〕伍鐵平主編：《普通語言學概要》，高等教育出版社 1993 年版，第 196 頁。

一回：「（李逵）擔條過頭木拐棒，挑著個紙招兒，上寫著：『請命談天，卦金一兩。』」又作「木拐」，如《新刊全相平話樂毅圖齊七國春秋後集・孫子說樂毅》：「掄起沉香木拐，覷著樂毅頭上便打。」〔註95〕《平陰縣稟》：「時張、豫二令亦已趕到，會同鈔出寶劍一把，單刀二把，小洋槍一桿，小刀一把，長槍五桿，鐵棍一根，掌鞭一掛，木刀一把，木拐一對……」〔註96〕

【膕胘】腿彎。

> 兩膕胘、兩手腕、兩手心各左右俱紫赤，各滿穴、拾指、右小指骨折，腦膛紫赤，斜傷一處，長三寸，闊二寸。（10/5653a）額顱偏左偏右相連前傷一處，圍圓三寸，俱係磕傷。左右肐膊紅傷貳處，難量分寸。兩膕胘左右相連前傷，難量分寸，各紅傷一處。（11/5785b）兩膕胘右紅傷壹處，長壹寸伍分，闊壹寸，係棍打。（22/12614b）

「膕胘」一般辭書未收，但從語境來看，該詞與「手腕、手心、肐膊」等同類，亦屬身體部位之一。元高安道《哨遍》曲：「拖白練纏著膕胘。」《本草綱目・穀之三・大豆》：「風疽瘡疥。」李時珍注：「凡腳腨及膕胘中痒，搔則黃汁出者是也。」又作「曲胘」，唐孫思邈《備急千金要方》卷六十八，「治風疽方」條下宋林億等校正：「凡腳腨及曲胘中癢，搔則黃汁出是也，灸法見後。」又單作「胘」，《敦煌變文字義通釋》「胘」謂「大小腿之間。」引《舜子變文》：「從項決到腳胘，鮮血遍流灑地。」《集韻・尤韻》：「胘，雌由切，脛股間。或從酋。」〔註97〕可見該詞的演變軌跡爲「胘」→「曲胘」→「膕胘」。「胘」的語義由綜合變成分析，至遲在宋代，通過添加標示語義的「曲」，形成雙音節詞語「曲胘」，延及元代，發生偏旁類化，「曲胘」演變爲「膕胘」。

1.3.2.4　系聯探義

順治檔案是共時材料，但是在考釋詞義時需要歷時的探討。這種共時與歷時相互結合的方法，誠如索緒爾所言：「有關語言學的靜態方面的一切都是

〔註95〕鍾兆華著：《元刊全相平話五種校注》，巴蜀書社 1990 年版，第 143 頁。

〔註96〕參見中國社會科學院近代研究所近代史資料編輯室編：《山東義和團案卷》，齊魯書社 1980 年版，第 558 頁。

〔註97〕蔣禮鴻：《敦煌變文字義通釋》，上海古籍出版社 1988 年新 2 版，第 66 頁。

共時的，有關演化的一切都是歷時的。」〔註98〕俞理明師進而指出這種縱橫結合研究的必要性，「語言事實告訴我們，處在某一共時系統中的語言成分，不是在一朝一夕之間產生的，而是通過漫長時期的篩選、累積、融合而成的。因此，可以反過來說，在一個共時系統中保存了以往不同歷史時期產生的相關成分，我們可能在一個語言的共時平面中看到來自不同時間層面的豐富的歷史遺存。」〔註99〕

【肘鐐】戴在肘上的刑具。

> 拾貳日夜間，有本州在監賊犯貳名高栓、楊常小，不知何時將看監禁子劉進才打死，磕去肘鐐，將監內房門二門鎖子扭落，自西南角落破匣越牆逃走，不知去向。（3/1299b）將王名徑上長枷肘鐐，牢固監侯間，順治拾年捌月內蒙按察司憲牌，為刑辟宜有定案，以便稽查事。（21/11745a）

《大詞典》未收「肘鐐」，只收「腳鐐」，釋為「套在犯人腳上的刑具。」書證為巴金《砂丁》四：「朋友，明白點！這回大家都要戴腳鐐的。」《大詞典》對「鐐」的釋義是「帶在腳上的刑具。」《金史‧梁肅傳》：「自漢文除肉刑，罪至徒者帶鐐居役，歲滿釋之。」

《周禮‧秋官‧掌囚》：「凡囚者，上罪梏拲而桎。」鄭玄注引鄭司農曰：「拲者，兩手共一木也。」明章潢《圖書編》卷一百二十二作了進一步解釋：「在手曰梏，在足曰桎，拲者兩手共一木也，桎梏手足各一木也，此獄官督罪人上肘鐐之始。」通過縱橫比較我們認為，「梏」相當於「手銬」，「桎」相當於「腳鐐」，「拲」相當於「肘鐐」。「鐐」並不限於戴在腳上，我們可以通過系聯傳世文獻的以下用例，加以證明：

清阮元《廣東通志前事略》：「因教以不軌，使人藏利斧飯桶中，破肘鐐，越獄而出，凡十九人。商人亦逸去，不知所在。」清貪夢道人《彭公案》：「話說彭公吩咐帶上周應龍來，周應龍跪於階下，帶著肘鐐。」《古今冤海》卷十一：

〔註98〕索緒爾著；高名凱譯：《普通語言學教程》，商務印書館1980版，第119頁。
〔註99〕俞理明，譚代龍：《共時材料中的歷時分析——從〈根本說一切有部毗奈耶破僧事〉看漢語詞彙的發展》，《四川大學學報》（哲學社會科學版）2004年5期，第67頁。

「（楊繼盛）刑後，釘肘鐐投入死牢，還不准外面的人送藥醫治。」

《官典・嚴禁獄》：「或內外關通，將錢賣放，或聽許財物，鬆其肘鐐。」張希清、王秀梅譯其中的「肘鐐」爲「肘部的鐐銬」〔註100〕，近是。

《近代漢語大詞典》對「鐐」的釋義與《大詞典》近似，「鐐，刑具名，鎖腳的鐵鏈。」未收「肘鐐」，卻收有「鐐肘」，釋義爲「腳鐐手銬」，書證爲《豆棚閑話》第十二則：「翠兒監禁在獄，不出參日，枷鎖鐐肘俱在，翠兒不知去向。」〔註101〕我們不贊同這種理解，「肘鐐」與「鐐肘」是一對同素逆序詞，二者意義相同，「鐐肘」也應釋爲「戴在肘上的刑具」〔註102〕。

【拜帖】拜訪別人時所用的名帖。

> 王相公供：不曾同謀，（盧）鑄只與我拜帖一箇。（5/2717c）

明周祈《名義考・折簡疊幅》：「折簡猶今拜帖，盧光啓受知於張濬，每致書凡事別爲一紙，謂之疊幅，疊幅猶今副啓。」《世宗憲皇帝聖訓・謹制度》：「至於司庫、筆帖式官職尤卑，乃以欽差爲名，妄自尊大，與督撫拜帖稱呼俱用平行禮，妄誕已極。」亦其例。《大詞典》首引明張萱《疑耀》卷四：「古人書啓往來及姓名相通，皆以竹木爲之，所謂刺也……今之拜帖用紙，蓋起於熙寧也。」

【正賦】官府額定的賦稅，指地丁稅。

> 這錢糧徵納每兩加火耗三分，正是貪婪積弊，何云舊例？況正賦尚且酌蠲，額外豈容多取？著嚴行禁革，如違禁加耗，即以犯贓論罪。該部知道。（1/44a）楊興國爲召買宜徹底清查，豆草准作民正賦，以絕侵欺以甦困累事。（15/8387b）

該詞亦見於明瞿共美《東明聞見錄》：「式耜以蕞爾廣西抗大兵，其軍餉所資，除正賦外，惟錢法、鹽政、屯田三事。」清顧炎武《錢糧論下》：「火耗之所由名，其起於徵銀之代乎？此所謂正賦十而餘賦三者歟？清黃六鴻《福惠全

〔註100〕張希清，王秀梅：《中國歷代從政名著全譯・官典》第二冊，吉林人民出版社1998年版，第830頁。

〔註101〕許少峰：《近代漢語大詞典》，中華書局2008年版，第1158頁。

〔註102〕「肘鐐」還能用爲動詞，指「在肘上戴上刑具」，如：明翁萬達《翁萬達集》：「當差軍人劉月等，將吳四捉攫，及於伊家搜出原藏紅紅綢袍貳件，取具各略節口詞，當將各犯肘鐐。」

書·錢穀·催徵》：「田之所稅為糧，人之所供為丁，統正賦之名，曰：地丁。」
《大詞典》首引明沈榜《宛署雜記·縣賦》：「賦分二等：曰正賦，即起運存
留正供，每年候府奉部箚，酌歲所急，多寡微有差。」亦作「正銀」，如明章
潢《圖書編·江西差役事宜》：「所編之差有正銀一兩而止納一兩者，此必勢
豪夤緣者得之；有加至一二倍者以至數十倍者，此必平民下戶無勢力者當之。」
「往時見役催里長，里長催花戶，近多用衙役執催單，所索酒飯錢、腳力錢
又有捱限錢，常倍於本貧戶之正銀者。」（1/271d）

1.3.2.5　綜合辨義

趙振鐸在《訓詁學綱要》中總結的「釋義諸法」有以下幾種，「利用辭書、
勾稽舊注、對比文句、參考異文、印證方言」等，並認為「論證一個語言事實
往往要多種方法同時採用」〔註103〕。對於檔案中的疑難詞語，我們運用綜合辨
義的方法，聯繫明末清初的歷史文化背景，多角度地予以討論。例如：

【布褂】、【褂子】「褂」為「褂」的訛字。（布製的）外套。

> 會看得王名曾買趙官之布褂，因褂而受害，從此讐官，亦非甚不解之
> 讐也。（21/11745c-d）為□偷□褂子賣□□□□□□□認得攩住小的，
> 費了一兩銀子。（21/11743a）杜奇招稱：初玖日點燈時候，有孫宅後墻
> 通報國寺後空地，同楊歪脖子將不知姓名男子漢身穿藍布褂子因謀財
> 打死，將屍奇同楊歪脖子拋在孫家墻裡坑內。（4/1900b）

「布褂、褂子、藍布褂子」費解。根據上文「會審得王名因買趙官之衣，無端
被累，喞恨久矣。」（21/11745b）可知，「布褂」為「衣服」的一種。遍查《中
國古代名物大典》、《中國衣冠服飾大辭典》等均未見收錄「布褂」。疑「布褂」
為「布褂」之訛，在檔案文獻中有「藍布褂子」一語，可證佐證。「又據周鳳儀
供稱：『逃賊宗六並不曾認得，止有張奎、李大時常來在小的家下討火喫烟，後
撩下見有口袋貳條，藍布褂子壹件。』」（23/12983c）「藍布褂子」即藍布做的
褂子。明方以智《通雅·衣服》：「《儀禮》『中帶』注：『若今之襌襂。』蓋襯通
裁之中衫也。今吳人謂之衫，北人謂之褂。」

考「褂子」這一服飾的由來，與戎衣中的「罩甲」有著淵源。明方以智《通

〔註103〕趙振鐸：《訓詁學綱要》，四川出版集團，巴蜀書社2003年版，第153～178頁。

雅·衣服》：「戎衣有罩甲，所謂重衣。在上而短者，前似裌衣，或肩有袖至臂
臑而止，今曰齊肩。邊關號曰褡褳，又謂之褂子。」清顧炎武《日知錄·對襟
衣》：「今之罩甲，即對襟衣也。」清王應奎《柳南續筆·罩甲》：「今人稱外套
亦曰罩甲。」據此，「褂子」爲「罩甲」的別稱。

這種戎衣因兩襟對開，紐扣在胸前正中，故又稱「對襟衣」，據清顧炎武《日
知錄·對襟衣》：「《太祖實錄》：洪武二十六年三月，禁官民步卒人等服對襟衣，
惟騎馬許服，以便於乘馬故也。」可見，這種服飾很受人們的歡迎，以致於要
明令禁止民間穿著。因穿「褂子」便於乘馬，故又有「馬褂」之稱，清趙翼《陔
餘叢考·馬褂缺襟袍戰裙》：「短褂，亦曰馬褂，馬上所服也。」〔註104〕

清軍入關之後，「褂子」這一昔日戰場上的專利品因穿著者的身份變化（由
戰士轉爲官員）而發生詞義演變，成爲一種禮服。《清會典·禮部·儀制清吏司
三》「服有袍，有褂。朝服蟒袍外，皆加補褂，常服褂無補，行褂，長與肩齊，
女袍，長與袍齊，褂面石青。」

從檔案中「會審得王名因買趙官之衣（褂子），無端被累，唧恨久矣。」
（21/11745b）可知在順治年間，「褂子」可在民間自由買賣，因此可以推測當
時「褂子」已走進千家萬戶，演繹爲外衣的一種。如《紅樓夢》第五二回：「賈
母見寶玉身上穿著……大紅猩猩氈盤金彩繡石青妝緞沿邊的排穗褂。」《大詞典》
釋「褂子」義項之一爲「中式的外衣」。證引曹禺《雷雨》第一幕：「他穿了一
件工人的藍布褂子，油漬的草帽拿在手裏，一雙黑皮鞋，有一根鞋帶早不知落
在哪裏。」顯然大大「推遲」了褂子在民間穿著的年代。

【豐密】茂盛；茂密。

> 臣隨路詢問，皆謂羣盜藏身樹木豐密之林，蜀秫〔註105〕茂盛之地，從
> 內窺外，擇人而劫。（1/321b）

《爾雅·釋詁》：「苞、蕪、茂，豐也。」郭璞注：「苞叢、繁蕪，皆豐盛。」與
「密」同義。該詞例不多見，明皇甫涍《皇甫少玄集·行役·停橈》：「草樹銜
豐密，雲天引磧長。」與《現代漢語大詞典》所收的「豐茂」同。〔註106〕

〔註104〕〔清〕趙翼著：《陔餘叢考》，商務印書館1957年版，第703頁。

〔註105〕蜀秫，爲「蜀秫」的訛字。明徐光啓《農政全書》卷二十五「蜀秫」謂「玄扈
先生曰：蜀秫古無有也，後世或從他方得種，其黏者近秫，故借名爲秫。」

〔註106〕中國社會科學院語言研究所詞典編輯室編：《現代漢語大詞典》（第五版），商

【脿壯（臕壯）】（馬匹等）肥壯。

何本月十四日，有差役馮明春、王漸都者，身無兵部勘合火牌，又無
軍情羽檄，乃敢擅執私票，擅馱私貨，至漁陽驛中強換脿壯驛馬？
（5/2427c-d）

「脿」同「臕」，形容皮下脂肪肥厚。《廣韻·宵韻》：「臕，脂臕，肥兒。」明
許進《平番始末》卷上：「爾等先將本鎮漢土官兵揀選十分精壯者，給與堅利器
械及脿壯正馱馬匹。」《平定準噶爾方略》正編卷五：「而安臺遞送兵丁亦屬緊
要，若不上緊餵養脿壯，正恐臨期有誤。」亦其例。《大詞典》收詞條「臕壯」，
引清吳熾昌《客窗閒話續集·文孝廉》：「以三十金僱車，兩騾甚臕壯。」

1.3.3　語義類聚研究

我國的傳統語文學很早就對語義類聚加以關注了。《爾雅》是我國最早的一
部語義分類詞典〔註107〕，把所訓釋的詞語分爲 16 個大類 39 個小類。儘管有些
分類不夠準確，但足以體現先秦時代先民對詞彙系統的初步認識。《爾雅》所建
立的詞語分類體系對其後的雅書類著作乃至現代辭書均產生了深遠的影響。

俄國古典語文學家和普通語言學家波克羅夫斯基在《論語義學的方法》中
提出：客觀現實中各物體間的聯繫決定了語言中相應詞的聯繫。〔註108〕據此，
人類有可能運用語言把客觀無序的自在世界表現爲井然有序，使用的媒介是「範
疇化」。從認知的角度看，範疇化（categorization）可說是人類高級認知活動中
最基本的一種，它指的是人類在歧異的現實中看到相似性，並據以將可分辨的
不同事物處理爲相同的，由此對世界萬物進行分類。〔註109〕正如 Labov 所說：
「如果語言學所作的可用一句話來概括，那它就是對範疇的研究。」〔註110〕

務印書館 2005 年版，第 405 頁。

〔註107〕錢劍夫著：《中國古代字典辭典概論》，商務印書館 1986 年版，第 126 頁。

〔註108〕（前蘇聯）科索夫斯基；成立中譯：《語義場理論概述》，《語言學動態》1979
年第 3 期，第 23 頁。

〔註109〕張敏著：《認知語言學與漢語名詞短語》，中國社會科學出版社 1998 年版，第
50 頁。

〔註110〕Labov, W. 1973. "The boundaries of words and their meanings". In Bailey and Shuy
（eds.）, New Ways of Analyzing Variation in English. Washington; Georgetown
University Press,1973.

　　我們將檔案新詞劃分為名物類、行為類、性狀類三個大的語義類別，在每一類別下在細分為若干小的語義類別，旨在揭示檔案新詞間的聚合關係。本文的語義分類體系概貌，參見下圖：

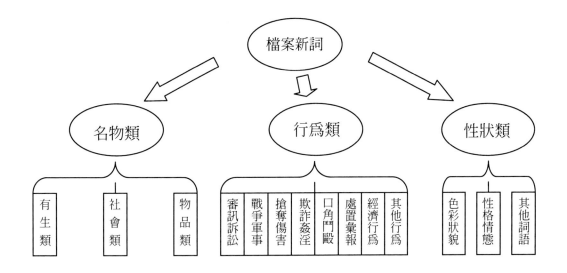

1.3.4　語義構成研究

　　貌似一盤散沙的詞語，彼此間存在多方面的聯繫，進而形成開放而有序的詞彙系統。索緒爾認為，在語言狀態中，一切都是以關係為基礎的。句段關係（組合關係）和聯想關係（聚合關係）體現了語言符號的價值。〔註111〕詞語所固有的語義結構也因組合關係和聚合關係而實現表情達意的功能。基於有些詞語可以轉換為句結構表達的思路，我們在訓詁的基礎上，對所列新詞進行語義構成分析。俞理明師認為：「借鑒語法結構分析的方法，以語素為單位，對一個詞內部的意義關係進行分析，可以把詞分為兩大類。有一類詞，由單一形式對應一個意義，不能通過形式的分析來分析它的意義，這樣，語素的意義和形式，就是詞的意義和形式，這類詞的語義結構，我們稱為單一結構；另一類詞，由多個可分析形式複合，表示一個概念，這個概念是這些形式所表示的意義的組合，這類詞的語義結構，我們稱為複合結構。」〔註112〕

〔註111〕索緒爾著；高名凱譯：《普通語言學教程》，商務印書館 1980 年版，第 170～171 頁。

〔註112〕俞理明，杜曉麗：《論詞語的語義結構》，《漢語史學報》第八輯，上海教育出版社 2009 年版，第 47 頁。

　　據此，我們把整個新詞劃分爲單一結構和複合結構兩大類。單一結構分單純詞、並列式複合詞和部分附加式詞等三個方面討論；複合結構從偏正式、述賓式、述補式、主謂式、部分附加式等五個方面考察。在具體討論過程中，借鑒李宇明提出的「詞語模」和董秀芳提出「構詞模式」，引入「語義模」概念，並以此爲核心，從模槽和模標兩個角度綜合研究。句結構表達的抽象化，體現在線性序列中構詞單位間的語法關係及語法地位，即語義模。因此，我們運用傳統語法的句子成分作爲考察詞語語義關係的立足點，語義模中不變的詞語或語法關係爲模槽，往往不顯現在詞語的表層，可以借用主謂賓定狀補等語法術語加以表達。語義模中可以被置換的詞語爲模標，往往顯現在詞語的表層，用該詞的詞性加以表達。

　　我們放棄對語法單位間具體語義關係如工具、功能、方式等方面的探討，一是因爲這種具體關係簡直無法窮盡，二是因爲我們分析詞語的語義構成，意在揭示詞語的整體意義與構詞語素意義間的關係。語法教科書多次強調有些詞語的意義並不是構詞語素意義的簡單相加，那麼整體意義究竟從何而來？名詞與名詞結合一定爲名詞？動詞與動詞結合一定爲動詞？對這些問題，我們試圖用模槽和模標來顯示詞語意義的來龍去脈，從一定意義上說，語義構成分析有助於揭示詞語的語源。有些詞語的模標在句結構中處於不同的層次，使得從字面上無法明瞭詞語的整體意義，即通常所說的意義「不透明」，給詞語的語源蒙上了一層面紗。如果從成詞緊密程度來看，這類越級提取的詞語往往更具詞語的合法身份，因爲在心理詞庫中，這些詞語具有特殊性，往往需要逐個記憶才便於提取。

1.4　本書的研究意義

　　蔣禮鴻在《敦煌變文字義通釋》序目中指出，研究古代語言要從縱橫兩方面做起。「所謂橫的方面是研究一代的語言，如元代；其中可以包括一種文學作品的，如元劇；也可以綜合這一時代的各種材料，如元劇之外，可以加上那時的小說、筆記、詔令等。當然後者的做法更能看出一個時代語言的全貌。」〔註113〕本書的研究意義即在於此，通過描寫順治檔案中的詞彙新質面

〔註113〕蔣禮鴻：《敦煌變文字義通釋》，上海古籍出版社 1988 年版，第 1～2 頁。

貌，爲揭示十七世紀的語言面貌服務。

　　鑒於十七世紀前中期處於明清兩朝政權更迭之時，社會生活習俗發生了很大變化，勢必在語言上有所體現。我們以順治朝檔案材料爲中心，管窺這一共時段的詞彙新質，爲更清晰地認識近代漢語詞彙做出紮實的貢獻。通過梳理檔案材料中大量的法制詞語，爲研究清代法制史提供切實可用的語料，進而爲推動清史研究增磚添瓦。

　　在詞彙描寫時，力求釋義準確，遵循元語言釋義的原則，在詞彙系統的觀照下加以訓釋，爲大型辭書的修訂提供可資借鑒的釋義和書證。針對檔案文獻的實際，以「名物類詞語、行爲類詞語、性狀類詞語」組織新詞，始終貫切語義類聚的原則，使相對紛繁的詞語得以各就其位，從而爲後續研究打下堅實的基礎。在解釋新詞的同時，有意把詞彙投放在更廣闊的社會文化背景下考察，追溯新詞產生的動因，深入挖掘詞彙系統層面以及社會表達需要等方面的原因，進而爲新詞的衍生機制勾勒出比較可信的軌跡。

　　在語義構成研究中，對已經找出的新詞進行窮盡分析，從名物類、行爲類、性狀類三個方面歸納新詞衍生的模槽和模標。其意義在於，藉助此項研究，探尋詞彙衍生的相關規律，爲預測當代新詞的發展趨勢提供可資比對的範本。

1.5　相關說明

　　第一，引錄檔案文獻時，缺字用「□」表示，缺幾字用幾個「□」表示，缺字數目不定，用「□……□」表示。依據上下文補充省略的文字或者文獻本來的脫字，用「（　）」表示。假借字、訛字、異體字在原字後用「〔　〕」注出本字。

　　第二，爲了盡可能保留原寫卷的原貌，原則上按照寫本的用字如實過錄，以體現清初公文文書的用字習慣。

　　第三，文中以《大詞典》代表《漢語大詞典》，以《字典》代表《漢語大字典》。《大詞典》未收的詞語爲本文考察的主要對象，《大詞典》已收但釋義不夠準確的詞語或者該詞文獻用例相對稀見的詞語亦爲討論的對象。對於那些《大詞典》已收，意義相對顯豁的詞語，如果其首引書證晚於檔案材料，在附錄「書證提前簡表」中予以羅列。

第四，文中引用的語料，屬於常見的不標注版本及頁碼，比如《文淵閣四庫全書》、《四部叢刊》等；相對罕見的資料，標注版本及頁碼等信息，以便查核。

第五，文中所引書證材料，儘量使用清代文獻。有些詞條，在筆者檢索範圍內未發現清代用例的，不避引用現代或當代文獻，甚至譯著亦在引證之列，以資證明所釋詞條在除檔案文獻外確有其它用例。

第六，所釋詞條在檔案文獻中出現次數少於兩次（含兩次）的，全部列出，三次以上（含三次）的列出三個用例，以示區別對待。

第七，爲行文簡潔起見，文中在引用時稱呼前修時賢，均省去「先生」字樣。

2 順治檔案的名物類詞語

本章討論的名物類詞語主要為有生類詞語、社會類詞語、器物類詞語三種。儘管清承明制,但在十七世紀前中期依然湧現了一大批新興的名物類詞語。對其加以全面描寫,有助於管窺該共時段的詞彙面貌。

2.1　有生類詞語

如前所述,我們據以考察的語料大部分為刑名案件的原始記錄,因此有生類詞語主要集中在文武職官、下層吏役、親鄰人眾、職業階層、罪案人員、身體部位、疾病創傷、其他生物等幾個方面。

2.1.1　文武職官

有清一代,雖然在開國之初整頓吏治,但是官吏腐敗的發案率依然居高不下。此外,順治朝處於清兵入關的初年,滿漢兩種體制存在必然的磨合過程,也會新詞的產生提供了肥沃的土壤。本節的職官,涉及文武百官。

【花封】封建時代賜給貴婦人的封誥。

　　所可憐者,溫樹珙名列新榜,身寄花封,蒞任未及參月,驅眾先誅一賊,猶能活擒一寇。(8/4539d-4540a)

明楊爾曾《韓湘子全傳》第十六回：「只這個五湖四海恣遊遨，煞強如王家一品花封誥。」〔註1〕《癡人福》第八回：「咳，皇上皇上，你既然要把花封賜〔錫〕，爲甚的沛洪恩抵吝這涓滴。」〔註2〕亦其例。《大詞典》首引清蔣士銓《冬青樹·遇婢》：「花封誰念皇宣貴，長門空灑懷鄉淚。」

【憲臺（憲臺）】對上級官員的尊稱。

> 奈現存盜犯只有韓福西、來虎兩人，其前審憲臺前供口受贓甚多，執此以罪啓元，即薨街亦不爲枉。（8/4517a）本職等未敢擅便，伏乞憲臺裁奪施行，等因。（33/18669d-18770a）

《世宗憲皇帝硃批諭旨·硃批郭鏴奏摺》：「切思官兵既令會合進剿，自當彼此相援，不料憲臺所存何意按兵不動，使我兵困極傷亡如此之多。等情前來。」清俞森《荒政叢書·蔡懋德通積備荒議》：「又請憲臺備行各經由關権，凡糧食重載悉蠲其稅。」亦其例。《大詞典》首引清袁枚《隨園隨筆·稱謂》：「鄂西林相公云：『唐龍朔二年改御史臺爲憲臺，是憲臺之稱，內惟都御史，外惟總督巡撫當之耳。今通稱司、道、府爲憲臺，誤矣。』余按……唐雖改御史臺爲憲臺，而亦改中書爲西臺，祕書爲塹臺，不專以御史所屬爲臺，則以憲臺稱上官，似可通融。」

【臺班】朝廷官員。

> 臣（楊世學）自入臺班以來，竊見皇上愛民之念，宵旰不遑，直欲匹夫、匹婦無不得所。（16/8823b）

「臺」可指古代中央政府的官署，常指御史臺。如南朝梁任昉《奏彈劉整》：「輒攝整亡父舊使奴海蛤到臺辯問。」如明范景文《文忠集·辭南憲疏》：「忽聞寵命被及幽巖，俾之領袖臺班紀綱。」清郭琇《華野疏稿·特參近臣疏》：「臣一

〔註1〕〔明〕楊爾曾等撰，譚新標點：《八仙全傳》，嶽麓書社1994年版，第873頁。

〔註2〕〔清〕荑荻散人編次，〔清〕佚名著：《玉嬌梨》，中州古籍出版社1994年版，第357頁。原文爲此「賜」，從其他版本改。如林鯉主編：《中國歷代珍稀小說》1，九洲圖書出版社1998年版，第53頁；侯忠義等主編：《中國古代珍稀本小說》4，春風文藝出版社1994年版，第253頁。該段文字亦見於〔清〕李漁著：《李漁全集》第5卷《笠翁傳奇十種》下，浙江古籍出版社1991年版，第99頁，「花封賜」均作「花封錫」。考《爾雅·釋詁上》：「錫，賜也。」可見「錫」同「賜」，蓋中州古籍本不明「錫」有「賜」義，而妄改之。

介庸儒，臺班末職，荷蒙皇上特恩拔擢，歷位中丞。」亦其例。

【署官】尚未實授的官員。

臣王文奎謹題爲署官貪污彰聞，謹據實再糾，以正官方事。（2/551b）
巡按陝西甘肅監察御史臣許弘祚謹啓爲特參汙劣署官，以肅吏治事。
（4/2201b）或擅准署官俸廩，或輕給墩夜行糧，雖扣追如數，贓無入
己，擬徒奚辭？（8/4000d）

《漢書·蕭望之傳》：「望之以射策甲科爲郎，署小苑東門候。」顏師古注：
「署，補署也。」可知「署」指代理，暫任或試充官職。「署官」古已有之，
亦見於《宋史·太祖本紀二》：「辛夘大赦廣南，免二稅，僞署官仍舊。」《金
史·志第十四·禮六》：「班位立禮官，率太廟署官就腰輿內捧御容於殿上，
正面奉安訖。」陸圻《纖言·南京太子》：「兩日天氣開朗，眾皆悅服，各部
寺署官行四拜禮，士民亦多朝見，封爵有差。」《醒世姻緣傳》第十二回：「那
時武城縣署官還不曾來到，仰那署捕的倉官依限發人。」

署官的產生與清代的署缺制度緊密相關。該制分爲兩類：一爲奏署，即
由各衙署長官題奏，經皇帝允准派署，稱署某官；一爲委署，即由各衙署長
官派委署理，稱委署某官。被委任爲署官的必須達到一定條件，清朝吏部銓
選制度規定，內外官缺出，差委品級相近官員代理其職。署官是署某官和委
署某官的統稱，署官原指代理、暫任或試充某官職，至清朝，始將署某職作
爲官名之一種，以表示尚未實授之官職〔註3〕。署官可具體化爲「（委）署某
官」，如「署鎮」，「大同署鎮王世仁徵調應手，鼓勵諸將士皆爲用命。」（2/956b）
如「署守備」，「本月初四日午時，據中軍盛嘉寶差署中營小中軍事守備賀元
報稱：於初三日五鼓，我兵奮勇扒剋觀音寨。」（5/2688d）如「委署同知」，「今
據該司呈問得，一名杜皓，年二十九歲，陝西鳳翔府鳳翔縣人，由功貢順治
二年四月內蒙軍門委署慶陽府清軍同知事務。」（7/3811c）

【部堂】清代各部尚書、侍郎之稱。各省總督例兼兵部尚書銜者，也稱
部堂。

又遇招無〔撫〕部堂王鰲永標下副將張驃下守備孫夢鯨，係鄒平縣人，
口稱貳拾玖日偶有公務出城，及回，至北門即被穿紅賊寇箭射，不容

〔註3〕參見呂宗力主編：《中國歷代官制大辭典》，北京出版社1994年版，第819頁。

進入。（2/424d-425a）

本句的「部堂」即「戶部侍郎」，據《山東通志·人物四·皇清》：「王鰲永字澗溯，淄川人。故明天啓乙丑進士，累官副都御史，巡撫鄖陽，進戶部侍郎。世祖章皇帝綏定京師，首先迎順，以原官招撫山東，行至青州爲鄉民趙應元所殺。」「部堂」爲「～部堂上官」的簡稱，如秦蕙田《五禮通考·嘉禮五十三》：「吏部堂上官一員……戶部堂上官一員……禮部堂上官二員……兵部堂上官一員……刑部堂上官一員……工部堂上官二員」又作「～部堂官」，《明史·鄭辰列傳》：「初兩京六部堂官缺，帝命廷臣推方面官堪內任者。」《大詞典》首引《醒世姻緣傳》第一回：「晁秀才一來新選了官，況且又是極大的縣，見部堂，接鄉宦，竟無片刻工夫做到借債的事。」

【河臣】河道總督。

> 前朝河臣屢經酌議，以窪地三十八里爲水櫃，另築子堤，堤內爲湖，堤外爲地，官民兩便。（4/1915d-1916a）

明周起元《周忠愍奏疏·題爲摘陳漕河喫緊要務以裨國計事疏》：「咨行總理河臣分委嚴督，務依今限開通，正月末旬報完，以裨利涉運務庶得早完，而國計民生均有賴矣。」清靳輔《文襄奏疏·恭報完工疏》：「彼時河臣潘季馴築堤堵決，束水歸漕，治效班班可考。」是其例。《大詞典》首引《清史稿·河渠志一》：「曜又言：『向來沿河州縣，本歸河臣兼轄，員缺仍會河臣題補，遇有功過，河臣亦應舉劾，尚無呼應不靈之患。』」

【道臣】清代省以下、府以上一級的官員。

> 本年拾壹月初壹日，據萊州府知府新陞武德道臣祝思信手本，爲擒斬賊寇事。（5/2315b）何貳弁竟以洗面進食爲急而輕離汛地，致狡賊充兵賺入，殺戮道臣之眷屬，劫搶城外之驛馬。（14/7515c-d）

《世宗憲皇帝硃批諭旨·硃批何天培奏摺》：「又不見伊家人一面，遽憑道臣之言，不念朝廷稅課爲重，縱放過關。」清張勇《張襄壯奏疏》卷一：「臣仍會同撫臣周文□、道臣賈還眞動支額銀，於附近產糧處所糴買麥豆，以佐軍需。」《大詞典》引明沈德符《萬曆野獲編·外國·順義王》：「此三王名號，亦係廟堂所創，以示羈縻，而階勳爲正一品，尤爲妥當，使隆慶間亦冠於順義王之上，

則虜酋決不敢爭禮欲如代王體統，以致道臣受其折辱矣。」

【道篆】某道的長官。

> 據看理霸州兵備道事霸州知州張民望呈前事，內開，卑職奉委道篆，惟弭盜防奸，恪遵功令及前道申嚴。（4/2005b）

《世宗憲皇帝硃批諭旨・硃批趙弘恩奏摺》：「（臣）誠恐道篆委署難以得人，伏乞皇上迅賜簡補，實有裨益。謹奏覽。」《江西通志・人物五》：「（郭日燧）在任七年，兩攝道篆，善政不可枚舉。」亦其例。考「篆」爲「官印」的代稱，《正字通・竹部》：「篆，印亦曰篆。」進而借指職官。

【學道】被派往各省，按期至所屬各府、廳主持童生及生員考試的督學使者。

> 上半年拾月貳拾捌日，蒙學道歲考，儒童送府考試。（7/3919b）

《世宗憲皇帝上諭內閣》卷一百十三：「江西學道高鑌昔年曾侍朕讀書，其在江西學政任內非一塵不染者，此朕所深知。」《八旗通志・趙祥星傳》：「康熙元年正月（趙祥星）疏言：江南省上江、下江學道二員，湖廣省湖北、湖南學道二員，應裁併歸一。」亦其例。《大詞典》首引《儒林外史》第三回：「荏苒三年，升了御史，欽點廣東學道。」

【印官】知州、知縣等各級地方正職官員。

> 不期謝廷秀久遁山東，糾黨前來，探知印官公出，往府逞兇行劫監犯庫藏，及聞砲聲紛舉，旋即奔逃，當將庫獄均劫。（4/2068b-c）又蒙平南王諭守備王泰知道，即速將各官並印官家眷，城內一應大小銃炮、火藥先行裝載，赴三水線住紮。（20/11153b）

明清制度，從布政使到知州、知縣等各級地方官皆用正方印，故稱「正印官」或「印官」。其他臨時差委以及非正規系統官員，則用長方印。亦見於清郭琇《華野疏稿・條陳三事疏》：「如有沖潰被水漫溢者，即將經修縣丞、州同以及印官並原有考成督催之同知、知府分別降罰，留任修好開復，仍令該管道員不時查察。」清嚴如熤《三省邊防備覽・藝文下》：「設刑仵於所管地方，命案相驗，牒交印官，訊詳於屍傷，可免腐變。」又作「正印官」，如《世宗憲皇帝上諭內閣》卷四十七：「凡枷號暫羈之門關倉所亦必繕治完固，正印官仍不時稽查，毋

令獄官、獄卒任意凌虐，懈弛疏防。」清靳輔《文襄奏疏・經理河工第七疏》：「且府州縣之正印官往往視河務爲餘事，等河官爲贅疣。」《大詞典》僅收「印官」，引清黃六鴻《福惠全書・錢穀・倉收陋弊》：「如有堆頓廠外，印官到倉，即要查問。」

【縣篆】某縣的長官。

　　狀招：良幹由吏員除授湖廣長沙府瀏陽縣丞，於順治肆年參月貳拾日到任。比良幹委署縣篆，寄膺民社，自合潔己奉公、撫綏殘黎爲是。（19/10831b）

《世宗憲皇帝硃批諭旨・硃批王士俊奏摺》：「而奉旨來粵試用人員以及知縣以下試用之員孫嶙等，歷經委署縣篆，尤能竭蹶辦公。」清龔煒《巢林筆談・以貲入仕》：「（王壽南）後選得西安府經歷，十餘年中，七署縣篆。」〔註4〕亦其例。

【鹽正】負責經管有關食鹽的事務的官員。

　　竊惟七監設有鹽正、錄事等官，原以料理鹽務。（12/6809b）

【錄事】負責經管有關食鹽的事務的官員。

　　竊惟七監設有鹽正、錄事等官，原以料理鹽務。（12/6809b）

【恩貢】科舉時代因恩詔貢入國子監的生員。

　　由恩貢除授江南鳳陽府宿州同知，順治貳年柒月初柒日到任。（8/4081c）問得壹名鄭諫蒲，年陸拾玖歲，河南衛輝府胙城縣人，由恩貢順治肆年柒月內除授南陽府內鄉縣訓導。（17/9643c-d）據按察司呈稱，一，問得一名劉星煥，年□拾伍歲，陝西慶陽府環縣人，由順治貳年恩貢，於順治捌年考中知縣。（37/20909b-c）

明清科舉制度規定，每年由府、州、縣選送廩生入京都國子監肄業，稱爲歲貢。凡遇皇帝登極或其他慶典而頒佈恩詔之年，除歲貢外再加選一次，稱爲「恩貢」。明孫傳庭《糾參規避疏》：「查得邠州州判孟學孔由恩貢出身，綽有幹才。」〔註5〕清毛奇齡《蟗吾李孝愨先生暨馬孺人合莾墓表》：「順治八年，

〔註4〕〔清〕龔煒撰；錢炳寰點校：《巢林筆談》，中華書局1981年版，第166～167頁。
〔註5〕〔明〕孫傳庭《白谷集》卷三。

兄以覃恩貢於廷，授府判官。」〔註6〕是其例。《大詞典》首引《明史·選舉志一》：「入國學者，通謂之監生。舉人曰舉監，生員曰貢監，品官子弟曰廕監，捐資曰例監。同一貢監也，有歲貢，有選貢，有恩貢，有納貢……恩貢者，國家有慶典或登極詔書，以當貢者充之。」

【功貢】科舉時代因功勳貢入國子監的生員。

> 今據該司呈問得，一名杜皓，年二十九歲，陝西鳳翔府鳳翔縣人，由功貢順治二年四月內蒙軍門委署慶陽府清軍同知事務。（7/3811c）

《大清會典則例·國子監》：「又定恩貢生選拔貢生副榜，貢生、貢監生、功貢生、準貢生皆準入監肄業。」《皇朝文獻通考·選舉考一》：「惟有功貢、準貢雖爲數不多，亦宜停止。」亦其例。

【拔貢】科舉制度中選拔貢入國子監的生員的一種。

> 問得壹名王喬松，年參拾玖歲，直隸保定府雄縣人，由拔貢除授山東濟南府海豐縣知縣。（7/3931b）據該司呈問得：壹名劉名貴，年參拾柒歲，江南徐州豐縣人，由拔貢順治捌年貳月內除授陝西鞏昌府徽州判官。（17/9687c）今據該道副使吳允昇呈，問得壹名常德萃，年參拾參歲，山西澤州沁水縣人，由拔貢順治拾年貳月內除授河間府吳橋縣知縣。（27/15314b）

《世宗憲皇帝聖訓·文教》：「（雍正元年）十二月乙酉上諭禮部：直省拔貢舊例，十二年題請舉行一次，後因各省學政不能秉公選取，國子監未便照例請行，於雍正元年特行一次。」《大清會典則例·都察院三》：「又題準拔貢定例：彙通省廩生於貢院中兩場考試士子跋涉艱辛，令聽學政於所至之地便宜考試。」亦其例。《大詞典》首引清福格《聽雨叢談》。

【監貢】明清時生員入國子監讀書者叫貢生，又稱「貢監」。

> 狀招：（劉）起鳳由監貢補授龍陽縣知縣，於順治玖年玖月初參日到任管理印務。（18/10095b）

「監貢」與「貢監」同，如《明史·選舉志一》：「（府、州、縣諸生）入國學者，通謂之監生。舉人曰舉監，生員曰貢監……同一貢監也，有歲貢，有選貢，有

〔註6〕〔清〕毛奇齡《西河集》卷九十。

恩貢，有納貢。」亦作「監貢生」，如《坡尾開族》：「繼嗣秉鈞，娶婦黃氏，納婢一，生子海；次嗣仕珍，納婢名花女□只，生孫一，名奠川，過繼於二房。次名聯三，監貢生，乳（名）捷元。」〔註7〕

【章京】漢語「將軍」的譯音。清代用於某些有職守的文武官員，漢名為參領。

> 據甲喇章京王得功啓為殺死人命事。（3/1479b）隨往管織造的章京希伯成、太監劉國正處將寇良卿與他認果是匠役否，據回稱：是挽花匠，名字叫寇良甫，查檔子果是寇良甫，及查稅課司檔子，有經紀名字寇良卿。（20/11138b-c）

另如清薛福成《應詔陳言疏》：「八旗兵丁，不慣米食，往往由牛彔章京領米易錢，折給兵丁，買雜糧充食。」《大詞典》首引《兒女英雄傳》第十九回：「有個騎都尉的世職，恰好出缺無人，輪該你祖太爺承襲，出來引見，便用了一個本旗章京。」

【中軍】（清代）總督、巡撫以下，凡有兵權者，其標下的統領官，稱為中軍。

> 本月初四日午時，據中軍盛嘉寶差署中營小中軍事守備賀元報稱：於初三日五鼓，我兵奮勇扒剋觀音寨。（5/2688d）順德府知府朱國治呈問得：壹名張膽，年肆拾貳歲，係江南徐州人，由武舉於順治陸年玖月內題補總督直省部院標下中軍副總兵。（25/14043c-d）

亦見於清荑荻散人《玉嬌梨》第十七回：「主意定了，就叫中軍官發一個單名帖，請丹陽張軌如相公後堂一飯。中軍領命，忙發一帖差人去請。」清佚名《三春夢》第十一回：「董萬年聽說，喜滿胸膛，言曰：『既是這等，待弟邀請黃同協中軍余國寶、澄海協中軍溫嶽川，同助劉大人退敵公府旗奴。』」《大詞典》「中軍」謂「中軍官的省稱」，引孤例明湯顯祖《牡丹亭·淮警》：「不免請出賤房計議。中軍快請。」徐朔方等校注：「中軍，中軍官，即傳令官。」該義項似可歸併。

〔註7〕沈雲龍編：《近代中國史料叢刊編輯》503《臺灣關係文獻集零》，文海出版社1978年版，第218頁。

【都司】清朝綠營軍官，武職正四品，位次參將、遊擊之下，守備
之上。〔註8〕

蹇遭貪饕都司李景元、蠹惡易泰、莫華等藉漕運為詐囮，視屯丁為魚
肉。（13/6931c）捌月初參日，職一面調發左營都司王會友統領官兵前
馳撲剿，一面復行右營都司張鎮殷會同道府諸職堅守城池並防翰賊。
（20/11065b-c）呈問得壹名王夢麟，年參拾玖歲，遼東籍順天府昌平
州人，由將材順治元年拾月內推授都司，管居庸路八達嶺守備事。
（23/12827d）

《平定兩金川方畧》卷三：「茂州右營都司一員，帶兵三百名移駐雜谷腦彈壓、
防守。」《蘭州紀畧》卷十五：「即以陝西紅德營遊擊裁移，其原設左營都司一
員改為右營都司。」《爝火錄》卷十四：「升焦璉為都司，使何兆恩為思恩副將、
馮耀為富川副將。」〔註9〕清薛福成《治學術在專精說》：「軍政一途，由百總而
千總、而都司、而副將、洊升為水陸軍提督。」亦其例。

【將材】一種武職官名。

職衙門簡委旗牌將材供奔走之役，如（謝）朝傅多矣。（2/823b）狀招：
（劉）心一由將材出身，於順治肆年玖月內奉推宣府獨石路都司僉書，
管參將事。（9/5027c）呈問得壹名王夢麟，年參拾玖歲，遼東籍順天府
昌平州人，由將材順治元年拾月內推授都司，管居庸路八達嶺守備事。
（23/12827d）

《大詞典》謂「『將才』亦作『將材』。將帥之才。亦指有此才具的人。」引明
李贄《續藏書‧勳封名臣》：「余所見俞大猷、戚繼光，所聞有周尚文、郭琥，
皆具將材。」《清代六部成語詞典》收有該詞，為清代武職官員評語。對很有能
力和才幹的高級武職官員，考以將材評語，表示該員具有大將才能，是大將之
材，或將帥之材〔註10〕。似與例句詞義無涉。例 1「旗牌」與「將材」並稱，「旗
牌」是旗牌官的簡稱，「將材」當為官職名稱而不是評語。例 2「（劉）心一由

〔註8〕參見呂宗力主編：《中國歷代官制大辭典》，北京出版社 1994 年版，第 665 頁。

〔註9〕〔清〕李天根著：《爝火錄》，浙江古籍出版社 1986 年版，第 623 頁。

〔註10〕參見李鵬年等編著：《清代六部成語詞典》，天津人民出版社 1990 年版，第 243
頁。

將材出身」，後奉推「都司僉書」；例 3 王夢麟由「將材」推授「都司」。考「都司」為清代綠營軍官，職位次於遊擊者成為都司，正四品武官，分領營兵〔註11〕。因此「將材」的級別至少應低於武四品，為清代的低級武官。

【營頭】清代的低級武官。

> 夫卑職在江南做官時，無壹日不近內院；及回家養病時，無壹日不在本縣地方。既非城會，卑職又非營頭，且是立候起用之官。（8/4306d-4307a）

亦見於《世宗憲皇帝硃批諭旨·硃批尹繼善奏摺》：「再添吧唬船四隻以便巡緝，則城外江邊又有營頭防守，實為嚴密。」《續金瓶梅》第二十九回：「後來徽宗靖康年間，金兵搶進關來，童貫上了一本，把京官武職官兒，都調在邊關上把守，做了營頭。」〔註12〕《大詞典》立詞條「營頭」，引《官場現形記》第十八回：「你們帶來的營頭，還有砲船那些統領、幫帶、哨官、什長、那一個不是顏色頂子？」「營頭」與「坐營」相類，如《關中奏議·一為稽考官軍騎操馬匹事》：「查得在京各營坐營多係公侯伯都督，掌號頭把總多係都指揮等官。」「伍月初貳日，文才等乘大亂之時遂糾眾行兇，攻城架砲，將劉家營坐營康裕民鎖住，逼向本營劉家營當布諸鋪遍借銀錢，眾兵瓜分。」（2/670b）亦作「坐堡」，如明楊一清《關中奏議·一為稽考官軍騎操馬匹事》：「把總、領班、坐堡等官以三隊為率，內瘦損至三十匹倒失至二十匹者，住俸一箇月。」「又據坐堡李可達呈稱：本堡大小城樓建造年遠，山高風猛，雨水浸塌，椽瓦門窗槅扇，俱各損壞，工程浩大，難以補修。」（3/1325a-b）

【操守】一種低級武職吏役名。

> 狀招：維皋到任後就不合踵習陋獘，於順治捌年玖月內向所管大水、迎恩、敗虎、阻虎四堡操守索用木炭，每堡貳參百斤不等。（17/9569c）

依例句文意，「操守」為一種低級武職吏役名。據《中國歷代官制大辭典》，戰國時秦曾置有「操」這一低級軍吏，如《商君書·境內》：「吏自操及校以上大

〔註11〕 參見臧雲浦等：《歷代官制、兵制、科舉制表釋》，江蘇古籍出版社 1987 年版，第 266 頁。

〔註12〕 〔清〕紫陽道人撰，徐學清整理：《續金瓶梅》，中州古籍出版社 1993 年版，第 286 頁。

將盡賞。」〔註13〕二者似有相類之處。明陳仁錫《皇明世法錄》卷六十八：「草垛山堡，故弘治十五年創建，尋廢。萬曆二十三年復建，土筑。二十八年甎包周二里零六十七步，高三丈六尺。設守備一員，所領見在官軍五百三員名，馬騾一百三十六匹頭，邊墻墩樓除派黃龍池等堡操守外，止管邊墻六里零八步，邊墩甎樓五座，火路墩一十二座，邊口二處內東坡墩、鹽皮窯、楊家莊等處極衝。」〔註14〕《清實錄·世祖實錄》卷九十八：「裁宣大保安舊城守備、井坪路中軍守備各一員；柳溝松樹守口等堡操守十二員，兵三百五十名，改葛峪井坪參將為都司。」〔註15〕亦其例。

【百總】 百夫長。舊軍隊中的下級軍官。

> 一，原歃本官到任派知識郭進忠、孫士芳等安設家具銀兩錢貳拾伍兩，係李守功、陳加勳等催完，陳對山、盧百總及知識帳證。（25/14017c）
> 飛報防守百總楊自重，率領兵丁同富四等到彼擒拿，進城又不合棄衣脫逃。（37/20748c-d）

《皇清開國方略·太宗文皇帝》：「總兵官馬光遠招降城南一臺內百總一、男子五十、婦女四口。」《世宗憲皇帝硃批諭旨·硃批冶大雄奏摺》：「凡百總聽督臣指示而行，前諭甚明，何得復有此請？」亦其例。《大詞典》首引清薛福成《治學術在專精說》：「軍政一途，由百總而千總、而都司、而副將、洊升為水陸軍提督。」

【旗牌】 掌旗牌的官為旗牌官，簡稱旗牌〔註16〕。

> 職衙門簡委旗牌、將材供奔走之役如（謝）朝傅多矣。（2/823b）

清姵嬛山樵《補紅樓夢》第四回：「又見一名旗牌跪稟道：『請老太太的轉堂上。』」〔註17〕清無名氏《大明奇俠傳》第三回：「想罷，便收了銀、信，取令箭一枝，著旗牌官來到順天府，將人犯提來，午堂候審。」《大詞典》首引

〔註13〕參見呂宗力主編：《中國歷代官制大辭典》，北京出版社 1994 年版，第 857 頁。

〔註14〕〔明〕陳仁錫：《皇明世法錄》，《四庫禁燬書叢刊》史部 16 冊，北京出版社 2000 年版，第 49 頁。

〔註15〕《清實錄》第 3 冊《世祖實錄》，中華書局 1985 年影印版，第 758 頁。

〔註16〕呂宗力主編：《中國歷代官制大辭典》，北京出版社 1994 年版，第 839 頁。

〔註17〕〔清〕姵嬛山樵撰：《補紅樓夢》，北京大學出版社 1988 年版，第 30 頁。

《清史稿・兵志二》：「（乾隆）五十三年諭提、鎮不得私立旗牌、伴當等名，致侵兵額。」

【練總】負責訓練民兵的低職武官，官職次於把總。

> 化石賊黨直逼城東郭，王翰、鄧耀聯營橫山堡邊，互相勾引，鼓動一方，各社練總及蚩蚩愚民中多從賊受職。（20/11062b-c）

《明史・楊嗣昌列傳》：「帝又採副將楊德政議，府汰通判設練備，秩次守備；州汰判官、縣汰主簿設練總，秩次把總，並受轄於正官，專練民兵。」《世宗憲皇帝硃批諭旨・硃批張坦麟奏摺》：「據練總劉士達報稱，係山東郯城縣生發蝗蝻貽害宿邑，等情。」亦其例。

【練長】鄉勇的頭目。

> 狀招：本縣地方土賊猖亂，搶掠莊村，本縣各社保舉壹人充應練長，插寨練兵，拒賊護民。（12/6583c）又審晉守庫、石崑供稱：俱係練長，有晉小泉在庫等屯內搭棚斂錢是實，懼賊不敢舉首。（13/7131c）晉守庫、石崑身爲練長，任賊在屯搭棚斂錢。（13/7132a）

《會剿廣東山寇鍾淩秀等功次殘稿》：「並據和平縣知縣周盛典申稱：督率四圖鄉勇，各從該處練長防禦捕剿。」〔註18〕《世宗憲皇帝硃批諭旨・硃批裴徠度奏摺》：「該州（寧州）隨諭棚長李上正督率各都練長前往防守。」清屈大均《廣東新語》卷七：「凡大鄉設鄉夫哨二，小鄉一，每哨鄉兵二十人，選鄉良夫爲練長，募其強武子弟隸焉。」〔註19〕亦其例。

2.1.2 下層吏役

吏治腐敗是清初社會的一大毒瘤，名目繁多的吏役也折射了這一社會現象。

【衙蠹】對衙門中貪贓吏役的蔑稱。

> 奉旨：下部議得左光先、張昊已經計處革職，疏內贓款並有名衙蠹應敕該撫按一併提問追擬具奏。（13/7193b-c）一，本官自順治捌年陸月

〔註18〕《明清史料》乙編第七本，第666～687頁。

〔註19〕〔清〕屈大均：《廣東新語》，參見歐初，王貴忱主編：《屈大均全集》4，人民文學出版社1996年版，第226頁。

蒞任，從未發價行戶，轉聽衙蠹黎日等空票支取掯價壹百餘兩，鋪戶李多、常德證。（15/8491a）以上良幹與衙蠹周文、彭八所行過蹟向未發覺。（19/10832c）

明孫傳庭《白谷集・兩邑拙政乞言述》：「他如清累年之滯牒而積案一空，懲猾胥之舞文而衙蠹若洗，窮兩造之隱伏而雀鼠向化，一切乘傳所需自行置辦。」〔註20〕《世宗憲皇帝硃批諭旨・硃批田文鏡奏摺》：「竊惟民生之爲累莫甚於陋弊，陋弊之未除皆由於衙蠹，蓋除弊方可興利，去蠹乃以安民。」亦其例。《大詞典》引明沈德符《萬曆野獲編補遺・列朝・里士社士》：「今有司所行多反是，或以摧鋤豪富爲辭，惟恐殷實之不貧，而市狙衙蠹，則傅以羽翼，令其恣吞良善，不知於聖祖法當何如。」

【歇蠹】長期作惡的吏役。

　　……焦毓瑞謹題，爲歇蠹串盜漕糧，同役首告有據，請敕嚴加究擬以重國儲、以申漕法事。（14/7695b）

同則材料下文稱：「據雷逢春告稱：歇家郭成龍侵盜上元衛漕糧貳參百石，黃夜下崖，現在北關河下秫柴苫蓋，誠恐事犯連害。」（14/7695c-d），可證「歇」即「歇家」。《江南通志・食貨志》：「國朝順治十四年，江蘇巡撫都御史張中元禁革首名糧長並縣歇、倉歇蠹役。」注曰：「更有衙門積棍名曰『歇家』。」又作「積歇」，如「切照盜賣漕糧，向惟潞河爲甚，以有通州一帶積歇姦棍爲之勾引也。」（14/7695b）

【積皁】積久成精的皁役。

　　一，本官指查保甲，向割麥並東木等村共肆拾貳村每村詐銀伍柒錢不等，共約銀貳拾餘兩，積皁曹斗金、閻明孝過送。（17/9696b-c）

「積」有「積久成精」之義，參見【積玩】。

【腹吏】長官信任的吏員。

　　遂聽腹吏朱懋德、書程惟聰年唆撥，將庫書余芳責打捌拾板收監。（17/9510a）

「腹吏」當爲「心腹吏」的縮略，如宋王欽若等《冊府元龜》卷四百四十九：「孟

〔註20〕　〔明〕孫傳庭《白谷集》卷四。

簡元和末爲山南東道節度使，以心腹吏陳翰知上都。」清趙吉士《寄園寄所寄》卷十：「四川韓巡撫遣心腹吏解金數十橐至都，道山東，晚宿一古寺，吏脫鞍馬，環繞夫役，枕刀睡橐上，晨起人馬如故，而橐化烏有矣。」〔註21〕

【附役】 受信任的吏役。

> 計單開一件，因親叔蓋希聖往山海關解銀，欲姦叔妾盧氏，嗔聖嫡妻欒氏提防，心生機謀，捏說本縣急要迴〔回〕文，使伊腹心附役賈亮將欒氏縛鎖到縣，乘隙強姦盧氏。（2/484a）

《孫子·行軍》：「欲戰者，無附於水而迎客。」曹操注：「附，近也。」杜佑注：「附，近也。近水待敵，不得渡也。」「附役」即親近的衙役。

【經承】 清代各部院役吏的總稱。有供事、儒士、經承三類。

> 第事干欽贓，卑職斷不爲本犯狗庇，亦不敢爲經承隱諱，更不敢違玩欽案，不行設法，苟圖塞責也。（15/8142a-b）如泗水代攝蘄州，借易宇伍拾金以應王師之餉，在泗水則於徵糧之際即如數以交，經承葉徜昌送還矣。（20/11409c-d）據陳楷進供：係拾壹年收頭，宋九璋等參人是經承，小的陸里共與他參拾兩銀子作常規禮。（29/16353a-b）

《世宗憲皇帝硃批諭旨·硃批王溯維奏摺》：「其從前舞弊侵蝕錢糧之經承、櫃書以及甲首、歇家與各衙門書役、衿監、土棍人等勤爲開導，以安其心，詳爲搜查以破其弊。」《大清律例·吏律》：「一，各部院衙門經承、書吏所雇貼寫該管司官，開明伊等姓名、年貌、籍貫，取具該經承保結移付司務廳註冊。」《大詞典》首引《清會典·吏部九·驗封清吏司》：「部院衙門之吏，以役分名：有堂吏、門吏、部吏、書吏、知印、火房、獄典之別，統名曰經承。」

【差役】 舊時在衙門中當差的人。

> 何本月十四日，有差役馮明春、王漸都者，身無兵部勘合火牌，又無軍情羽檄，乃敢擅執私票，擅馱私貨，至漁陽驛中強換朘壯驛馬？（5/2427c-d）一，本官票差趙少吾、孟姜吾在於所轄馬土官、畓土官處各要馬參匹，值價銀壹百貳拾兩，其價分文不償，差役并本人證。（14/7709c-d）差役拘拏，張麻光拒捕上山，用石飛打差役後，從山頭

〔註21〕參見朱一玄編：《聊齋誌異資料彙編》，南開大學出版社2002年版，第248頁。

窯洞內捉獲，枷號。（34/19274a）

亦見於《平定臺灣紀署》卷三十：「邵宗堯稟稱：十三日申刻，差役在鹿仔草，打聽官兵於本日辰刻三起攻剿直前殺退逆匪。」《憲皇帝聖訓・理財》：「乃不意奉行者遂借此爲由，將停徵之項概行催徵，名曰『勸輸』，而差役追呼甚於嚴比。」《大詞典》首引《紅樓夢》第九三回：「再者，也整治整治這些無法無天的差役才好。」

【紛差】在衙門中各類當差的人，如書手、里長、甲首、戶頭等。

徵收錢糧令花戶自封，切催頭名色盡行禁革，以免紛差滋擾，違者拏問重治，戶部知道。（2/521a）而仍照舊規，紛差四出。則在各社有書手，各里有里長，各甲有甲首，各戶有戶頭，又有老人，又有催頭，此輩惟知有利可啖，何知有民可憐？（2/521c）

在同則檔案中，「紛差」又作「諸差」，如「一花戶也而能四應諸差之魚肉乎？或包攬代納，或私加作弊。精明者猶能按赤曆而清核之，昏眊者竟不知徵多徵少，盡在此積胥籠絡中矣。」（2/521c-d）

【皂頭】舊時衙署中的差役。

又不合索詐顧朋成，致伊賣兒女湊銀一百兩交與在官朱奇、周尚、陳朝過付，（王）金恃皂頭，將銀一百兩接收入己。（9/4945c-d）一，本官索里長見面禮銀，每社三兩不等，五年共銀二百餘兩，皂頭曲西樓、孫思登、于長耀、王國仕證。（25/13953d）

《檮杌閑評》第二十六回：「跎李道：『放他進來。』卻是四個快手。四個皂頭氣昂昂的走進來。」[註22]《世宗憲皇帝硃批諭旨・硃批李衛奏摺》：「臣留心稽察，有學政書吏姚三聚皂頭周姓囑各學教官：凡招覆新進童生，每名索規禮七錢。」《大詞典》「皂頭」謂「舊時衙役的領班。」引《儒林外史》第五十回：「官府坐在三堂上，叫值日的皂頭把萬中書提了進來。」似釋「頭」爲「領班」，欠妥，本處的「頭」已經虛化，當視爲詞綴。

【牢役】緝捕罪犯的差役。

本年八月十五日，（高）明票差在官牢役蒯應舉拘在官馬登奎並不在官

〔註22〕 〔明〕佚名著，劉文忠校點：《檮杌閑評》，人民文學出版社 1983 年版，第 308 頁。

于進、王澤民應當櫃頭，比馬登奎不願應役，備治錢貳千八百文時值銀四兩付與蒯應舉，不合過送與明，又不合接收入己。（9/4626c）有王宰隨向（劉）宰講說，宰恃強不理，互相嚷鬧。王宰有先未被宰打死伊父王應學忿宰不過，將情稟赴蔚州衛守備王世傑，票差牢役張學拘查。（20/11241b）蘇國勳係牢役，審稍有力，照例折納工價贖罪，完日發落。（20/11334d-11335a）

例 3 的前文稱「蘇國勳以快役而易贓，一杖示儆。」（20/11334a）而「快役」即「緝捕罪犯的差役」。《大清會典則例・戶部》：「但官有代運之分，而牢役隨幫供役無異，未便令其枵腹，其工食應準一例支給。」亦其例。

【印捕】、【印捕官】印官捕役的簡稱。

看得照磨儲有昌一么麼小吏耳，原無印捕之責。（7/3553b）該職看得監獄重囚，防守最宜加愼，職屢經嚴檄申警，乃印捕等官玩愒踈虞，致逃盜犯二十八名，節次緝獲二十七名。（8/4261d）俱當照依州縣被賊打劫聚至百人以上，印捕官參奏，住俸戴罪緝捕。（8/4349a）

《世宗憲皇帝硃批諭旨・硃批黃叔琳奏摺》：「浙江巡撫臣黃叔琳謹奏浙省鹽徒私販一事，臣到任後即嚴飭印捕防汛官弁督率兵役水陸查拏。」《剿捕臨清逆匪紀略・辛丑》：「所有陽穀縣知縣張克紳、壽張縣典史朱子雲、堂邑縣典史楊瑄均屬地方印捕專員，罪無可逭。」清于成龍《于清端政書・請寬盜案處分以惜人才疏》：「竊查盜案處分定例，內開：道路、村莊被劫，將承緝州縣印捕官並捕盜同知、通判住俸，文到扣算，限一年緝拿。」亦其例。

【捕官】州縣官署中從事緝捕的差役〔註23〕。

延燒附近民房貳間，燒死捕官乳男壹名。（10/5572a）隨蒙分巡大梁道票發鄭州並祥符、滎陽、滎澤等縣各捕官會同協拏。（19/10817a）（支）君法密訪得成善落井緣由，疑妻死井中，仍具詞告縣，委令捕官前去井內。（32/18379c）

亦見於《大清會典則例・吏部・考功清吏司》：「在外直省地方如有搶奪、迷拐

〔註23〕清代捕官與巡捕官有別，後者各省督撫等衙門有巡捕官，是督撫或將軍的隨從官，分文職武職，各司傳宣與護衛。

等事，不行嚴禁之州縣捕官罰俸一年，印官罰俸六月。」清孫承澤《春明夢餘錄·陵園》：「至日捕官搜姦爬梳亡遺，當時誰敢指后屍詆以爲帝者？」

【捕役】州縣官署中從事緝捕的差役。

> 有本牌鄉頭徐士林訪知，暗報捕役，一齊擒縛。（3/1148d）隨因事發，於本年參月內携妻外出，嗔張習宇當日分銀多得，又碼害伊小猪貳隻，後捕役拏獲，將猪賣銀壹兩陸錢與失主訖。（20/11222c-d）該卑職據報，即差捕役前去行查係何船隻。（36/20121c）

亦見於靳輔《文襄奏疏·節省錢糧疏》：「歐上選身充捕役私刑湯君赤，以致攀累無辜，投荒難貸。」清黃六鴻《福惠全書·刑名·審盜》：「至於盜之仇恨，貧無錢買，捕役又加拷逼，認寫上道情形，方冀到官辯理；無如惡盜鐵口硬證，問官尤指爲狡賊，非嚴刑不招，夾棍邊杠，緊攏狠敲，彼非石骨銅筋焉，有不滿口招承者乎？」《大詞典》首引《好逑傳》第二回：「你可招呼眾捕役，即便趕來，緊緊伺候。倘捉了人，可即飛馬報知老爺，請他快來。」

【捕壯】州縣官署中從事緝捕的差役。

> 正遇捕壯陳瑞在彼，該司添差弓兵將陶貳擒獲。（20/11145a）日容、李言、董日燁、張尚儀各自招，並在官捕壯王國用與起獲廢錢、新鑄東錢、錘鉰等物各驗證。（28/15634d）

亦見於《世宗憲皇帝硃批諭旨·硃批焦祈年奏摺》：「城守副將毛克明當即密令千把目兵並該縣捕壯同來，差四路截緝。」

【捕人】捕快。

> 蒙本廳理刑方推官收審，倪君顯將代錢咬行賄，將錢布送付捕人致被首縣，及贓起於伊屋內實情供出。（23/12724a-b）

清李漁《比目魚傳奇》第三十齣：「求老爺賞憲牌一紙，待小將扮做捕人，前去緝獲。」〔註24〕《西湖佳話》卷十五：「韓大尹即差捕人何立押著許宣去雙茶坊巷口捉拿犯婦白氏來聽審。」〔註25〕亦其例。亦作「捕快」，如明潘季馴《潘司

〔註24〕〔清〕李漁著：《比目魚傳奇》，參見《傳奇精選》，光明日報出版社 1997 年版，第 89 頁。。

〔註25〕姚家餘編：《明清小說精選百部》3，時代文藝出版社 2003 年版，第 179 頁。

空奏疏・強人行刺疏〉：「又據通判陳子芳呈稱：差捕快楊清伍等拏獲行刺兇犯陳富伍到官。」「狀招：星煥在任居官昏庸，馭下無方，以致在官戶書石明月、捕快王加棟乘機作奸，蒙官殃民，向未事犯。」（37/20909c）

【馬快】、【步快】州縣官署中從事緝捕的差役〔註26〕。

該職看得：時至冬月，賊盜易生，凡嚴行保甲以弭盜源，設馬快巡緝以便擒捕。（3/1387d-1389a）本州當馬快之差最苦之役，俱係各里報名，官拏認役當差。（20/11381a）據定州道僉事劉興漢呈稱，本道標下原設馬快壹百參拾名，步快肆百名，雖名爲快壯，實爲團操戰丁。（8/4057b）

亦見於清石玉坤《七俠五義》第十四回：「公孫策暗暗吩咐馬快、步快兩個頭兒，一名耿春，一名鄭平，二人分爲左右，稽查出入之人。」清唐芸洲《七劍十三俠》第三十回：「房知縣一心要奉承甯王，派出通班馬快、心腹家人，不惜重金，購取眼線，在各門各處要隘地方，嚴查細察，倘有到來，務在必獲。」《小五義》第三十回：「刺史接著王爺諭後，就要派馬快班頭前去拿人。」《大詞典》首引《初刻拍案驚奇》卷三一：「揀個好日子，元椿打扮做馬快手的模樣，與賽兒相別道：『我去便回。』」

【快役】從事緝捕的差役。

蘇國勳以快役而易贓，一杖示儆。（20/11334a）

亦見於清靳輔《文襄奏疏・減差節省驛站錢糧疏》：「立即飛行附近道府、副將、參遊等文武各官，令其照數選撥弁兵、文官，仍親帶快役人等緊隨押護送出該管境汛，交明前途，文武官方回本處。」孫承澤《春明夢餘錄・刑部二》：「張仁原非快役，金台亦非聽用，節節應辯，所宜再加研審請旨定奪者也。」郭琇《華野疏稿・據詳補參疏》：「一，本道縱快役璩三、夜役唐思賢私刑弔拷醫生梁自受，府卷確據，本人証。」清那彥成《那文毅公奏議》卷四十九：「竊臣接據長垣縣知縣王殿傑稟，據該縣快役楊得魁等稟稱……」

〔註26〕舊時州縣衙役有皂、快、壯三班：皂班掌站堂行刑；快班又分步快、馬快，原爲傳遞公文，後掌緝捕罪犯；壯班掌看管囚徒。其成員通稱差役，亦稱皂快。但從上舉用例來看，三班的區分已經逐漸模糊。《清史稿・食貨志一》：「凡衙署應役之皂隸、馬快、步快、小馬……皆爲賤役。」

〔註27〕

【快壯】從事緝捕的差役。

　　據定州道僉事劉興漢呈稱，本道標下原設馬快壹百參拾名，步快肆百名，雖名爲快壯，實爲團操戰丁。（8/4057b）

亦見於《明史·職官志》：「以烽火傳聲息，以關津詰姦細，以緝捕弭盜賊，以快壯簡鄉民，以勾解收充。」明孫廷銓《顏山雜記·城市官署緣起》：「後因承平日久，各縣災傷，陸續裁減，尚存快壯一百六十名，至順治五年盡裁去。」《大詞典》首引清黃六鴻《福惠全書·刑名·詞訟》：「密諭快壯巡邏，遇有打架之人，立將兇器一併拿獲。」

【快頭】捕快的頭目。

　　又據劉吉招稱：本府皂隸郭世禎等肆拾玖名因在監內守宿苦累日久，說要哀稟張通判復役歸班，小的係快頭，即向眾人說：「若與我銀壹百兩，替你眾人暗稟明白，你好遞狀。」（12/6478d）比丁寡婦庇護馬國威慮恐情虛問罪，備銀參拾兩、銅錢壹萬文，浼在官快頭張汝卿過送本營。（14/7611d-7612a）

《世宗憲皇帝硃批諭旨·硃批鄂爾泰奏摺》：「而捕快之中亦有姦良不一，能否不齊，又須每十人立一快頭，如緝盜不獲者捕快與快頭一同治罪。」《世宗憲皇帝硃批諭旨·硃批宋筠奏摺》：「臣於九月初六日巡行至潞安府，聞該府該同知衙役狂妄自大，肆行無忌。如府皂頭郭姓，廳快頭楊姓，倚恃官役，又且身家富有。」《狄公案》第八回：「內有一個快頭，見洪亮也在堂上，趕著丟了個眼色。」〔註28〕

【道快】道臺衙門的捕快。

　　戶部尚書臣巴哈納等謹題，爲請留道快以資捍禦事。（8/4057b）

《大詞典》首引清黃六鴻《福惠全書·蒞任·馭衙役》：「道快大呼叩頭曰：『某乃道快王某也。』」

〔註27〕〔清〕孫承澤：《春明夢餘錄》，《續修四庫全書》史部 496 冊，上海古籍出版社 1996 年版，第 613 頁。

〔註28〕〔清〕不題撰人著：《狄公案》，華夏出版社 2002 年版，第 31 頁。

【縣快】某縣衙署中從事緝捕的差役。

　　一，本官於玖年貳月初玖日委署新喻縣事，徵收錢糧每兩加火耗伍分，帶館快周怡四、縣快羅昆五等伍坊各區逐戶坐徵比較，縱役索詐。（15/8489d）

《大清會典事例·兵部》：「交該督提同目兵縣快，嚴行審訊，審明照臨陣退縮例，定擬具奏。」《兩淮鹽法制》卷五十九：「冊開：鄱陽縣小港灘卡巡商一名，巡丁二名，水手一名，縣快一名。」〔註29〕亦其例。

【館快】縣衙中從事緝捕的差役。

　　一，本官於玖年貳月初玖日委署新喻縣事，徵收錢糧每兩加火耗伍分，帶館快周怡四、縣快羅昆五等伍坊各區逐戶坐徵比較，縱役索詐。（15/8489d）

同則材料的下文稱「俱交快手周怡四、余希二、王具一等逐圖送上，遞戶廖由二、由四、胡定一證。」（15/8491b）可證「館快」即「快手」。

【番快】從事緝捕的差役。

　　惟蘇國勳係番快，乃貪懷亮之襖，暗地易贓，遂使賊得執為口實，則亦應以一杖懲之。（20/11331d-11332a）

亦見於《醒世姻緣傳》第六十六回：「狄希陳抬起頭來，看見小玉蘭來到，就似那賊徒見了番快，也不必如此著忙。」《大詞典》首引清錢謙益《兵部尚書中極殿大學士孫公行狀》：「番快捶楚，何求不得？」

【番役】從事緝捕的差役。

　　（張貴）惟恐眾賊事犯扳害，先行出首間，撞遇在官番役李進才等拏獲稟報。（20/11330b）比有番役蘇國勳押解賊犯，暗將懷亮原分藍布綿襖壹件頂換，以致懷亮乘機展辯，等情。（20/11331c）夥賊俱服冥刑，懷亮擬斬，依律非枉，番役蘇國勳易贓有據，杖贖允宜。（20/11334c）

同則材料下文稱「惟蘇國勳係番快，乃貪懷亮之襖，暗地易贓，遂使賊得執為口實，則亦應以一杖懲之。（20/11331d-11332a）」可見「番役」即「番快」。

〔註29〕〔清〕王安定等纂修：《兩淮鹽法制》，《續修四庫全書》史部 844 冊，上海古籍出版社 1996 年版，第 12 頁。

亦見於孫承澤《春明夢餘錄‧錦衣衛》：「且朝廷既憑廠衛，廠衛必委之番役，此輩貪殘，何所不至，人心憂危，眾目睢眦，非盛世所宜有也。」《大清律例‧刑律‧賊盜上》：「違者捕官參處，番役等於本衙門首枷號一個月，杖一百，革役。」《大詞典》首引《醒世姻緣傳》第十二回：「（東昌巡道衙門）揀那有話說不到的，差兵快同捕衙番役立刻擒來，分別各重責四五十板不等。」

【慣捕】（辦事）熟練的捕快。

> 奉批：仰將錢金、錢咬研審招解，所供周捨郎等速差慣捕嚴緝繳。
> （23/12722d）

「慣」有「習慣；經常」義，如《宋書‧宗慤傳》：「宗軍人，慣噉粗食。」可引申為「熟練」。《世宗憲皇帝硃批諭旨‧硃批楊鯤奏摺》：「至於積盜、窩家率與有司之慣捕人役潛通線索，若非捕役實心訪拏，驟難得其巢穴。」亦其例。

【提牢吏】管理監獄事務的小吏。

> 一、本官歷年炙詐囚犯，無論徒、杖輕罪，稍不如意，密囑提牢吏嚴瓚、值日禁子吉祥等將監簿硃筆一圈，立討氣絕。（13/7005d-7006a）

亦見於《刑部殘題本》：「禁卒陳富，正當值日，始疏以致變，繼懼而思逃，並蕭良、楊熙、董應、提牢吏陳曦、獄典林譽，俱何辭於應得之杖乎？」〔註30〕《風月夢》第二回：「他父親在常熟縣承充刑房提牢吏，因為生得精明強幹，百伶千巧，歷任官府得喜，內外穿插，因此家資饒裕。」〔註31〕亦作「提牢」，如《醒世姻緣傳》第十四回：「又差了晁住拿了許多銀子到監中打點：刑房公禮五兩，提牢的承行十兩，禁子頭役二十兩。」

【禁卒】看管監獄犯人的差役。

> 隨拘看監禁卒黃犬、魏揚，嚴審各犯開鎖情由。（8/3987c）續據池太道僉事袁廓宇呈報，據太平府申稱，盜犯徐成用未奉憲檄之先於順治伍年正月貳拾陸日在監病故，取有禁卒不扶甘結在案。等因到臣。（10/5165b）議得漢陽縣知縣吳袞一平昔疎防，致監犯殺傷禁卒，越獄逃走。（20/11109d）

〔註30〕《明清史料》已編第二本 154～161 頁。

〔註31〕〔清〕邗上蒙人撰，朱鑒珉點校：《風月夢》，北京師範大學出版社 1992 年版，第 9 頁。

清黃六鴻《福惠全書・刑名・監禁》：「違者禁卒刑書一併重責。」《大清律例・刑律》：「刑書、禁卒有無賄縱，與不嚴加肘鎖、少差兵役及差非正身以致中途脫逃者，地方官及兵役照例議處治罪。」亦其例。《大詞典》首引清方苞《左忠毅公逸事》：「涕泣謀於禁卒。」亦作「禁役」，如明王世貞《弇州續稿・文部》題目：「為議處禁役工食疏。」「玖月初伍日，據看監禁役邵天儁報稱：秋後斬犯劉仲舉於拾貳年捌月拾伍日得患病症，屢經撥醫調治不痊，於本年玖月初肆日酉時病故等情。」（24/13395b）

【夾仵】官府中檢驗死傷的差役。

　　隨蒙本縣帶同夾仵前至東關外已死薛輝停屍處所從公相驗，當場填報痕傷。（14/7850c）

同則材料下文稱「續據仵作林盛結稱，相驗得本屍量長伍尺貳寸……」（14/7850c）可證「夾仵」即「仵作」。亦作「刑仵」，如清嚴如熤《三省邊防備覽・藝文下》：「設刑仵於所管地方，命案相驗，牒交印官，訊詳於屍傷，可免腐變。」

【刀筆】「刀筆吏」的縮略，指訟師。

　　聞其戚屬多刀筆黨羽，播傳流言，今日日告職，明日日告職。（2/823d）

亦見於《紅樓夢》第八十五回：「家人道：『依小的們的主見，今夜打點銀兩同著二爺趕去和大爺見了面，就在那裏訪一個有斟酌的刀筆先生，許他些銀子，先把死罪撕擄開，回來再求賈府去上司衙門說情。』」《大詞典》首引《揚州評話選・鳳雛理事》：「耒陽縣地方雖小，刀筆不少，有人做狀詞試驗龐先生的堂斷如何。」亦作「刀筆之吏」，如明都穆《南濠詩話・南濠居士詩話序》：「御史大夫云：『刀筆之吏臣執之。』」

【吏書】從事書寫、抄寫的小吏〔註32〕。

　　旌德縣知縣黃綜吏書接至中途，聞剃髮之信各自逃回，地方罣棍結黨不許衙役接官上任。（3/1443d-1444a）一，漕米官收官兌，每區點糧吏書一名監收，每石納公費銀五十兩方點監收。（18/10255b）

────────

〔註32〕「吏書」本為「吏房書手」的縮略，如清黃六鴻《福惠全書・蒞任・看須知》：「吏房經管吏書官屬及本治候選官員等項。」亦可泛指從事書寫的小吏。該義項《大詞典》未立。

據清黃六鴻《福惠全書‧蒞任‧馭衙役》：「吏書、皂快除經制外，類多幫身白役。」一般來說，經制外的吏書為傭工，為官署中的編外吏役，地位比較低。《大詞典》「吏書」謂「指秘書之類人員。」釋義欠準確，引吳晗《反對繁文》：「第三要親自動手，要官自作稿，不可假手吏書。」

【書識】負責文書的吏役。

> 在官書識王正極專管攢造季報文冊，奉餉司文，各堡議幫倉皂工食壹名，以供紙張費用。（14/7613b-c）看得張守成狼貪為心，嗜利若飴，旗甲也、屯丁也、所官也、書識也，無人不可射利，若紙紅、若受賀、若折價、若派夫，無事不可縱貪。（15/8156b）比有在官書識張子英自應明白開銷，亦不合附從混支，致（孫）確並剋入己訖。（28/15843d）

根據所舉例 1 文意，書識的主要職責是「攢造季報文冊、奉餉司文。」故與「書辦」相彷。亦見於《世宗憲皇帝硃批諭旨‧硃批索琳奏摺》：「竊臣等訪得臺灣縣所屬新港司巡檢衙門額設書識一名，皂役二名之外，另有弓兵一十八名。」《東徵集》卷三：「千把總雖係微員，亦不可全無一字，應予書識各一名；水師副將十名；南北二路參將各予八名；總兵書辦十六名。」〔註33〕該例「書識」與「書辦」對文，亦可資佐證。

【腹書】長官信任的書吏。

> 本店無措，託腹書杜茂之送銀貳百兩免緞外，謝茂之銀參拾兩。（18/100133c）如款開：一，本官職司屯政，貪婪異常，聽信腹書鄭國認撥置，肆行酷索。（34/19304a-b）

「腹書」與檔案材料的「腹吏」相類，「腹書」當為「心腹書役」或「心腹書手」的縮略。

【社書】從事書寫、抄寫的小吏，為「書手」的一種。

> 周胤為社書蠹民，請旨除害事。（3/1133b）審據劉一思供稱：邊知縣因各社書手派夫遺落富民，每社罰黑豆貳拾石，眾社書每月初一、十五上堂打卯，屢次哀懇。（12/6457c-d）

由上舉例 2 可知，「社書」即「社倉書手」。清代儲糧備荒糧倉之一為社倉，一

〔註33〕〔清〕藍鼎元撰：《鹿洲全集》，廈門大學出版社 1995 年版，第 554 頁。

般各省社倉為士民捐置，聽士民自為經理。各州縣社倉，由鄉民公舉正副社長二人，呈官存案，令其經營社倉之出納〔註34〕。有的學者認為，清代基層組織中，法定行政人員主要有鄉保、書手、車領、幫辦等，書手又稱里書、社書，主要負責田地推〔攤〕收過戶，攢造賦役冊籍。〔註35〕誠然，社書、里書、書手的職能是一致的，但三者並不是並列關係，書手當是前者的統稱。

亦稱「鄉書手」，職責逐漸擴大到管理方面，協助里正辦理文書。如宋趙彥衛《雲麓漫鈔》卷十二：「國初，里正、戶長掌課輸，鄉書手隸里正。里正於第一，戶長於第二，等差鄉書手。」《宋史・食貨上五》：「宋因前代之制，以衙前主官物，以里正、戶長、鄉書手課督賦稅。」

【堂書】隸屬堂官的書吏。

> 一，本官徵收大糧、蠟麻、牛角等項，聽信腹心堂書王忠甫、戶書劉茂文每石加耗銀陸錢，闔縣納戶可審。（14/7630c）

「堂」指「堂官」，對中央各部及地方獨立機構的長官的通稱。《中國歷代官制大辭典》「堂書」謂「清朝中央部院機關書吏之一種，負責文書事務。」〔註36〕依例句前文，「本官」指「羅山縣知縣薛耳。」（14/7629d）為地方長官，故「堂書」既可隸屬中央部院機關，亦可隸屬地方正職官員。

【戶書】〔註37〕戶房書手的縮略。

> 杜振不合指使用詐拾參社共銀參拾兩入己，原與新役戶書楊宗修無干。

〔註34〕李鵬年等編著：《清代六部成語詞典》，天津人民出版社 1990 年版，第 134 頁。

〔註35〕馮小雙，孟憲範主編；中國社會科學雜誌社編：《中國社會科學文叢・社會學卷》，中國政法大學出版社 2005 年版，第 2432 頁。

〔註36〕呂宗力主編：《中國歷代官制大辭典》，北京出版社 1994 年版，第 819 頁。

〔註37〕「戶書」也可為「戶部尚書」的縮略，《宋史全文・宋孝宗四》：「既而戶書楊倓言：若令通判拘催，切恐守臣不能協力，乞照乾道二年指揮令知通同共任責分賞。從之。」明王世貞《弇山堂別集・內閣首輔太宰同鄉》：「淳安商公輅以戶書居內閣，而桐廬姚公夔居吏部。」同理，其他各部尚書亦可縮略為某部書，如明徐咸《西園雜記》卷下：「國制文職極於六曹，父子相繼為尚書者，如盧氏耿清惠公九疇為刑書，子文恪公裕為吏書。南宮白恭敏公圭為兵書，子文裕公鉞為禮書。旴江何公文淵為吏書，子文肅公喬新為刑書。太原周莊懿公瑄為刑書，子文端公經為戶書。」

（10/5496d）一，本官於順治拾年間因部民柴洪太被母舅李世太誣告姦淫，嚇詐洪太銀五十兩，戶房劉汝訓交門子邢國將送進。（22/12319a）

狀招：星煥在任居官昏庸，馭下無方，以致在官戶書石明月、捕快王加棟乘機作奸，蒙官殃民，向未事犯。（37/20909c）

亦見於清郭小亭、坑餘生《續濟公傳》第五回：「有戶書劉芳元先生探聽得，是衙門裏內司有一位張二爺說的，只因東門外落鳳池周公子被殺、搶去素秋，那一夜縣衙中把印信沒了，不知被何人盜去？」〔註38〕

【刑書】刑房書手的縮略。

該本司按察使張鳳儀覆看得：刑書黃拱宸與禁卒張述、民壯張恒同守漢陽縣監，自宜日夜查點，巡更喝號，以備不測之變可也。（20/11109d-11110a）

同則檔案的上文以「刑房書手」對稱「刑書」，「（黃）拱宸充本縣刑房書手，與禁子張述及巡夜民壯張恒等在於縣監防守獄囚，各有提牢責任。」（20/11109b）《世宗憲皇帝硃批諭旨·硃批田文鏡奏摺》：「機乘該縣文內有「血流不止、飲食不進」字樣，輒赴按察司呈控刑書捏報重傷，意在恣其凌虐。」清佚名《檮杌近志·書麻城獄》：「五榮等遂誣如松殺妻，應求受賄，刑書李獻宗舞文，仵作李榮妄報，總督信之，劾應求，專委高鞫。」〔註39〕亦其例。《大詞典》「刑書」謂「掌管文書的獄吏。」引清黃六鴻《福惠全書·刑名·監禁》：「違者禁卒刑書一併重責。」

【禮書吏】即「禮書」，禮房書手的縮略。

壹，禮書吏古師稷指稱伺候過往上司虧短里下柴價銀捌拾兩，師稷入己。（21/11835a）

檔案材料多以「禮房書手」稱之，如「狀招：（楊）薦充當本縣禮房書手，不合不守法度，專肆騙詐。」（10/5535b-c）「據周光得供：原係本縣禮房書手，謄寫束帖。」（28/16052a）

〔註38〕〔清〕郭小亭，坑餘生撰：《續濟公傳》，浙江古籍出版社 1991 年版，第 28 頁。

〔註39〕牛寶彤主編；孫方恩等譯注：《古代公案小說精選譯文》，青島出版社 1995 年版，第 218 頁。注「刑書」為「書吏、師爺」（第 220 頁）釋義不確。因為「師爺」是清代官衙中的幕僚，其地位顯然比「書吏」高得多。

【兵書】兵房書手的縮略

又因順治陸年拾壹月內路上失事，章仕傑騎驛內大騧駵〔註 40〕騧馬壹
匹巡緝捕盜，原係擺鼻倒死，管馬牌子李有成並在官兵書黃加言供証。
（15/8482d-8483a）

「兵房書手」的用例如「又已到官兵房書手樓學卿因馬總鎮撥夫往東陽公幹，
不合索詐在官值月里長馮清明銀伍兩，又索在官朱盛英銀參兩入己。」
（10/5641d）亦見於清郭琇《華野疏稿‧糾參州牧疏》：「一，該州有川客販賣
耕牛，每次一二千隻不等，每牛稅銀不過二三分。本官聽信兵房李枝先、喻見
章等管收牛稅，其各處買牛者每隻必索銀二錢方發契票，漫無覺察，兵書牛票
可審。」《清仁宗聖訓》：「詳閱此案情節，古從仁因田夫貴以秋差並未撥車，係
兵書等串通舞弊等語向告，因而氣忿上控。」〔註41〕《大詞典》「兵書」條未及
此義。

【工書】工房書手的縮略。

壹，本官濫用匪人，有李安國係工書，金以忠係倉歇，本官得銀肆百
兩批管軍儲，貳書遂任意加貳撇耗。（15/8122a）

《覆陳審明京控案件疏》：「臣親提嚴鞫，緣李煦、姚興濬、李廷芳、李藩均籍
隸靜樂縣，王慶成係該縣捐職都司，溫秉中係該縣倉書，周文銘係兵書，張文
明係工書，張鳳翔、劉德和、劉漢章係該縣差役。」〔註42〕《八月二十四日張
文魁稟》：「僅永川解到銀一百五十兩，係工書季汝慧彈收入庫。」〔註43〕《大
詞典》收有「刑書、兵書」等，未立該詞條，似有厚此薄彼之嫌。

【冊書】主管冊籍的書吏。

一，本官通同戶書劉汝訓、冊書王國祥，將該縣見在人丁柒百陸拾餘

〔註40〕騧駵：即棗駵，紅身黑鬃尾的馬，泛指駿馬。《史記》集解引郭璞云：「色如華
而赤，今名馬騧，赤者爲棗騧，駵，馬赤色。」

〔註41〕趙之恒，牛耕，巴圖主編：《大清十朝聖訓》，北京燕山出版社 1998 年版，第
5035 頁。

〔註42〕〔清〕曾國荃著；梁小進整理：《曾國荃全集》第 1 冊《奏疏》，嶽麓書社 2004
年版，第 568 頁。

〔註43〕四川省檔案館編：《清代巴縣檔案彙編》乾隆卷，檔案出版社 1991 年版，第 8
～9 頁。

丁拾年間隱昧不報。（22/12317c-d）

清李岳瑞《春冰室野乘》卷上：「（龐雪崖）甫受事，浦城令以嚴苛激變，邑人乘夜焚冊局，殺冊書。」〔註 44〕《孝感縣志》：「大率朋戶不過三四人，太多即係冊書之弊。」〔註 45〕亦其例。《大詞典》首引《儒林外史》第二回：「王舉人道：『顧二哥是俺戶下冊書，又是拜盟的弟兄。』」

【糧書】在徵收錢糧時負責登記造冊的吏役。

黃兆祥既爲糧書，乃同（桑）開第蒙溷妄申，擬配亦復何辭？（9/4596a）

本官於八年三月十二日委糧書馮時開報甲催公正，葛懷德領兌。（13/7006b）

亦見於明天然癡叟《石點頭》第三回：「還有管糧衙官，要饋常例，縣總糧書，歇家小甲，押差人等，各有舊規。」《清史稿·閔鶚元列傳》：「巡撫福崧劾鶚元得句容知縣王光升牒發糧書侵挪錢糧，但令江寧府察核。」

【櫃書】徵收賦錢的吏役。

一，本官查本縣收役櫃書輪派守櫃，點查不到者欲稟縣究治，每名索詐公禮錢四百文，六名共得錢二千四百文。高彥華等證。（25/13953a-b）

《世宗憲皇帝硃批諭旨·硃批沈廷正奏摺》：「接任知縣湯啓聲知民欠不實，在於櫃書家內搜出空白印串，情弊顯然。」《嘉定縣禁櫃書糧差需索票錢告示碑》：「爲此示仰合邑糧戶及櫃書糧差人等知悉：自示之後，永不准再有冊串票費名目。」〔註 46〕亦作「櫃吏」，如清黃六鴻《福惠全書·錢穀·櫃式》：「櫃吏領出收銀，其櫃鑰封好，本官收貯內衙，俟折封時稟領。」

【櫃頭】負責徵收賦錢的吏役。

本年八月十五日，（高）明票差在官牢役蒯應舉拘在官馬登奎並不在官于進、王澤民應當櫃頭，比馬登奎不願應役，備治錢貳千八百文時值

〔註 44〕〔清〕李岳瑞：《春冰室野乘》，《叢書集成續編》第 279 冊，新文豐出版公司 1989 年版，第 693 頁。

〔註 45〕沈用增：《孝感縣志》，成文出版社 1975 年版，第 305 頁。

〔註 46〕上海博物館圖書資料室編：《上海碑刻資料選輯》，上海人民出版社 1980 年版，第 154 頁。

銀四兩付與蒯應舉，不合過送與明，又不合接收入己。（9/4626c）一、本官僉點收頭設櫃，蠹吏朱希忠等鑽求徵收，免榷吏，李永嘉獻銀三百兩即點管收，以致櫃頭重耗勒索，合縣側目証。（13/7007b-c）養鱗又不合諭令櫃頭，每兩多秤一分，共計多收耗銀伍拾陸兩捌錢伍分柒釐伍毫陸絲柒忽，在官經承卞文彩供證。（34/19343c）

明范景文《文忠集·李燦然》：「如占田產、占房屋，貧者因而受虧；如嚇庫吏、嚇櫃頭，富者由之飲恨。」明葛昕《集玉山房稿·程居左方伯》：「如米大戶猶時虞交割留難，而收銀櫃頭或囑託投充者，中間情景不問可知果焉。」《廣西通志·蠲恤》：「又櫃頭、庫史、志書、硃燭、紙箚一切供應皆革之。」亦其例。

【倉歇】負責錢糧登記造冊的吏役。

壹，本官濫用匪人，有李安國係工書，金以忠係倉歇，本官得銀肆百兩批管軍儲，貳書遂任意加貳勒耗。（15/8122a）

《浙江通志·漕運下》：「密訪各屬倉歇、巨蠹及各衙門常例、弁丁、淋尖踢斛、割單等弊，題參重處。」清蔡魁吾《盜賣積弊》：「揆其所由，皆緣不法奸丁行至濟德、天津河西務張家灣等處，借倚打點京通、投文陋規、倉歇使用，夥同岸上積年盜買漕糧光棍……」〔註47〕《江南通志·食貨志》：「國朝順治十四年，江蘇巡撫都御史張中元禁革首名糧長並縣歇、倉歇蠹役。」皆其例。「庫書」與其相類，如明潘季馴《潘司空奏疏·清查回青招由疏》：「狀招：嘉靖肆拾壹年間，在官文堯不合投充本庫〔註48〕書手，經管一應收支卷簿，瞞官作弊，向未事露。」「自合恪守官箴，釐奸剔弊為是，就不合不能潔己，疎縱衙役，致庫書魯參、丁純之，兵書徐允蘭，皂役楊赤天各亦不合朋比作奸，詐騙人財，肆行無忌。」（22/12217c）

【糧頭】負責徵收田糧的吏役。

一，本官放兩月餉銀，每名剋落銀壹錢，軍丁伍百名共剋落銀伍拾兩，糧頭張敏吾，艾保二證。（8/3999d）嚴飭屯官、糧頭，禁革火耗、羨

〔註47〕〔清〕李漁著：《李漁全集》第 17 卷《資治新書》2 集，浙江古籍出版社 1991 年版，第 381 頁。

〔註48〕本庫指廣濟庫，上文稱「壹，問得壹名馬志大，年叁拾伍歲，河南開封府陳州項城縣人，由吏員見任江西布政司廣濟庫太使。」

餘，臥掣批回以核完欠，考成糾舉以示勸懲。（15/8084a-b）我叫糧頭徐正崑問他，他不曾來，使他家人沈秀替來。（19/10862d）

《世宗憲皇帝硃批諭旨·硃批施廷專奏摺》：「臣緣係黎人，進城著令諳曉黎語之人向問詳悉，知爲控告糧頭王鄧昌將伊等額糧二十餘栳加收至一百一十餘栳，伊等難堪，等語。」《盛京通志·職官一》：「雍正四年分爲四等報糧頭，一等給地九百晌，二等八百五十晌，三等七百五十晌，四等六百五十晌。」《罪惟錄·周忱列傳》：「夏秋兩稅，圖里各推富有者爲糧長、糧頭收受，導鐵斛，自輸水次，不得復關里胥。」〔註49〕亦其例。

【斗戶】徵收田糧時管倉掌斗的吏役。

　　本月初九日，奉部牌差滿洲夏禮到縣支應廂白旗下糧料，因倉儲不敷發價，差役馬進忠往大口屯同斗戶蕭金奎、白奉坤等市價平買去後。（4/1855b-c）隨據進忠稟稱，集上突遭東兵不知姓名五人欲奪買糧銅錢，原差斗戶不從。（4/1855c）

亦見於清俞森《荒政叢書·義倉考》：「設立斗戶，收守支放，文移往返，交盤旁午，斗戶負累，民不沾仁。」

【收差】徵收漕米的差役。

　　一，本官玖年捌月內開徵漕米，聽信漕書僉點收差朱朋、熊寅等共參拾名，每名送銀參兩，又立總差貳名，各得銀伍兩，共計壹百兩，合縣經里晏涂告府並羅聶、談四證。（15/8491b-c）

與其相類的有「收頭」，如明葛昕《集玉山房稿·程居左方伯》：「乃近有必欲行此法（條鞭法）於敝里者，不論則壞上下，盡加徭力銀於其中，爲召募收頭之值，是果錫福於吾民哉。」「據陳楷進供：係拾壹年收頭，宋九璋等參人是經承，小的陸里共與他參拾兩銀子作常規禮。」（29/16353a-b）

【總差】收差的頭目。

　　一，本官玖年捌月內開徵漕米，聽信漕書僉點收差朱朋、熊寅等共參拾名，每名送銀參兩，又立總差貳名，各得銀伍兩，共計壹百兩，合縣經里晏涂告府並羅聶、談四證。（15/8491b-c）

〔註49〕〔清〕查繼佐，《罪惟錄》，浙江古籍出版社1986年版，第1630頁。

【漕書】負責漕糧登記造冊的吏役。

一，本官玖年捌月內開徵漕米，聽信漕書僉點收差朱朋、熊寅等共參拾名，每名送銀參兩，又立總差貳名，各得銀伍兩，共計壹百兩，合縣經里晏涂告府並羅聶、談四證。（15/8491b-c）

亦見於《清史稿‧周天爵列傳》：「二十三年，因濫刑及失察漕書私鑴關防，連被吏議，疏請去職，命以二品頂戴休致。」《漏網喁魚集》：「生監幫於歲底擁擠漕書家，索規稍不遂欲，打罵交集，官亦無可如何。」〔註50〕清鄭觀應《盛世危言》卷三：「江蘇州縣漕書、閽人得持其短長，所設關書，徒以供侵蝕，其缺可納資為之，傳之子孫。」〔註51〕

【解役】解送錢糧等物的差役。

據鄭茂供稱：林知州徵收條銀貳千兩，率取耗銀陸拾兩，一以為解銀添針，一以為解役路費。（23/12899c）復查得失事之船乃卑縣解餉往常德之船，解役邵一龍、許金槐、王勝隆並船戶貳名俱經冒刃沉水，餉銀壹千兩遭劫無存，止餘搭平銀貳拾肆兩捌錢。（36/20121d-20122a）

《世宗憲皇帝硃批諭旨‧硃批趙城奏摺》：「倘有輕少，再用州縣法馬彈兌，實屬輕少，即係中途侵蝕，立行嚴究追補，並將解役懲治。」《大清會典‧戶部》：「凡州縣上計布政使司，自下申牒曰『批文』，以一紙為兩牒，相連兩牒之閒書銀數編號，中分之，一申巡撫，一發解役赴司交納。」亦其例。此為新義。《大詞典》「解役」謂「解送犯人的差役。」引清孔尚任《桃花扇‧歸山》：「淨扮解役投文。」〔註52〕

【行月夫】運送漕糧的兵丁。

一、運糧急需行月夫，行月二糧乃旗軍安家糊口外水工食之資。

〔註50〕〔清〕柯悟遲撰；祁龍威校注：《漏網喁魚集》，中華書局1959年版，第4頁。

〔註51〕〔清〕鄭觀應著；辛俊玲評注：《盛世危言》，華夏出版社2002年版，第239～240頁。原文「漕書」「閽人」間用逗號，根據文意應標為頓號。

〔註52〕作為該義的「解役」較早的例證是《御選明臣奏議‧明何孟春〈應詔陳言疏〉》：「至各處問發人犯定擬，衛分雖非應發極邊，亦宜分其南北，並令當家小房隨往，斯不過遠以累解役，而本犯不敢逃逸行伍，亦得其助。」，檔案中已有用例，如「其解役劉洪墨將交與伊的逃人私自轉交與別人情由，已經責肆拾板外。」（28/15658d）

（4/1735a）

兵丁同時領取外出的口糧（行糧）和日常按月分發的俸糧（月糧），故稱行月夫。

【尖丁】慣於運送漕糧的吏役。

一，原款本官每年徵比，尖丁加耗柒拾貳兩，蕭之秀、賈煌證。（25/140 17d）

《清史稿・食貨志四》：「尖丁者，積年辦事運丁也，他運丁及運弁皆聽其指揮。」〔註53〕亦其例。

【廒頭】負責管理倉庫的吏役。

一，為德州見任管糧州判鞏燿一催收十一、十二兩年漕米，該州廒頭八名，每名索常例銀三五兩不等，共得銀四十兩，批頭傅登奇、孟得召證。（25/13952c）

明陳應芳《敬止集・與游振巖州守》：「當事者不得已，令廒頭均攤里遞代納，故名為包區，此遵何法哉？」清吳敏道《六事興革碑記》：「本縣三十四里，五年一輪，每年里長六十八名，分上下五甲，今年應里長，明年應廒頭。」〔註54〕亦其例。

【關役】古代稅卡上的吏役。

看得鮑應龍頂補關役，輪日收銀，即為監守之人，乃見利生心，瞀不畏死，侵拐稅銀柒百壹拾貳兩，實犯監守自盜之條。（7/3608d）鮑應龍頂補名缺，關役共額捌人，每人輪流收銀，足肆千兩報完起解，又更一役輪收，周而復始。（7/3608a-b）

《世宗憲皇帝硃批諭旨・硃批謝旻奏摺》：「該關又有鹽船、木筏給與關役之陋規，名為『神福』，每年約計銀二千餘兩。」《大清會典則例・戶部》：「（順治）十年題准：令各關差刊示定例，設匭收稅不得勒扣火耗、需索陋規，並禁關役

〔註53〕 王子英等：《中國歷代食貨志彙編簡注》，中國財政經濟出版社 1987 年版，第378 頁。

〔註54〕 寶應縣地方志編纂委員會編：《寶應縣志》，江蘇人民出版社 1994 年版，第1006頁。

包攬報單。」皆其例。《大詞典》首引《清會典事例·戶部八八·關稅禁令》:「設櫃收稅,不得勒扣火耗,需索陋規,並禁關役包攬報單。」

【批頭】負責大批購買(貨物)的吏役。

> 一,本官聽腹吏郭四駱撥置,僉報買糧批頭,嚇詐封三崗、潘良宇、顧再振、周三思、耿九義等家共銀貳百兩。(17/9263d)

「批」有「大量地、成批地買賣貨物」義,如《鏡花緣》第三二回:「這個貨單拿到大戶人家,不過三兩日就可批完。」《世宗憲皇帝硃批諭旨·硃批喬世臣奏摺》:「是採買匠硝、舖磺二項,顯係地方積棍串通胥役借批頭名色占踞壟斷,因得高價網利。」亦其例。

【料頭】管理鹽丁的吏役。〔註55〕

> 一,本官管理料頭、鹽丁,聽信都料頭丘鳳集撥置,貓鼠同眠,向料頭每一號要見面銀參伍錢不等,共伍拾餘號,共要銀貳拾餘兩。(17/9656c-d)

《熹宗天啓實錄》卷七十:「臣同司官、縣官細加抽盤,乃知其巧於為奸。於是乃改秤斗量,俾各州縣料頭自報,而又令印官自相盤量。」〔註56〕《山西通志》卷七十引《備覽》〔註57〕稱:「明初於蒲、解等州縣,編審鹽戶八千五百八十五戶,定鹽丁二萬二百二十名,每二十名立料頭一人,共撈鹽一千引為一料。」〔註58〕亦其例。

〔註55〕「料頭」亦指包辦買料、運料、交料之人,如《皇朝文獻通考·職役考四》:「(乾隆)三十年嚴河工買料、運料、交料之法,河南黃河工料向由沿河三十二州縣採買,至是巡撫阿思哈言:民間辦料多由地方官派買,在料多之戶猶能自運抵工,至小戶出料無多,離工路遠,雇裝盤攬,業曠費繁。遂有包辦之人名曰料頭。」

〔註56〕轉引自郭厚安編:《明實錄經濟資料選編》,中國社會科學出版社1989年版,第732頁。

〔註57〕《備覽》指清蔣兆奎撰的《河東鹽法備覽》,例句文意指出在明初已設立「料頭」,但除檔案材料外,我們能見到的「料頭」的最早文獻為《熹宗天啓實錄》,故姑收錄之。這也說明僅僅以文獻用例的始見年代給詞語斷代,存在難以避免的偏差。

〔註58〕〔清〕曾國荃等:《山西通志》,《續修四庫全書》史部643冊,上海古籍出版社1996年版,第87頁。

【牌頭】清代保甲制度，每十戶為一牌，設長一人，謂之牌頭。

> 本村之地方、牌頭、生員、鄉民公出甘結。（6/2990d）於九月十五日
> 復據刷杆庄鄉約王宗孟、牌頭王宗孔、家長姚進成等同結，狀稱刷杆
> 庄西綿滄峪，南嶱礦石摔碎細看俱係頑石，其中白星不過石砂之光，
> 原非眞礦所結，是實。（29/16604d-16605a）

《初刻拍案驚奇》卷十四：「于良走去報知老人邵強與地方牌頭小甲等，都來
看了，前後說話，都是一樣。」〔註59〕亦其例。《世宗憲皇帝硃批諭旨·硃批
石麟奏摺》：「茲據陽曲縣詳稱：遵奉示禁，現在徧諭訪查，力行禁止；並飭
鄉地牌頭互相稽察，倘一家有犯，十家連坐。等因到臣。」《大詞典》首引《清
會典事例·兵部·保甲》：「國初定，凡州縣鄉城，每十戶立一牌頭，十牌立
一甲長，十甲立一保正。」

【戶頭】清代管轄十戶的地方基層人員。

> 而仍照舊規，紛差四出。則在各社有書手，各里有里長，各甲有甲首，
> 各戶有戶頭，又有老人，又有催頭，此輩惟知有利可啖，何知有民可
> 憐？（2/521c）比有在官戶房書手王太寰即王太和，亦不合指稱丈地扯
> 坵，出票僉報各社公直戶頭寫手籌手等役攤派丈量雜差應用，每社詐
> 銀三錢。（35/20003a）

「戶頭」本指「戶主」，《隋書·食貨志》：「而又開相糾之科，大功已下，兼令
析籍各為戶頭，以防容隱。」宋李心傳《建炎以來繫年要錄·紹興二十有七年
五月乙酉》：「詔民戶已充保正副後來析戶而再當充役者，其戶頭許歇役，餘戶
物力高者即為白腳，依舊輪差。」後引申為吏役名，與「牌頭」相類。「戶頭」
亦見於趙愼畛《榆巢雜識·烏魯木齊戶種》：「各以戶頭、鄉約統之。官衙有事，
亦唯戶頭、鄉約是問。」黃六鴻《福惠全書·錢穀·戶頭總催說》：「如此戶頭
亦不致偏勞重困，而甲戶之正供可清矣。」《大詞典》首引清黃六鴻《福惠全書·
錢穀·催徵》：「聖天子深知排年為百姓之大害，於是亟議革除，而催督之任，
惟專責之各甲之戶頭……愚以為一甲之錢糧寄之戶頭，必就本甲擇年力精壯、
殷實糧多、小心畏法者充之。」又作「戶首」，該詞古已有之，檔案用例如「本
里二甲戶首張麻光名下拖欠節年銀共四百八十餘兩，本色糧五百餘石。」

〔註59〕〔明〕凌濛初著：《初刻拍案驚奇》，天津古籍出版社2004年版，第159頁。

（34/19274a）

> 【保長】清代保甲制度，每十甲為一保，設長一人，謂之保長，舊稱
> 　　　　保正。
> 　　緣索尋該鄉保長不得，隨見先存續被毆身死丁寧一在田耕作，又有在
> 官李宗文在彼經過，張亞四要得拘執貳人尋覓保長。（22/12578c-d）本
> 役帶拘各保正汪保一、宗勝等結報，何四壽、汪廷聘貳犯並無妻孥家
> 產房地，各具不扶甘結，等因。（19/10432d）

《世宗憲皇帝硃批諭旨・硃批苗壽奏摺》：「比年以來各州縣欽奉諭旨，嚴飭旗
莊一體彈壓，其各鄉村設有地總、保長等名目，似足兼辦領催之事。」《歧路燈》
第九十一回：「並將該縣密揭內，保長鄰佑首狀情節，隨牌發出。」〔註60〕亦其
例。《大詞典》首引清黃六鴻《福惠全書・保甲・選保甲長》：「所謂保長者，邑
分四鄉，鄉立一長，謂之保長。不曰鄉而曰保者，以鄉別有長，所以管攝錢穀
諸事，而保長乃專司盜逃奸宄，不與乎其他者也。」

> 【族保】管理一族的保長。
> 　　會看得一起汪三八因與嚴爾傑等結夥作賊打劫事犯，又有族保汪淳桂
> 等八人公評，原擬斬罪。（32/17927c）

《竹葉亭雜記》卷二：「由此而入族保、詞證各宅，逐一搜求，均須開發。」
〔註61〕《淡水廳築城案卷》：「為此，仰廳官吏即便轉飭遵照，克日取具林祥
麟家屬族保鄰佑各領結，由廳加具印結，每樣七本送司，以憑核詳請咨。」
亦其例。

> 【坊官】管理街坊的小吏。
> 　　有趙氏於初玖日向忠說知，但事干地方，稟明坊官是實。（4/1899d）

清孔尚任《桃花扇・歸山》：「據坊官報單，說爾等結社朋謀，替周鑣、雷縯詐
行賄打點，因而該司捕解；快快從實招來，免受刑拷。」清張傑鑫《三俠劍》
第二回：「小英雄跪在大堂之下，南城坊官問道：『你姓什麼？』」是其例。

> 【鄉約】明清時鄉中小吏。

〔註60〕〔清〕李綠園著：《歧路燈》，中國戲劇出版社2000年版，第441頁。
〔註61〕〔清〕姚元之：《竹葉亭雜記》，光緒十九年刻本，卷二第18～19頁。

致鄉約、鄰佑劉元長等見得小的髮長，不敢隱匿，稟首到州。（8/4207d）
又一款開：一，本縣東鄉河北死壹人，地保報知，本官聽腹吏盛可均授意，拏河南鄉約王大綱極刑苦夾。（18/100134b）在官黃鄉約供：家中原有虎皮一張，被蒲煇買去，只與了小的銀二兩五錢，不知他向官開了多少價。（36/20363a）

「鄉約」一般由縣官任命，負責傳達政令，調解糾紛。《世宗憲皇帝上諭內閣》卷八十四：「甚至胥吏、鄉約逐戶嚴查，地棍、訟家挾私訐告。」《大清律例‧名例律上》：「若地方官出結後上司復令察出，或原官察出及鄉約人等首送者，除本犯仍行發配外，官員及鄰保人等俱免議。」亦其例。《大詞典》首引《儒林外史》第六回：「族長嚴振生，乃城中十二都的鄉約。」

【地保】清代及民國初年地方上替官府辦差的人。

據此，隨審本犯並鄉鄰、地保劉中立等，各供稱趙治國等髮長未剃，眾見皆驚，覿面質證，治國甘罪無辭，供吐明白。（8/4208a-b）又一款開，一，本縣東鄉河北死壹人，地保報知，本官聽腹吏盛可均授意，拏河南鄉約王大綱極刑苦夾。（18/100134b）仍拘地保一干人証到官，並吊取已死鄭繼生身屍，喚仵作邵徐和當場墳圖、取結，等情，在案。（34/19134c）

《世宗憲皇帝硃批諭旨‧硃批陳世倌奏摺》：「一，窩家照例定擬治罪外，應先搜變家產賠贓，並著落地保、兩鄰人等查察。」《大清會典‧兵部》：「及各衙門夫役有藝業能自謀生者，交地保收管，仍於月朔按名點驗。」亦其例。《大詞典》首引清惲敬《新喻東門漕倉記》：「新喻附城為五坊，坊有坊長；鄉為五十七圖，圖有地保。坊長、地保如保正。」

【徭總】服徭役者的頭目。

據署遂溪縣知縣王奠基報稱：卑職同官兵於陸月貳拾捌日出師，貳拾玖日駐箚城月，閏陸月初壹日辰時到縣，官兵撥住城上，隨有徭總梁建極、里長陳雄玠並百姓、衙役數人投見。（20/11061c-d）

例句「徭總」與「里長」對舉，可證「徭總」亦為基層吏役的一種。

【現夫應役】受徵召服勞役的夫役。

一，現夫應役、曠夫打草三折為一束，苦累不前，將夫馬啓元責三十

板，立斃杖下。（25/13952a）

【槽頭】 負責餵養牲畜的差役。

> 蓋爲經過之東來官丁索要廩糧、料草，日不暇給，而且無勘合牌票恣意橫索，窘吏逃累，各槽頭傾家措辦，實有萬分難堪之狀也。（2/511d）
> 一，本官爲私事騎死驛馬貳匹，槽頭朱麟証。（20/11381d）一，本官隱驛馬所產馬駒貳匹，槽頭周孟紹証。（20/11381d）

亦見於《大清會典則例・兵部・車駕清吏司・郵政上》：「向係本部館所槽頭帶票在驛站支取，每多需索；嗣後槽頭不許前往，即於該衙門屬從官內遴委一人，持票支取應用。」明胡應麟《少室山房筆叢・莊嶽委談上》：「皁人蓋古司牧者，隸則輿隸，本不並言。」「皁人」指古代養馬的下吏，「皁」是「槽」的借字，可作爲「槽頭」〔註62〕稱呼養馬吏役的旁證。考《說文・木部》：「槽，畜獸之食器。」「槽」由養馬之具轉指養馬之人。《大詞典》未及此義。

【跎夫】 搬運貨物行李的夫役。

> 商人汪元、汪星、楊叟等，跎夫劉君、毛五等證。（13/7152b）

「跎」有「用背扛負」義，《清平山堂話本・曹伯明錯勘贓記》：「伯明道：『娘子，我和你合該發跡。才走到五里頭，見雪大沒客來，走回來，被這包袱絆一交，起來叫人時，沒人來往，我只得跎回和你受用。』」同則材料上文「一，蠱等媚部任期將滿，計令償單加倍抽分，嚴責跎裝，腳夫晝夜裝簰。（13/7152b）」可資佐證「跎夫」即「腳夫」。

【白夫】 驛站夫役的一種，承擔陸路搬運任務。

> 一，本官走遞白夫工食半徵銀陸百餘兩，陸續支銀參百餘兩，起於與庫吏王漢侵扣。（9/4582c）

《皇朝文獻通考・職役考二》：「又考直省所設之夫名目不同，凡有馬之驛視馬多少例設二馬一夫，外有走遞夫、白夫、青夫（此項裁）扛夫、所廠夫、差夫、站夫；有水驛之處有水手、水夫、縴夫；南省有轎夫、兜夫、擔夫、

〔註62〕 宋鄒浩《道鄉集・簡王正父覓酒》：「相引槽頭著春酒，細流三峽夜泉聲。（史季溫《山谷別集詩注・黃庭堅〈訪趙君舉〉》）甕面蛆浮玉，槽頭水滴珠。」槽頭指蒸餾酒時使用的兩邊高中間凹的木製接引酒的器具，與例句的意義無涉，不贅。

扛擡夫。皆隨宜額設支給工食。」《大清會典事例・兵部》:「白夫工食……每名各日給銀三分三釐三毫三絲三忽。」《山東巡撫覺羅長麟奏籌辦閩硝委員起解折(乾隆五十二年十二月十九日)》:「再,查現在河水凍阻,開壩尚早,若拘泥向例,由水路運解,更覺行緩,似不若由陸路撥用沿河各縣額設白夫分起抬送,運至台莊,再行換船前往,較爲便捷。」〔註63〕亦其例。

【青夫頭】皂隸。

> 張銘鼎又每年年終指索常禮,索詐青夫頭銀一兩,計四年共索詐節禮
> 銀四兩入己。(35/20004d-20005a)

「青夫頭」即「青夫」,因其身穿皂(黑色)衣,故稱。《醒世姻緣傳》第二四回:「漸漸門子民壯、甲首青夫、輿人番役、庫子禁兵,盡是一夥魔頭助虐。」〔註64〕《皇朝文獻通考・職役考二》:「又考直省所設之夫名目不同,凡有馬之驛視馬多少例設二馬一夫,外有走遞夫、白夫、青夫(此項裁)、損夫、所廠夫、差夫、站夫……」亦其例。

【夫匠頭】服役的工匠。

> 營繕清吏司案呈奉本部,送該本司,呈奉本部送,據夫匠頭湯承金、
> 胡順等告前事等情。到部,蒙批。(1/89b)

「夫匠頭」當源於「夫頭」,「夫頭」在明代文獻中已有用例。馬文升《爲建言民情事》:「夫頭十名,十年一次輪流挨當。」〔註65〕檔案中的用例如「又本縣額設長夫,歲給工食,(趙)國璧又剋常例銀拾伍兩入己,夫頭馮繼林等証。」(9/4933c)「一,本縣額設夫參百伍拾捌名,該工食銀貳千捌百捌拾餘兩,每年止給銀捌百有奇,每兩扣銀壹錢伍分,共扣銀壹百餘兩,夫頭並阮應龍証。」(17/9508d-9509a)《大詞典》「夫頭」謂「夫役的頭目」,引《兒女英雄傳》第十一回:「小人從前原也作些小道兒上的買賣,從來洗手不幹,就在河工上充了一個夫頭。」釋義未確。

〔註63〕 中國人民大學清史研究所、中國第一歷史檔案館編:《天地會》4,中國人民大
　　　　 學出版社1983年版,第209～210頁。
〔註64〕 〔清〕西周生撰:《醒世姻緣傳》,上海古籍出版社1981年版,第354頁。
〔註65〕 參見〔明〕黃訓編《名臣經濟錄》卷三十四。

【短夫】短期做工的夫役。

　　京尹亦不合於內得受參拾兩銀，沿途雇募短夫。（6/3397d）

《欽定大清會典事例‧都察院》：「如部院票取東西馬館藥引獸醫。文鄉會試雇
覓各項長短夫役。禮部票取刻字匠、及筵燕傳埽除潑水夫役。」清佚名《福建
省例‧刑政例（下）》：「懇請嗣後除尋常命盜等犯照舊辦理外，凡有解省洋匪，
起解衙門用短夫擡解，接遞各縣捐雇抬夫，逐站更換，庶賠貼稍輕，辦公可無
竭蹶等因。」亦其例。

2.1.3　親鄰人衆

　　本節討論的詞語主要包括親戚友人、街坊鄰居、關係相對緊密的奴僕以及
普通民眾等。

【本主】本人，當事人。

　　又攎在官小進玉不在官姐左氏，亦在可民家爲妾，各本主招証。
　　（4/1793a）又不合將在官生員杜元亨祖塚發掘，□元亨姪杜國望向說
　　觸怒，當時打死，仍將墳內栢樹盡行掘去，本主招証。（4/1793a-b）

亦見於清郭小亭《濟公全傳》第四十回：「趙福說：『既是寶貝，他們本主爲什
麼不收起來，放在這裏？』」

【遠枝】指血統疏遠的親戚，與「遠房」同。

　　馬深供稱：深與馬承祥原係兩戶，又在兩處上墳，委係遠枝族叔，實
　　無隱情。供吐在案。（21/11818a）招稱：養賢有先存遠枝故叔李自得遺
　　妻韓氏，並無子女，於明季年間將瓦房肆間、樹貳株賣與養賢先在官
　　父李自義爲業。（35/19549b）

《醒世姻緣傳》第五十七回：「再說晁思才是晁家第一個的歪人：第一件可惡
處，凡是那族人中有死了去的，也不論自己是近枝遠枝，也不論那人有子無
子，倚了自己的潑惡，平白地要強分人的東西。」〔註66〕亦其例。

【服兄】沒出五服〔註67〕的同族兄弟。

　　斬罪犯人一名，張雲現因服兄張友孔出外，遺妻崔氏在家與媳同睡。

〔註66〕西周生撰：《醒世姻緣傳》，上海古籍出版社 1981 年版，第 817 頁。

〔註67〕五服指高祖父、曾祖父、祖父、父親、自身五代。

雲現夜至二更進窗求姦，崔氏與媳喊叫，雲現掙跑，剝下道袍一件，崔氏羞愧縊死。（31/17411b）

《清實錄·乾隆實錄》：「余彤因與大功服兄余彤爲細故挾嫌，輒起意邀同胞兄余燦殺死余彤一家八口。」「大功」本指喪服五服之一，服期九月。其服用熟麻布做成，較齊衰稍細，較小功爲粗，故稱大功。舊時堂兄弟、未婚的堂姊妹、已婚的姑、姊妹、侄女及眾孫、眾子婦、侄婦等之喪，都服大功。故「大功」指同祖父的兄弟，「大功」與「服兄」類義連用。《大清會典事例》卷八百三十一：「（嘉慶）八年，河南巡撫題，賊犯杜老刁行竊圖脫，毆傷緦麻服兄杜景華身死，將杜老刁擬斬監候一案。」「緦麻」本指古代喪服名。五服中之最輕者，孝服用細麻布製成，服期三月。凡本宗爲高祖父母，曾伯叔祖父母，族伯叔父母，族兄弟及未嫁族姊妹，外姓中爲表兄弟，岳父母等，均服之。據此，「大功」指同高祖的兄弟，「緦麻」與「服兄」亦爲類義連用。

【屍兄】命案中死者的哥哥。

又問海玉：你向屍主任麻子、屍兄童文登說，師父性洪、高大、沈二同在一夥，今審爲何說他們無干，你與瓮五殺死，是何情由，從實說來。（24/13668c）

《世宗憲皇帝硃批諭旨·硃批王柔奏摺》：「而屍兄陳之捷亦稱：陳之欽從前爲堂兄陳淑玉被趙士奇打死帶領陳子玉告狀及擦洗屍傷是實。」《藍公案》第十三則：「屍兄林嘉樹力爭：『此人實是阿桶，如係阿清，我甘反坐。』」〔註68〕亦其例。

【服嫂】沒出五服〔註69〕的同族兄弟之妻。

視服嫂（崔氏）爲桑濮之人，乘兄不在，掇窗進室。（31/17411c）

亦見於《新民公案·和尚術姦烈婦》：「劉尚勇在家，聞得黃安（文）禮在學道處告他強姦服嫂，心中忿恨無門，乃扶兄乏靈，痛哭致死，捶胸嘔血，大叫一聲，扑地立亡。」〔註70〕《清實錄·乾隆實錄》：「一係董貴、恃強毆傷摔跌後

〔註68〕〔清〕藍鼎元著：《藍公案》，北京燕山出版社1996年版，第579頁。
〔註69〕五服指高祖父、曾祖父、祖父、父親、自身五代。
〔註70〕〔明〕佚名：《新民公案》，參見《中國古代孤本小說集》3，中國文史出版社1998年版，第2761頁。

制縛毆斃孫成才。一係楊三茂、刃斃徒手服嫂張氏。」

【犬夫】對自己丈夫的謙稱。

> 林氏供稱係揚州府人，有犬夫儲遵於順治貳年肆月內被殺。（6/3007d-
> 3008a）

「犬」表謙稱多用於自己或自己的小孩，如「犬馬」用於臣下對君上，或晚輩對長輩，或位卑者對尊長謙稱自己。「犬子」謙稱自己的兒子〔註71〕。文獻中「犬夫」用例罕見。

【妹子】妹妹。

> 據潘氏供稱：丈夫、兒子都沒有得，衣食無靠，相隨妹子度日，銀子
> 從何處來都是造款人誣賴的。（26/14648b）

《檮杌閑評》第十五回：「陳監生道：『是劉素馨，乃鴛鴦叩的妹子。』」〔註72〕《八洞天》卷四：「原來魚仲光當初有個妹子，與岑玉年紀相彷，魚氏曾向他求過親來。」〔註73〕亦其例。相類的構詞如「哥子」，《警世通言》第十一卷：「那徐用卻自有心，聽得說有個少年知縣換船到任，寫了哥子的船，又見哥哥去喚這一班如狼似虎的人，不對他說，心下有些疑惑，故意要來船上相幫。」「據三膀子供：原姓蕭，撫州臨川縣人，同結拜哥子姓王的往湖廣投兵喫糧。」（24/13524a）皆其例。

【屍子】死者之子。

> 閻氏隨於柒年柒月貳拾伍日將毆打人命事具告夏邑縣，屍子楊宗聖具
> 告碭山縣，兩拘未審。（20/11167a）臣以屍子（錢）吉兒有伊父欠糧致
> 身死水中之稟，將（錢）鶴壽矜請改斬擬戌前來。（29/16581a）

《世宗憲皇帝硃批諭旨·硃批憲德奏摺》：「且何氏母子身死不明一案，現有屍子馮君裕指名控告。」《巡臺退思錄·稟嘉義線民江浮安等拏匪釀命一案應提府訊辦並請由省委員覆查由》：「乃挾屍子翁戇控官之恨，糾眾趕至該莊捉擄時，

〔註71〕洪誠玉：《謙詞敬詞婉詞詞典》，商務印書館，2002 年版，第 59 頁。

〔註72〕〔清〕佚名著，劉文忠校點：《檮杌閑評》，人民文學出版社 1983 年版，第 188
頁。

〔註73〕〔清〕五色石主人著；陳翔華，蕭欣橋點校：《八洞天》，書目文獻出版社 1985
年版，第 76 頁。

伊兄簡有忠等出爲攔阻，因簡烏秋逞兇，遂被伊兄殺斃。」〔註74〕亦其例。

【屍侄】命案中死者的侄兒。

> 本年玖月貳拾玖日，希湯撞遇讎人陳勳，又不合將伊殺死，在官屍侄
> 陳堯道審證。（3/1147d-1148a）

明清時代，「屍親」習見，《大詞典》釋爲「命案中死者的親屬。」如《初刻拍案驚奇》卷十一：「知縣見二人死了，責令屍親前來領屍。」「恐稽案件，止拘弔（方）忠壹與方忠參屍親王標壹、黨正、李劉，貳地鄰鄧明、裴元各到官研審。」（15/8629d）還可以「屍屬」稱「命案中死者的親屬」。如明祝允明《野記》：「舅姑或謂事由父母，又逮之，及媒人、兩家鄰，交訊皆無可言。官不能決。榜召屍屬，亦終無認者。」「嗟彼閨中良婦，幾同狗彘之行，情何堪此？是以抱忿輕生，持刀自刎，命斃頃刻矣，當據屍屬王應龍具告。」（11/5791c）

【甥子】外甥。

> （張成貴）乃懷平日責打之讎，恃酒持刀，輒行刺殺，賴甥子急救。
> （22/12569c）

《老殘遊記》第十回：「璵姑道：『大姐姐因外甥子不舒服，鬧了兩個多月了，所以不曾來得。』勝姑說：『小外甥子甚麼病？怎麼不趕緊治呢？』」今江淮方言合肥話尚存「外甥子」這一稱呼〔註75〕。

【義媳】義子之妻。

> 一起侯宗孔原招故盜鄧明兒等糾同宗孔打劫顧道家財物，姦其義媳，
> 搶其女妾。（29/16581b）

清李漁《資治新書·清王望如〈窩叛斃主事〉》：「審得袁巍之告劉正達也，以正達妻其義媳，子其義孫，十年之間，六詞疊控，從不得理，是亦可以不終訟矣。」〔註76〕《刑案匯覽·義父捉姦殺死義媳之姦夫》：「於次日撞遇，將

〔註74〕〔清〕劉璈著：《巡臺退思錄》，參見《臺灣文獻史料叢刊》第九輯，臺灣大通書局 1987 年版，第 79 頁。

〔註75〕鮑海濤，王安節編著，《親屬稱呼辭典》，吉林教育出版社 1988 年版，第 160 頁。

〔註76〕〔清〕李漁著：《李漁全集》第 17 卷《資治新書》2 集，浙江古籍出版社 1991 年版，第 741 頁。

李學彥毆傷身死，該撫以律例並無義父姦所獲姦，非登時殺死義媳姦夫，作何治罪明文咨請部示等因。」亦其例。

【鄰舍家】鄰居。

　　比（曹）育麟妻陳氏見夫戳殺，亦將（張）龍宇叫罵：「鄰舍家虧你做得此事！」（29/16571d）

《醒世姻緣傳》第二回：「俺那舊宅子，緊鄰著娘娘廟，俺婆婆合我算記，說要揀一個沒人上廟的日子，咱到廟裏磕個頭，也是咱合娘娘做一場鄰舍家。」〔註77〕《野叟曝言》卷一：「這劉大平日吃酒賭錢，打街罵巷，原是不安本分的人；昨日夜間，他家人聲嘈雜，鬧得鄰舍家都不得睡覺，小的們原也疑心。」〔註78〕亦其例。今寧波方言中該語仍在使用。〔註79〕

【家長】奴僕的主人。

　　張成貴合依奴婢謀殺家長者，罪與子孫同律，立斬。（22/12569c）

《大詞典》「家長」謂「①一家之主。②指一族之主。③丈夫。④船家；船主。⑤宋時對節級（獄吏）的稱呼。⑥父母或其他監護人。」釋義皆與例句不諧。張成貴殺害主子張天麟，依律當斬。前文曾交代「會看得張成貴係張天麟之奴，天麟為之娶妻黃氏，豢養多年。」（22/12569b-c）明祝允明《野記》：「一點奴謂家長：『茶酒素亡賴，數睥睨新人，殊似有奸態，兩度不辭而去，可疑也。』」《明史·志第三二》：「凡民間子孫弟侄甥婿見尊長，生徒見其師，奴婢見家長，久別行四拜禮，近別行揖禮。」亦作「家主」，如「比王極因思家主王彥升先曾與王彥賞有爭產微嫌，遂指王彥賞乘亂買賊殺死兄家玖命，置酒酬勞等情。」（3/1154b）

【主女】家主之女。

　　看得馮四私通侍婢，罪已難寬，尋復烝姦主女，日久事露，羞愧投繯，蔑法淫奴斬首不枉。（20/11455d）

清鄒弢《海上塵天影》第五十三章標題：「病纏綿小妹託情郎，心鬱結老奴逢主

〔註77〕〔清〕西周生撰：《醒世姻緣傳》，上海古籍出版社1981年版，第19頁。

〔註78〕〔清〕夏敬渠：《野叟曝言》第1卷，中國戲劇出版社2000年版，第31頁。

〔註79〕朱彰年，薛恭穆，汪維輝，周志鋒編著：《寧波方言詞典》，漢語大詞典出版社1996年版，第165頁。「鄰舍」條注釋：「鄰居。也說『鄰舍家』、『鄰舍隔壁』。」

女。」〔註80〕亦其例。

【使婦】供使喚的婦僕，一般較使女年長。

> 搜獲僞按院張仲、景運、僞中軍鄭瑁並景運母楊氏、妻汪氏、妾倪氏、長女黃氏、次女少姐、幼孩宦哥、乳婦張氏、使婦冬季榴、花僕二樓共拾貳名口。（4/2010b-c）

亦見於清佚名《于公案》第八十回：「等至黃昏，穿上一身顏色衣服，喜笑顏開，來到新房，使婦、丫環齊說：『新姨娘，員外爺來了！』」襯叔《倫文敘全傳》第二十二集：「在重新啓市的第三日，門前停了一乘青轎，眼隨了一使女一使婦，走進店內要見何老闆。」〔註81〕清吟梅山人《蘭花夢奇傳》第二十九回：「吩咐小丫鬟取家法，喚幾個粗使婦僕進來。」〔註82〕其中「粗使婦僕」即「使婦」。

【莊佃】即佃農。

> 況至投充莊佃諸人，尤州縣平日之所顧忌者，而敢於誣抑乎？（21/12032b）

明徐宏祖《徐霞客遊記·西南遊日記十一》：「蓋北自觀音山盤礴而盡於此，村氓俱阮氏莊佃。」《大清會典則例》卷一百三十三：「（康熙）七年議准，畿輔隄岸關繫緊要，禁止附近莊佃私開渠口。」《鄉言解頤》卷三：「四六開抽，莊佃得其六，我得其四，如每畝可獲五斗，則抽子粒二斗。」〔註83〕

【苦獨力】滿語 kutule 的音譯，跟隨的奴才，牽馬的小廝。

> 遂以我們爲賊，不問根因，知縣喝令人役毆打，將擺牙喇壹名、苦獨力貳名拿進縣去。（27/15362c）

康熙朝《清文鑒》釋「kutule dahame xabure ahasi be kutule sembi」爲「稱跟隨

〔註80〕 參見江蘇省社會科學院明清小說研究中心，江蘇省社會科學院文學研究所編：《中國通俗小說總目提要》，中國文聯出版公司 1990 年版，第 919 頁。

〔註81〕 襯叔著；秦周校撰：《倫文敘全傳》，廣東旅遊出版社 1995 年版，第 1016 頁。

〔註82〕 〔清〕吟梅山人撰，李申點校：《蘭花夢奇傳》，嶽麓書社 1985 年版，第 190 頁。

〔註83〕 〔清〕李光庭：《清代史料筆記叢刊·鄉言解頤》，中華書局 1982 年版，第 38 頁。

的奴才爲庫圖勒」。《大清全書》:「苦獨力,牽馬的小廝。」〔註84〕《浙江巡撫陳應泰揭帖》:「其陣亡寧村所千總趙宗湯,又鑲黃旗祖澤洪牛彔下兵郎頭的苦獨力一名小貴兒,兵丁劉鼎等四名,輕傷兵丁李福等十一名。」〔註85〕《康熙起居注·康熙十八年》:「內閣大學士、學士隨捧折本面奏請旨:爲兵部題,永興軍中苦獨力、大小子等八人,俱不收伊主骨襯,應處絞事。」〔註86〕亦其例。「苦獨力」常音譯爲「庫圖勒」或「庫特勒」,意譯爲「跟馬人、牧馬者、僕廝、控馬奴、廝卒、廝養卒」等。〔註87〕《兒女英雄傳》第十八回:「那些家將也都會些摔跤打拳、馬槍步箭、桿子單刀、跳高爬繩的本領,所以從前徵噶爾旦的時候,曾經調過八旗大員家的庫圖扒兵,這項人便叫作『家將』。」〔註88〕

【包衣】家奴。

據總甲彭良棐稱:於捌月貳拾陸日,有屍親童文登自挈僧人參名投舖,稱弟童三同鑲黃旗包衣飛揚我牛彔任麻子家人王八打死在僧人隆湖地內。等情。(24/13665b-c)有正白旗包衣非呀俄牛彔下張襲子,有鑲黃旗包衣高買牛彔下起八海,向看街鑲白旗步兵撥什庫,沙納海牛彔下巴哈他,他革都牛彔下錫賴,悶都牛彔下巴兔賴其,藍布牛彔下吳爾起說了,他們圍住不能挈他。(25/13929a-b)

「包衣」爲滿語「包衣阿哈」的簡稱。亦簡稱「阿哈」。「包衣」即「家的」;「阿哈」即「奴隸」。《平定三逆方畧》卷六:「其以駐箚江寧將軍阿密達所轄包衣佐領官兵,令副都統拉哈悉領赴浙聽賴塔調度。」《聖祖仁皇帝親徵平定朔漠方畧》卷十六:「每佐領下護軍一名,上三旗包衣護軍六十名。」亦其例。《大詞典》首引清昭槤《嘯亭雜錄·漢軍初制》:「雍正中,定上三旗每旗佐領四十,下五旗每旗佐領三十,其不足者,撥內務府包衣隸焉,其制始定。」

〔註84〕轉引自趙阿平著:《滿族語言與歷史文化》,民族出版社 2006 年版,第 97 頁。

〔註85〕《明清史料》己編第五本 443～451 頁。

〔註86〕中國第一歷史檔案館整理:《康熙起居注》,中華書局 1984 年版,第 473 頁。

〔註87〕參見王鍾翰:《滿族在努爾哈赤時代的社會經濟形態》,載《王鍾翰學術論著自選集》,中央民族大學出版社 1999 年版,第 60 頁。

〔註88〕〔清〕文康:《兒女英雄傳》,人民文學出版社 1983 年版,第 312 頁。

【老哥】成年男性間的尊稱。

> 又審據趙五禿子供稱：於本年參月內糾同未獲王岐山、王元、劉芳、張老哥、韓次宇、韓三、孫二麻子。（6/3122a）

《檮杌閑評》第十二回：「門前人煙湊集，進忠不敢上前，先走到對門一個手帕鋪裏問道：『老哥借問聲，王府裏有甚麼事？』」《二刻拍案驚奇》卷二十四：「那兩個並不回頭，自實只得趕上前去問青衣人道：『老哥，送禮到那裏去的？』」為其例。《大詞典》首引《儒林外史》第三四回：「怪道前日老哥同老嫂在桃園大樂！」

【小子】指男性青少年，猶言小夥子。〔註89〕

> 於捌月初捌日子時攻破山寨，已將逆賊殺死不計其數，奪獲婦女、小子千餘，馬騾貳千餘匹頭。（4/2207b-c）

《世宗憲皇帝硃批諭旨・硃批鄂爾泰奏摺》：「又據哈元生報稱，捉獲巴補，內有一小子名叫奔迭。」《施公案》第二三三回：「其餘薛氏妻子，無罪釋放。所有市鎮店房，留與婦女小子過活。」《大詞典》首引《紅樓夢》第三一回：「扮作小子樣兒，更好看了。」

【鄉愚】舊時對鄉村老百姓的蔑稱。

> 閏陸月初參日，官兵奮勇衝突擒殺賊功，奪獲器具甚多，焚其營寨，賊乃披靡退遯，旋糾眾賊驅逼鄉愚。（20/11062d）至董士亨因鑄神爐私賞鑄礶，實係鄉愚無知也。（28/15633b）看得張祥宇毆死趙繼祖一案，審駁多番，兩奉俞旨，部駁另行確審，則以衙役拷詐之虎威，甚於帶領同去之鄉愚也。（31/17271c）

《平定兩金川方畧》卷五十三：「若有不肖官吏或擬派不均，或藉端科斂，致鄉愚情不能堪，釀成事釁，所關匪淺。」《剿捕臨清逆匪紀略》卷三：「至鄉愚被脅，其情固有可原，但既經曉諭之後，百姓等當更知大義，若尚敢隨賊持械抗拒官兵，即與賊黨無異。」亦其例。《大詞典》首引《石點頭・王本立天涯求父》：「以致欺瞞良善，吞嚼鄉愚，串通吏胥侵漁，隱匿，拖欠，無所不至。」

〔註89〕本例「小子」似乎亦可理解為「小孩子」。

【街民】市民。

一，指巡城因街民王鼎鉉、畢詳失誤城守，每人科索銀五兩免究。
（25/13953a）本月貳拾伍日參更，有賊自東北城角繫繩而入，隨領門
斗並傳諭街民及地方救護。（25/14263c）王國紋等不合謀劫縣署，詐冒
屯丁各持木棍、鎗、刀不等，混入城內窺伺縣官筵請屯廳席散，王國
紋等喊宅行劫，見宅內管家出禦，又見衙役街民合截，即越城脫逃，
竝無侵損倉庫、獄囚，等項。（32/17960c-d）

《剿捕臨清逆匪紀略》卷十四：「至官兵入城殺賊，我（楊景素）同原任千總
程際林並街民林玉安等八人，在西夾道空房內拏過賊人三名交到營內。」《世
宗憲皇帝硃批諭旨·硃批石禮哈奏摺》：「（雍正四年）十二月初九日午刻，臣
正在衙門，忽報稱街民驚慌擾亂，舖面關閉，不知何故」《恩憲鄒大老爺告示
碑記》：「倘該坊保等再敢縱容滋擾，一經本府訪聞，或被街民首告，定行一
體重究，決不寬貸。」〔註90〕亦其例。

【關民】邊境地區的老百姓。

關民丁全週環僅剃少許，留頂甚大。（6/3023b）

亦見於清王士禎《池北偶談·談獻一》：「渠妻與關民張鸞妻結爲姊妹，仲文至
京，有眞人之寵，鸞與妻遂相往來。」

【土番】猶土著，土人，指世居本地的人。

……王來用謹揭：爲土番搶劫官餉，隱匿不報，特參玩違道將，乞敕
嚴究以儆官邪事。（6/2893b）

清郁永河《裨海紀遊》卷上：「臺（灣）之民，土著者是爲土番，言語不與中國
通；況無文字，無由記說前代事。」清丁宗洛《陳清端公年譜》卷下：「更如南
北土番，於生理甚屬艱難，安樂之宜如何？」是其例。《大詞典》首引清薛福成
《出使四國日記·光緒十七年二月初十》：「羅馬兵官有遊歷檀香山而返者，述
及百年以前，檀香山各島尚有土人四十萬，自華民及歐人、美人來者日多，今
土番人口僅存十分之一。」

〔註90〕孔昭明編：《臺灣文獻史料叢刊》第 9 輯《臺灣南部碑文集成》，臺灣大通書局
1987 年版，第 398～399 頁。

【秃子】頭髮脫落的人。

據把總王三魁拏獲土賊齊大、齊二、韓鬍子、韓秃子到部送司。
（14/7569a）今有涂調羹等伍人會同一處，馬柒匹，拉馬小廝壹名，喚
小秃子。（25/13846b）彼時養鱗又不合不行覺察，後因劉秃子病故，
養鱗查知，將妻配與在官馬夫陳祥為妻。（34/19347b）

明沈德符《萬曆野獲編・侮人自侮》：「一日遇所善僧，戲曰：『秃子之秃字若
為寫？』」《醉醒石》第九回：「卻見阮良手裏拿著一件，是陳一穿出去的舊青
布道袍，急急進門道：『我適才同老一吃杯酒，吃了出門，遇著張秃子，道老
一欠了他甚銀子。』」是其例。《大詞典》首引《兒女英雄傳》第五回：「秃子
當和尚，將就材料兒。」

【麻子】指臉上有麻子的人。

看得李麻子等壹起皆積年狡賊也，或白晝劫鞘，或共謀分臟，或別劫臟
真，或劫寇傷人。（7/3871b）據總甲彭良稟稱：於捌月貳拾陸日，有屍
親童文登自拏僧人參名投舖，稱弟童三同鑲黃旗包衣飛揚我牛彔任麻子
家人王八打死在僧人隆湖地內。等情。（24/13665b-c）據趙麻子供稱：
小的是地方，原無見莊家失盜動靜，小的委不知道他家失盜是何時。又
據曹立供稱：當初莊家說失了事，呈著許多人。（30/16741d-16742a）

《型世言》第二十五回：「蘭亭道：『我廳裏沒有個吳江，只有個吳成，年紀三
十來歲，麻子。』」[註91] 明沈德符《萬曆野獲編・馬祖師》：「時川東賊藍五、
廖麻子等，僭稱王號。」亦其例。《大詞典》首引清孔尚任《桃花扇・聽稗》：「不
待曲終，拂衣散盡。這柳麻子也在其內，豈不可敬！」

【纏頭回人】我國回族和維吾爾族，有一部分人習以白布纏頭，清代官
　　　　　書或文籍中常稱為纏頭、纏頭回或纏回。

兵部題為拏獲纏頭回人私馬並請嚴飭無誤邊防事。（7/3453b）

「纏頭」即回人，《林則徐日記・道光二十二年九月二十三日》：「城內及附近回
民約萬餘戶，男戴印花小帽，女穿紅衣，土人呼為纏頭。」「纏頭回人」亦見於
《清史稿・薛都爾丁列傳》：「薛都爾丁，西域纏頭回人。」

〔註91〕〔明〕陸人龍著，《型世言》，遼寧古籍出版社 1995 年版，第 269～270 頁。

【狙彝】即「回夷」，同上文「纏頭回人」。

看得狙彝私販馬匹入境，于邊防馬政皆法所不貸。（7/3453c）

同則材料上文「兵部題爲拏獲纏頭回人私馬並請嚴飭無誤邊防事。」（7/3453b）
中的「纏頭回人」即本句的「狙彝」。「彝」通「夷」，《別雅》卷一：「彝戎，
夷戎也。……二字古蓋通用」。如明楊一清《關中奏議·一爲患病將官懇乞休致
事》：「近年又有回夷之警，防禦保障全在將官。」

2.1.4　職業階層

本節討論清初各類職業人群中湧現的新興詞語，涉及工農兵學商等領域，
有助於管窺清初社會的世俗風貌。

【花匠】織工的一種。〔註92〕

而寇良卿又供：係染居花匠，臣等不勝駭愕〔愕〕。（20/11135b）

同則材料下文以「挽花匠」對稱「花匠」，如「審問寇（寇）良卿：『你身係
經紀，又充挽花匠，到底身當那役？』（20/11138a）」可證二者同義。《明會典·
工部八》：「……織匠一千四十三名，絡絲匠二百四十名，挽花匠二百九十一
名，染匠六百名。二年一班。」《大詞典》「花匠」謂「以栽培花木爲職業的
人。」與該義無涉。

【頭舵】掌舵的船夫。

各船頭舵咸云北岸有暗樁、廢石，不便，嗣議開中間，各船頭舵咸云
此係大流，決宜從此下手。（25/14160a）

清洪承疇《軍前十二年分收支兵馬錢糧事揭帖》：「又十月內有常德左標後標，
招集戰船頭舵水手，先經職題疏，於十月以後，各照投到入營之月日開支。」
清韓世琦《撫吳疏草》卷十六：「凡船戶之修艙物料、置備器具，頭舵水手工用
一等項，悉在其中，原未有募船水腳之分也。」〔註93〕《大清會典事例·戶部》：

〔註92〕明清時期，絲織木機、素紗機須有織工二人，一人爲織匠，一人爲緯總匠；花
機須有織工三人，一人爲織匠，一人爲挽花匠，一人爲緯總匠。參見黎澍：《關
於中國資本主義萌芽問題的考察》，《歷史研究》1956年第4期，第9頁。
〔註93〕〔清〕韓世琦：《撫吳疏草》，《四庫未收書輯刊》第8輯第6冊，北京出版社
2000年版，第273頁。

「又奏准：湖北省宜昌府屬沿江險灘，添設救生紅船二十七隻，頭舵、水手、領哨、及書識薪水，照水師月餉章程給領。」亦其例。

【東兵】指清在明末攻入關內的軍隊。

> 至崇禎拾壹年東兵破城，殺擄多人，至拾參肆年，又遭大荒，男婦饑死壹半。（8/4189d）贓物未分即被固安東兵追散。（17/9628c）

清初漢人諱言清兵，以東兵代指明末攻入關內的清軍。《大詞典》首引清顧炎武《拽梯郎君祠記》：「余過昌黎，其東門有拽梯郎君祠，云：方東兵之入遵化，薄京師，下永平而攻昌黎也，俘掠人民以萬計，驅使之如牛馬。」

【撫標】明清時巡撫直轄的軍隊。

> 撫標又蒙借馬十四匹，共少三十七匹之數皆（賀）國相所自備者，開列毛齒呈驗請價。（8/3995c）據永康縣嚮導俞龍等探得，逆賊屯扎□頭呂等地方，職即督令千總周邵光、劉進科，標官白良金等帶兵會合撫標遊擊馬騰衢官兵，訂於初捌日進剿。（25/13936b）

明孫傳庭《白谷集·鑒勞錄序》：「臣畢陳愚見，因以撫標無兵無餉為請。」《平定臺灣紀畧》卷三十七：「臣撫標及貴陽、都勻二營共兵五百名作為第二起，即於九月初八日起程。」亦其例。《大詞典》「撫標」謂「清時巡撫直轄的軍隊。」引清魯一同《關忠節公家傳》：「時諸軍集廣府者，駐防滿兵、督標、撫標兵，共不下萬人。」義域似乎偏窄，因為該詞明末已見。

【公營】軍隊。

> 比元勳聞知信緊，思己一介書生，勢難抵對，就不合攜帶印信、衣囊追趕公營，北下路經長沙府所屬瀏陽縣連界地方，投宿不在官民許楚家。（18/10061c-d）

《清實錄·乾隆實錄》：「俾守土公營各員，從此共知悔悟，不致膜視誤公，奸民亦可因此知所畏忌，不敢效尤犯法。」清王闓運《湘軍志·營制篇》：「他日，以誠過營，琦善微諷之曰：『公營中甚眊盛。』以誠不悟。徐曰：『夙夜守設火，賊得窺我，吾擊刁斗，則不聞外聲，此危道也。』」〔註94〕亦其例。

〔註94〕祝秀俠，袁帥南：《中華文匯清文匯》，中華叢書編審委員會 1960 年版，第 1884 頁。

【擺牙喇】滿語 bayara 音譯，護衛、精兵。

> 我們到河南寧陵縣先差擺牙喇壹名、馬夫壹名於本日清晨到城邊，城
> 門尚閉，將票從門縫中遞入。（27/15362b）遂以我們爲賊，不問根因，
> 知縣喝令人役毆打，將擺牙喇壹名、苦獨力貳名拿進縣去。（27/15362c）

《故宮辭典》「包衣牛錄擺牙喇」謂「擺牙喇：護軍。」〔註95〕又作「巴牙喇、
巴雅喇。」

【生功】活捉的俘虜。

> 左營官兵擒獲生功肆拾玖名，銅關防壹顆。（20/11064c）右營官兵李傑、
> 詹友等共獲生功貳拾壹名。（20/11064d）

清無名氏《後宋慈雲走國全傳》第十八回：「太子方知小人計害，大罵奸賊不
已，『汝這奸賊，吾被拿下，倘要押解生功，且將上品佳撰美食供奉，如薄待
吾父子，即半途死了，汝不得生功，是功勞枉用。』」〔註96〕《乾隆南巡記》
第四十回：「柴玉說：『無傷，蓋因葉振聲發下號令，要擒生功，故未有致傷，
還算不幸之幸。』」〔註97〕亦其例。

【標客】本指販運大批貨物的商人，後轉指受雇以保護人財安全的人。

> 於拾伍年拾貳月內不記日子，往西大道截劫標客，打仗不過，散了，
> 都往南行。（34/19166c）

該詞亦見於清佚名《海公小紅袍傳》第十五回：「早有探事嘍囉飛報：『啟上
大王：那標客貨船，幫著學政官船早已出關，就在前面停泊，要等齊船隻前
行。特此報知。』」「標客」亦作「幖客」，清范寅《越諺》卷中：「幖客，大
商。」亦作「鑣客」清梁同書《直語補證》：「鑣客，往來水陸貿易者之稱。《程
途一覽》云：臨清爲天下水馬頭，南宮爲旱馬頭，鑣客所集。今作驃。」亦
作「鏢客」，《彭公案》第三十八回：「彭順說：『鏢客若要問我，實是可憐。』」
〔註98〕《施公案》第三百二十九回：「竇爾墩道：『那老兒俺與他向無仇隙，他

〔註95〕萬依主編：《故宮辭典》，文匯出版社 1996 年版，第 546 頁。

〔註96〕參見傅璇琮主編：《中國古代小説珍秘本書庫》3，三秦出版社 1998 年版，第
542 頁。

〔註97〕〔清〕（撰者不詳）：《乾隆南巡記》，北京燕山出版社 1997 年版，第 304 頁。

〔註98〕〔清〕貪夢道人著，白莉蓉、張金環校點，《彭公案》，齊魯書社 1995 年版，

做他的鏢客，俺做俺的買賣。』」「標」，商旅隊伍的旗幟，代指成群行進的人馬或商隊。「標」亦有「標誌、旗幟」義，清李福孫《說文辨字正俗》：「《巾部》曰：『幖，幟也。按：幖與杪同義，標爲標幟字，今俗多用標矣。』」故「標」亦可指成群行進的人馬或商隊。由於同音聯想，加上在販運貨物過程中，難免遇上強盜打劫，而飛鏢是防衛過程中一種極具殺傷力的武器，於是漸漸以「鏢」記「標」，以至於使人認爲「標客、保標」等詞中「標」的正體爲「鏢」〔註99〕，「標客」也從而衍生出新義「受雇以保護人財安全的人」，如清竹溪山人《粉妝樓》第五十六回：「金員外押著在前面登程，後面是盧宣、羅燦、盧龍、盧虎、戴仁、戴義、齊紈、齊綺、金輝、楊春眾位英雄上了馬，頭戴煙氈大帽，身穿元色夾襖，身帶弓箭腰刀，扮做標客的模樣。」《大詞典》「標客」謂「舊時受雇以保護人財安全的有武功的人。」引清吳熾昌《客窗閒話‧難女》：「自置洋船五，在東西洋貿易，每船必有標客。」釋義未盡確，所引例句的「標客」當爲本義「販運大批貨物的商人。」

【布客】販布的商人。

看得張其謨截劫布客王盛朝等一案，確審情眞，法當亟爲梟斬者也。（3/1410a）又於拾肆年拾壹月，復糾陳二、劉胯子並未獲王二等柒人，在玉田縣城東劫布客銀伍百兩。（34/19164b-c）

亦見於明佚名《明珠緣》第十二回：「又相交上個福建布客，姓吳，號叫晴川，同佺純夫。」明張應俞《杜騙新書‧借他人屋以脫布》：「（聶道）應妻即討茶二杯，放於廳凳上。棍將茶捧與布客飲。」《醒世姻緣傳》第二十五回：「一日，有一夥青州的布客從臨清販下布來。」《大詞典》首引清李漁《巧團圓‧夢訊》：「記得我爹爹是個布客，常以販標爲生。」

【商竈】鹽商竈戶。

務使商竈輻輳，國課充裕，斯稱厥職。（14/7598a）

《兩浙巡鹽御史祖建明題本》：「不得不預爲直陳，伏乞皇上俯察地方情形，商灶困苦，仰祈□部將新撥閩餉俯容按時督徵，陸續接濟，庶商灶少蘇，而臣亦

第 115 頁。

〔註99〕參見俞理明：《「保鏢」保的是什麽》，《語文建設》2002 年第 3 期，第 18/36 頁。

不致有違誤之譽矣。」〔註100〕《世宗憲皇帝硃批諭旨‧硃批郝玉麟奏摺》：「商竈人等無不感戴皇仁，急公承辦。」《閱世編》卷三：「城東南隅新察院，則商灶所建，以爲鹽運司分巡之所，崇禎以前未有也。」〔註101〕亦其例。

【當戶】以開當鋪為業的人家。

> 今審得據王化成供稱：在官生員劉孔泗原有狐皮囤子壹件，付與王化成發賣，化成用急，與在官當戶毛孟瑞鋪內當銀伍兩用訖。（16/9114b-c）

亦見於《清高宗實錄》卷二百十五：「遂有一種射利之徒，避囤戶之名，爲典質之舉，先與富戶、當戶講定微息，當出之銀，復行買當。」〔註102〕《大詞典》「當戶」謂「舊時指當鋪裏當東西的人。」無書證。釋義欠準確，因爲「舊時指當鋪裏當東西的人」可能是當鋪的夥計，也可能是當鋪的掌櫃，甚至還可能是到當鋪典當物品的各色人等。從例句來看，應指以開當鋪爲業的人家。

【歇主】客店的經營者。

> 供稱：本縣前任宋知縣令汝翼等領錢買布，變銀事非得已，適值三月內大變，幸將先變銀壹千貳百兩藏埋歇主尙自榮家所。（3/1415a）汝翼等將先易銀壹千貳百兩埋藏店主尙自榮之家，載錢布欲抵開平，途次被劫。（3/1415d）

通過排比，同則材料裏以「歇主」與「店主」同稱「尙自榮」，可證二詞同義。考「歇」有住宿義，《說文‧欠部》：「歇，息也。」段玉裁注：「息者，鼻息也。息之義引申爲休息，故歇之義引申爲止歇。」在明清時期，進一步引申爲睡、住宿。《水滸傳》第四七回：「戴宗收了甲馬，兩個緩緩而行，到晚就投村店歇了。」《說岳全傳》第十九回：「昨日一則天晚，不能議事，故爾在北營歇了。」皆其例。「歇家」指旅舍，《六部成語‧戶部》「歇家」注：「停歇客商貨物之家也。」進而轉指經營旅舍的人，即店主。如清李漁《蜃中樓‧望洋》：「正是歇家不管人饑飽，衹要朝朝算飯錢。」〔註103〕可資佐證。

〔註100〕《明清史料》己編第三本291頁。

〔註101〕〔清〕葉夢珠撰；來新夏點校：《閱世編》，上海古籍出版社1981年版，第76頁。

〔註102〕參見南開大學歷史系編：《清實錄經濟資料輯要》，中華書局1959年版，第449頁。

〔註103〕《大詞典》引此例，釋爲「旅舍」，釋義似可商榷。

【龜鴇】妓院的經營者。

　　果聽奸役之撥趕逐娼籍，亦嚇龜鴇之資參拾餘兩，不枉。（17/9659a）

《初刻拍案驚奇》卷二：「周少溪道：『你不曉得，凡娼家龜鴇，必是生狠的。』」
《醉春風》第三回：「龜鴇本該重責，只是父母不拘管兒子，治家不嚴。」〔註104〕
清吳趼人《劫餘灰》第六回：「婉貞再看那匣裏時，還有拳頭大的一個玻璃瓶，
瓶上貼著紅紙，寫著「打胎散」三個字，心中又是吃驚，卻不便說出，只有暗
罵龜鴇喪心罷了。」亦其例。

【樂戶頭】妓院的經營者。

　　在官樂戶頭梁宗儒等並在官娼婦張五兒質證。（17/9656b）

亦作「樂戶」，如明謝肇淛《五雜俎‧人部四》：「隸於官者爲樂戶，又爲水戶。
國初之制，綠其巾以示辱。」「又不合向在官樂戶武德正等伍家，指稱打點科場
鹿鳴等晏，需索銀拾兩入己。」（34/19126c）亦作「水戶」，如「有（劉）建邦
先未回原籍涿州家人劉有成常出外放馬，屢往在官水戶王一林家行走，於本月
內劉有成白日要與王一林在官粉頭今瓶子嫖宿。」（14/7612a-b）

【逐末小販】商販。

　　該臣看得王名逐末小販，血氣方剛，因受趙官鬻衣之累，中途相逢角
　　口未已，輒揮錘一擊，趙官應手畢命矣。（21/11745d-11746a）

《大詞典》「小販」謂「本小利微的商販。」如《戒庵老人漫筆‧今古敦誼僕》
引明沈周《客座新聞》：「（范信）俟農事稍間，即肩負小販，往來村落中，市賣
以給。」「逐末」謂「指經商。古以農業爲本務，商賈爲末務，故稱。」如《漢
書‧食貨志下》：「民心動搖，棄本逐末，耕者不能半，姦邪不可禁，原起於錢。」

【經紀】相當於「牙子」。居於買賣雙方之間，從中撮合，以獲取傭金的
　　　　人。

　　審問寇（寇）良卿：「你身係經紀，又充挽花匠，到底身當那役？」
　　（20/11138a）於拾壹年拾貳月初捌日過務，褰遭積棍紀應魁等夥充經
　　紀，把持包攬，親手過秤，索使費銀伍拾伍兩將銅盜賣。（29/16259c）
　　他是山菓行經紀，在城河灘撞見，把小的老子拏住打死，又活到拾月

〔註104〕〔清〕江左誰庵述：《醉春風》，時代文藝出版社 2003 年版，第 318 頁。

初肆日死了。（29/16305c）

同則材料上文以「牙子」對稱「經紀」，如「我係牙子，曾問劉謂等說：『你們將絲放我店中，我與你們賣。』」（20/11136a）《世宗憲皇帝硃批諭旨・硃批尹繼善奏摺》：「雍正四年二月內定例，通行直隸各省多張告示，令經紀、舖戶人等將私錢赴官首明，量給官價。」是其例。亦作「經紀人」，如《古今小說・史弘肇龍虎君臣會》：「夫人放買市，這經紀人都來趕趁，街上便熱鬧。」《大詞典》「經紀」謂「即經紀人」，引王西彥《福元佬和他戴白帽子的牛》：「有的買牛人假裝生氣，獨自走開去；牛經紀就向兩邊講好話，又去拉回買牛人。」

【報人】報告消息的人。

（沈）二因復行捉伊背負衣囊一同行走，遇有在官報人王祥在田戽水，泊有農船，即捉伊與楊鬍子一同搖送歸家。（7/3483b）遇有在官報人王祥在田戽水，泊有農船，即捉伊與楊鬍子一同搖送歸家。（8/4196a）

清王士禛《池北偶談・白帽子》：「抵家，父已久愈，而報人尋至，則張領解矣。」清筆煉閣《八洞天》卷七：「正歡詫間，家人傳稟說：『報人在外，報老爺原官起用了。』」亦其例。《大詞典》首引清褚人穫《堅瓠秘集・燭淚汙頂》：「士人益怒，謂必無可望，及黎明報人擁至，喜出望外。」

【小和尚】年幼的尼僧。

獨可恨者，強淫尼僧，小和尚活口供確，而違旨全不剃髮，實屬悖逆。（4/1988c-d）

此處的「小和尚」即本句所指的「尼僧」。上文以「小尼」稱之，「劉思問姦畢出庵，小尼喊叫，師傅回家，小尼向師泣訴。」（4/1987d）皆可證小和尚指年幼的尼僧。

【篦頭】梳篦頭髮或梳篦頭髮之人。

騰蛟從來不守本分，流蕩為非，交結大盜，假充篦頭名色，替盜打探消息，得受盜贓。於明朝年間投入泗州衛門鑽充民壯，一切強盜線索俱係騰蛟暗地交通，因此得志，肆行無忌。（11/5987b-c）本官喚篦頭劉大進衙，按摩不如法，將大責肆拾板，大供有弟劉二按摩得法，又傳進劉二，又不如法，將二責伍拾板送鋪，半月方放。（18/10005a）

前例爲動詞，後例爲名詞。文獻材料中「篦頭」以用如動詞爲常，如明李樂《見聞雜記》卷十：「余年十六七歲時，有一篦頭漢子，常爲余篦頭，切一向余說里中一大家某，妻妾四五人篦頭皆用我。」清遊戲主人《笑林廣記》卷三：「篦頭者被賊偷竊，次日，至主人家做生活，主人見其戚容，問其故。答曰：『一生辛苦所積，昨夜被盜。仔細想來，只當替賊篦了一世頭耳。』」〔註105〕清陳元龍《格致鏡原‧諸雜具》：「鑷，鉗也，以鐵爲之用以拔鬢髮者，今篦頭者手持之作聲，名曰『喚頭』。」

【保戶】擔保之人。

> 一，順治拾壹年拾貳月，本縣因遼餉取解緊急，太初票押糧里並保戶借本縣鋪戶多寡不等，共湊壹千兩起解，後太初徵比花戶，又不合除如數塡償外，每兩外加耗銀壹錢，共得銀壹百兩入己訖。(27/15260b-c)

《世宗憲皇帝硃批諭旨‧硃批陳時夏奏摺》：「臣查積年舊欠半屬抗頑，原非良戶，即有櫃書、傳催、保戶重開之弊，在縣令固難辭咎。」《漕運總督殘件》：「續據該州申稱：查得犯人周得、周虎實係通州人，各有保戶。」〔註106〕亦其例。

【保家】保人，保證人。

> 有不在官饒凌虛一向爲賊，去年投誠，託在官保家余中惺引進，求（楊）薦代爲請示照身。(10/5535c)

明佚名《新民公案》卷四：「（郭爺）叫保家臧行，保此僧人出去，待徐富到再審。臧行寫了保狀，保得方眞姓等，歸寺去了。」〔註107〕《刑部等衙門題本》：「其續獲裴二等，悉載督鎭回文，速拘保家親屬，另文起解，毋逾次日繳。」〔註108〕《大詞典》首引《初刻拍案驚奇》卷十一：「那原首人胡阿虎自有保家，俱到明日午後，帶齊聽審！」

【保借人】借貸擔保人。

> 借約人郭之光，今憑中借到賣人參大人殷名下無利本銀貳佰玖拾兩，

〔註105〕清遊戲主人：《笑林廣記》，乾隆四十六年刻本。

〔註106〕《明清史料》己編第四本311～315頁。

〔註107〕參見《中國古代孤本小說集》編寫：《中國古代孤本小說集》3，中國文史出版社1998年版，第2758頁。

〔註108〕《明清史料》己編第一本第91～100頁。

> 其銀言定限壹月交完，不致遲誤，如有遲誤，俱在保借人承當包足。
> （11/5789c）

《咸豐二年南平人葉春輝借貸契》：「立借字人葉春輝（花押）。保借人葉亦修（花押）。」〔註109〕《道光二年張玄聖借貸契》：「立借字人張玄聖。保借人黃玄長。」〔註110〕亦其例。

2.1.5 罪案人員

本節討論的詞條爲涉案主體，通過對這些新詞的考察，有助於揭示清初的司法狀況。

【被犯】被告。

> 嗣後王應龍回家，宋氏已死在地上，王應龍遂具姦殺母命情詞，將陶奇、周公右、周七、郭之光開做被犯。（11/5790b-c）今將崔四所告被犯秦文宇、劉四、穆守榮，干證劉自強、劉忠提到。（27/15061a）

清李漁《比目魚傳奇》第十七齣：「（眾衙役）：『呈狀到有，只怕被犯的勢頭大，老爺的衙門小，弄他的銀子不來。』」〔註111〕《大清會典則例·刑部》：「若因其所告本狀事情，法應掩捕搜撿，因而撿得被犯別罪事，合推理。」清于成龍《于清端政書·請禁健訟條議》：「有原告在州縣而被犯徑赴上控者，有原被俱控州縣未經審斷而急赴上控者。」亦其例。

【奸婪】邪惡貪賄者。

> 今本年參月內，有被害李藝、張毅等壹拾伍名將肅振憲紀、糾除奸婪呈詞粘連單款赴院首告。（8/4287c）

《樵史通俗演義》第十七回：「說完崔呈秀家私籍沒，又有個都察院司務許九皋上一本道：『魏黨田爾耕大開告密株連之門，實其貪橫無厭之腹，奸婪妄

〔註109〕福建師範大學歷史系編：《明清福建經濟契約文書選輯》，人民出版社 1997 年版，第 606 頁。

〔註110〕傅衣淩著：《休休室治史文稿補編》，中華書局 2008 年版，第 320 頁。標題爲筆者根據文意所加。

〔註111〕〔清〕李漁著：《比目魚傳奇》，參見《傳奇精選》，光明日報出版社 1997 年版，第 53 頁。

肆。』」〔註112〕《清世祖實錄》卷八十八：「俾循良不獲上達，奸婪反膺優考。」
亦其例。

【妖道】旁門左道。

> 據張四供稱：原住蔣家峪，持齋數拾年，被利民生員杜愛民（係王將
> 官鷹犬）指爲妖道貳祖，呈在王參將處。（2/793a-b）張思聞知，自帶
> 經卷於拾陸日投王參將處辯訴：民等只是誦此等經，勸人行好事，有
> 甚麼妖道？（2/793d）王參將將經翻看，原是刊印的經，又見張思赤
> 窮，吩咐：「汝既不是妖道，放爾回去，今後只准汝持齋，不准汝大會
> 齋。」（2/793d）

該詞亦見於《清史稿・王東槐列傳》：「道光十二年進士，改庶起士，散館授主
事，官科道時禽治妖道薛執中。」白雲道人《玉樓春》第六回：「刑部尚書劉爲，
移文知會奉旨嚴緝左道惑民事，據平章盧杞所奏，逃犯三名，一李偓係妖道，
江西建昌人。」

【妖渠】妖人的頭目。

> 研審妖人，假裝活佛。楊藍吐稱：原係陝西長安縣人，妖渠王正世城
> 固縣生員，徐學孔興安州人，以邪教蠱惑多眾，自漢中一帶共有伍拾
> 餘壇，妖渠俱在此內。（7/3894c）

《書・胤徵》：「殲厥渠魁，脅從罔治。」孔傳：「渠，大。魁，帥也。」孔穎
達疏：「『殲厥渠魁』，謂滅其元首，故以渠爲大，魁爲帥，史傳因此謂賊之首領
爲渠帥，本原出於此。」聞一多《提燈會》：「妖渠遁冥僻，群醜亦魄褫。」注
「妖渠」爲「妖魔頭子」〔註113〕，可資佐證。

【宵小】小人；壞人。

> 豈容有宵小之人假名冒進，濫竽名器？（3/1597b）本弁委無自得之贓，
> 實皆爲宵小所蔽。（7/3613d）

〔註112〕〔清〕樵子編輯，〔清〕拗生批點，史愚校點：《樵史通俗演義》，人民文學出
版社 1989 年版，第 129 頁。

〔註113〕聞翺編注：《聞一多青少年時代舊體詩文淺注》，群言出版社 2003 年版，第
234 頁。

明周起元《周忠愍奏疏‧題爲政柄旁落近習蔽明乞攬乾剛以新盛治事疏》:「第廢臣鯁直之性多爲姦璫所恨,在廷一二宵小圖報效於權門者,又從而媒蘗焉。」《世宗憲皇帝硃批諭旨‧硃批性桂奏摺》:「仰祈皇上諭准再添兵丁及小快船隻分防於泆河汊港各處巡查,庶宵小咸知斂跡矣。」《大詞典》引明孫兆祥《禾已黃歌》:「蝗兮蝗兮禾已黃,恩斯勤斯匪爾糧,何不往齧彼宵小之肝腸。」

【小么蘗】小小的叛逆之徒。

> 豈以十萬之兵剿一小么蘗也,其中狡詐情由未必不無在我地方,不可不亟爲提防。(4/1701c)

《改併四聲篇海》引《俗子背篇》:「么,以雕切,同『幺』。」《古今韻會舉要‧蕭韻》:「幺,今俗作么。」《說文》:「幺,小也,象子初生之形。」

【逆棍】叛逆之徒。

> 爲逆棍悖旨違法,擬辟示創,以儆頭梗事。(4/1987b)

「棍」有「無賴,壞人」義。徐珂《清稗類鈔‧棍騙類》:「以強力取不義之財者曰棍徒。」

【土棍】地方上的無賴、惡棍。

> 城上壹人而守參垛,俱係花子、土棍,覺有千餘。(2/437c)順治拾肆年肆月初肆日,據大同城住人楊我舉喊冤,口稱有弟福小廝、子靈小廝於參月初陸日被人畧去,等情。隨行密緝獲有土棍戴四、張從道等搆結朝兒兔等參人越邊拐賣人口,自上年拾月至今參月止,共拐賣童男貳拾餘口。(30/17137b-c)

該詞亦見於馮琦《亟圖拯救以收人心疏》:「大畧以十分爲率:入於內帑者一,剋於中使者二,瓜分於參隨者三,指騙於土棍者四。」《范忠貞集‧督閩奏議》:「即釘、麻油、鐵絲、綢、布帛皆奸商、巨賈、勢豪、土棍有力者之所辦,窮民亦無此貨本,何由而濟?」《奴才小史‧增祺》:「廣惠本煤窯土棍,遂縱兵焚掠。」《大詞典》首引《花月痕》第四四回:「那小夥狗頭,閒暇無事,結識幾個土棍,燒香結盟,便宿娼賭錢起來。」「棍」有「無賴」義,「遊手好閑的無賴」爲「赤棍」,如明古吳金木散人《鼓掌絕塵》第二十七回:「告狀人李嶽,告爲強姦室女事。女侄李若蘭,宦室名姝;赤棍文荊卿,色中餓鬼。」「看得杜之榜、溫台、徐守文與監故胡岡游手赤棍,烏合成羣。」(6/

3103b）「耍弄手法的騙子」為「神棍」，如「看得鮑應龍奸猾神棍、巨膽包天，代兄充役，侵匿鈔銀柒百壹拾貳兩，情虧潛遯。」（7/3610b）

【土宄】 地方上的無賴，惡棍。

> 一，本官聽信土宄林炎誣指良民廖可毅、葉明垣為賊，勒索重賂。
> （23/13053b）

《書·舜典》：「蠻夷猾夏，寇賊姦宄。」孔傳：「在外曰姦，在內曰宄。」孔穎達疏：「寇賊姦宄，皆是作亂害物之名也。」亦見於《寧海將軍固山貝子功績錄》：「並土宄邱文挺等數人戮之於市，內有生員葉大魁係從龍主歇，實不知情，背綁視其行刑訖。」清熊飛渭《謹陳備禦情形等事議》：「禍始土宄蘇際盛、曾亞池乘省城逆變投營鈎賊。」清藍鼎元《鹿洲初集·叔祖福建提督義山公家傳》：「公左右親暱多陰交泉郡土宄，偵訪素封，詭稱公令，恐嚇之獲利無算。」

【無賴棍徒】 惡棍，無賴。

> 壹，本官性嗜酗酒，每日沉醉不醒，將該衛錢糧事務委付無賴棍徒李洪祖、包舉、劉天才、胡大化、鄭朝俊代署所官任意催徵，全不稽察，致屯糧每年拖欠。（21/11825c）

亦見於明胡我琨《錢通·正朔一統二》：「而市井無賴棍徒輒倡言物價騰湧，乘機搶掠，舉國若狂。」明鄭若曾《江南經畧·見行兵政一·禁革事宜》：「每兵月索分例使用銀一二錢，又縱無賴棍徒賖捼抵下食貨。」《平定臺灣紀畧》卷十六：「至許姓搶奪，不過無賴棍徒，應先行辦理，庶可懲一儆百。」郭琇《華野疏稿·肅清學政疏》：「指武生為討賞之具而緣入武庠者，俱係無賴棍徒，不習弓馬，不諳韜畧。」

【罷棍】 惡棍。

> 旌德縣知縣黃綜吏書接至中途，聞剃髮之信各自逃回，地方罷棍結黨不許衙役接官上任。（3/1443d-1444a）

亦見於明祁彪佳《祁彪佳文稿》：「張大者蓋非東鄉南劉諸處之人，而該縣西鄉五洞橋鳳凰寨等處之罷棍也。」〔註114〕清張履祥《張楊園旬子語》：「切不可流

〔註114〕〔明〕祁彪佳：《祁彪佳文稿》第 1 冊，書目文獻出版社 1991 年版，第 6 頁。

入倡優下賤，及市井罷棍，衙役里胥一路。」〔註115〕清不睡居士《枕上晨鐘》第十七回：「你們還不知，我這裏的罷棍利害哩！你是過路的客，何苦招架這些事？」〔註116〕

【猾棍】 奸猾的惡人。

> 隨蒙本府理刑推官史允琦審得，林振以興郡之猾棍近充府書，勾通効用官劉鼎臣、健步施宗榮、陳奇表裏爲奸、生風鼓浪。（13/7160c-d）

明俞汝楫編《禮部志稿‧詔條備考》：「甚有奸僞生徒、積年猾棍裝捏行實希圖規避者，皆畧不體勘，輒與具奏。」明計六奇《明季南略》卷之二：「允刑科鍾某言，凡監紀等官、猾棍、白丁借題募府騙錢者，悉行驅逐。」〔註117〕亦其例。《大詞典》首引清黃六鴻《福惠全書‧雜課‧雜徵餘論》：「故數者不得不嚴爲稽覈而防範之，蓋非苛刻居心，賈怨於奸胥猾棍也。」

【驛棍】 驛卒中的無賴。

> 該縣驛棍馬不急換，且群聚毆打，磚棍交加，致將駁審庫福祿差官劉尚仁、田必秀等毆傷。（7/3973c）

亦見於《八旗通志‧人物志七十四‧大臣傳六十‧高爾位》：「遇軍機傳報使客郵符竟無一馬，驛棍逃避，仍拘民應。」

【線頭】 打探消息、提供線索的盜賊。

> 比郭和兒聞知，因母張氏被徐席珍霸占爲婢，亦要乘機報復，遂爲引賊線頭。（20/11222a）又有未獲米各庄線頭王麻子躧得在官趙相公即趙天祥家殷富，同未獲夥賊大畢、邀二等各騎見獲馬匹，（邀）二帶見獲刀一口……一齊進院，趙天祥知覺逃走，將他父母拿住用火烤燎，劫得銀參拾陸兩，馬壹匹，騾壹頭，驢貳頭，首飾、珠子、衣服等物，在窪裡均分，訖。（34/19163a-c）

〔註115〕引自周秀才等編選：《中國歷代家訓大觀》下冊，大連出版社 1997 年版，第620 頁。

〔註116〕〔清〕不睡居士編，廣來整理：《枕上晨鐘》，內蒙古人民出版社 2000 年版，第 138 頁。

〔註117〕計六奇編：《明季南略》，《臺灣文獻叢刊》第一四八種，大通書局 1987 年版，第 28 頁。

今有「線人」，《現代漢語新詞語詞典》謂「指警方安排在犯罪高發地點或犯罪嫌疑人周圍，專門打探並及時向警方提供犯罪線索的人。」〔註118〕

【線賊】即線頭。負責打探消息的盜賊。

　　驢貳頭是線賊捧去賣了，那線賊是麻麻的，有參拾來歲。（34/19167a）

例句「麻麻的線賊」，所指是上文的「王麻子」，同則材料上文「又有未獲米各庄線頭王麻子躧得在官趙相公即趙天祥家殷富，同未獲夥賊大畢、邀二等各騎見獲馬匹，二帶見獲刀一口……一齊進院，趙天祥知覺逃走，將他父母拿住用火烤燎，劫得銀參拾陸兩，馬壹匹，騾壹頭，驢貳頭，首飾、珠子、衣服等物，在窪裡均分訖。」（34/19163a-c）可證「線賊」即「線頭」。

【嚮賊】即響賊，舊時結夥攔路搶劫的強盜。

　　據奏：鄭州一帶地方嚮賊聚眾，窩隱勾連，截劫行商，道路梗阻。
　　（19/10561c）

文獻用例多為「響賊」。《世宗憲皇帝硃批諭旨·硃批李維鈞奏摺》：「（六哥）以前窩頓響賊，近則各處開礦、開窯，以致宣化府士民罷市。」《江南通志·人物志》：「響賊數十騎突入（張）煒家，劉（氏）被執。」亦其例。

【拐子】拐騙人口、財物的人。

　　孟拐子將（李）汝勤拏住用鎗刺死，郭翠進屋將勤父李守保並母徐氏用火烤傷逼要銀錢，勤妻崔氏見公婆並夫三命重傷燒死，跳出牆外逃生。（9/4909c-d）

明東魯古狂生《醉醒石》第三回：「竟把一個粉嫩的小後生，生生的扭做拐子，夾將起來，要在他身上還人。」〔註119〕明方汝浩《禪眞逸史》第十九回：「原是個專一設騙的拐子，坑害人家兒女。拐我來時，瞞著我家，只費得兩個燒餅，麻了我嘴，說不出，就領來了。」〔註120〕《大詞典》首引《初刻拍案驚奇》卷

〔註118〕《現代漢語新詞語詞典》編委會編：《現代漢語新詞語詞典》，商務印書館國際有限公司2005年版，第710頁。

〔註119〕〔清〕東魯古狂生編；秋谷標校：《醉醒石》，上海古籍出版社1992年版，第22頁。

〔註120〕〔明〕方汝浩編撰，思陶等校點：《禪眞逸史》，齊魯書社1998年版，第188頁。

十六：「世間最可惡的是拐子。」

【鷹眼】喻指叛逆的勢力。

溧水高淳壹縣所分總皆澤國，民之反覆，雖經削平而鷹眼猶存。（3/1454b-c）

《大詞典》「鷹眼」謂「①鷹的目光。②比喻兇橫的眼光。」，此處為新義項，喻指叛逆的勢力。《世宗憲皇帝硃批諭旨‧硃批黃廷桂奏摺》：「臣訪知未經用兵以前，竟係建昌常有之事，今初經勦撫，鷹眼未能遞化，所以仍敢逞兇。」谷應泰《明史紀事本末‧太祖平滇》：「豈非春風所及，鷹眼能慈；泮水之林，鶚音速化？猗與盛哉！」亦皆其例。

【監犯】關押在監獄中的罪犯。

肆年拾貳月貳拾玖日黃昏點監之後，不意監犯汪元功等各持棍斧磚石等物挖倒圍牆，齊擁殺出。（7/3985b-c）蒙縣轉行陳典史弔取監犯夏賀九、夏孟十並文盤十、譚卷五、失主丁立準各前來，逐一隔別研審。（16/9158a）差人行拘原證宋興旺等，弔取監犯王守訓並始末卷宗到官。（31/17678a）

《明史‧刑法三》：「衛使駱思恭亦言熱審歲舉俱在小滿前，今二年不行，鎮撫司監犯且二百多拋瓦聲冤。鎮撫司陸逵亦言獄囚怨恨，有持刀斷指者，俱不報。」《大清律例‧刑律》：「一，凡官員擅取病呈致死監犯者，依謀殺人造意律斬，監候。」亦其例。《大詞典》首引清黃六鴻《福惠全書‧刑名‧監禁》：「凡監犯有病，獄卒即遞病呈。」

【逃人】逃亡的奴婢。

審據張萬才供稱：逃婦張氏係我女孩是實，被滿兵搶去，這逃人張大帶我女兒張氏來我家住了壹箇月，張大向我說要往營內食糧，我就望高天上說了，將張大保著營內食糧是實。（23/13097a-b）其解役劉洪墨將交與伊的逃人私自轉交與別人情由，已經責肆拾板外。（28/15658d）今於拾壹月拾壹日蒙本道票，蒙本院憲票，准兵部咨查逃人李迎春到職，即差把總官張瑋督率各兵，四散挨查各村。（36/20267d）據石明允供稱：張家窯地方雖係前衛所屬，相離柒拾

餘里，與趙川堡相離不過拾餘里，拿獲逃人、窩主，並非明允之事。
（33/18669b）

《外藩蒙古回部王公表傳·傳第九》：「（天聰）四年以匿喀爾喀逃人，罰馬九。」《大清會典則例·步軍統領》：「（康熙）二十五年題准：旗下逃人若步軍尉拏獲至六十名者，加一級。」《大詞典》「逃人」謂「猶逃犯。」未及此義。

【東人】逃人，多指男性。

倉內東人李三、吳德孝，賊犯家屬宋有印各逃未回。（7/3932a）一，贓官周召南指隱匿東人張野溪，詐窩主張同雷銀貳百兩。（16/8717b）又審據窪兒大供稱：且有明知逃人，兩相交好，窺小民之愚懦者，不曰曾買東人之產，則曰曾欠東人之債。（37/20756a）

亦見於談遷《北遊錄·紀聞下·重禁》：「國法禁隱匿東人，如犯者，家徙滿洲，籍其產給告訐者，鄰右十家論如之，令甲久下，莫敢輕寵。」關於「東人」的理據，「（順治元年時）圈地和投充尚未大規模展開，所以逃人主要是指滿洲貴族從遼東攜來的奴僕，即所稱東人。」〔註121〕似可備一說。因為「東人」的身份原本是「牛彔下人」，如「據此查得貳賊（王二、窪兒大）俱係旗下東人，隨具文連人贓並失主馬匹、弓箭、腰刀等物一併申解。等因。到部送司。」（27/15004a）上文云「審據王二供稱：係鑲黃旗胡十大牛彔下人。又審據窪兒大供稱：係正黃旗巴林牛彔下人。」（27/15003c）清石成金《傳家寶全集·俚言·治家》：「況近來有東人逃人之憂，遭此者累不勝言，不可不防。」注「東人」為「猶東家，指主人。」〔註122〕似與文意未諧，有望文生義之嫌。《大詞典》「東人」條未立「逃人」義項，當補。

【東婦】與「東人」相對，女性逃人。

本年貳月內有東婦桂姐在庵姦隱參月，是實。當被地方舉到署丞胡世美，拏獲到部。等情，據此，呈堂覆審無異。（8/4531c）據本縣唐皮營村地方王九成稟稱：本月初壹日，有焦村沈三拐東婦王氏潛住五道廟內，事干地方，不敢隱匿，叩乞審奪。等情，到縣。（24/13253a-b）

〔註121〕戴逸總主編，趙毅主編：《開國重臣大傳·多爾袞大傳》第2版，黑龍江人民出版社2005年版，第196頁。

〔註122〕〔清〕石成金：《傳家寶全集》，北京師範大學出版社1992年版，第42～43頁。

關於「東婦」，韋慶遠等在《清代奴婢制度》一文中論述道：「所謂《逃人律》，顧名思義，就是有關鎮壓逃亡奴婢的法律。在康熙中葉以前，它的主要懲治對象是入關前後，特別是在徵明戰爭中被強掠為奴的逃亡人口，是奴婢中的特定部分，當時叫做『東人』，婦女叫『東婦』。」〔註123〕可從。

2.1.6 身體部位

宋代宋慈的《洗冤集錄》標誌著中國傳統法醫檢驗體系的建立，宋趙逸齋的《平冤錄》，元王與的《無冤錄》對其進行了補充與完善〔註124〕。清代刑案審判時繼承並發展了這一制度，要求在命案的第一時間由官衙組織仵作等人員親臨命案現場驗傷或驗屍，而且通常需要前後三次的檢驗方能定案。基於此，對身體相關部位的描述非常仔細，為該類詞語的研究留下了彌足珍貴的語料。身體部位、受傷情形等詞語均為該類詞語的考察範疇。

【屍軀】屍體。

> 蒙此遵依，票委本州吏目陳履泰責令仵作孫玉、土工顧朱孿貴起取已故叛犯趙雲身屍，率同劊手張升於拾壹月拾捌日前赴本州北門坡子坊法場上將趙雲割級，仍將屍軀掩埋。（7/3675d）（李）養賢將（李）養俊屍軀背負，（李）養彩將屍軀幫扶，（李）養傑、（李）養英跟隨養賢等到李俊秀門前，打開門戶，將屍丟棄在俊秀院內夾道裡。（35/19550d）

亦見於《剿捕臨清逆匪紀略》卷八：「或逆首等自知罪大惡極，為國法所不容，冀免碎磔之苦，情急自戕，亦情事所有。但須有屍軀足據，眾耳眾目可以共相指信。」清趙吉士《寄園寄所寄·泛葉寄》：「該督軍前，不許隱匿，被殺屍軀，該地方官具棺收殮，設壇致祭。」《雙鳳奇緣》第三十回：「看畢，折好收起，吩咐內監好好將李將軍的屍軀安放床上。」〔註125〕

【腦膛】腦袋。

〔註123〕 韋慶遠等：《清代奴婢制度》，載中國社會科學院歷史研究所清史研究室，《清史論叢》第 2 輯，中華書局 1980 年版，第 38 頁。

〔註124〕 閆曉君著：《出土文獻與古代司法檢驗史研究》，文物出版社 2005 年版，第 172 頁。

〔註125〕 〔清〕雪樵主人著，徐明校點：《雙鳳奇緣》，太白文藝出版社 1996 年版，第 118 頁。

兩胂揪、兩手腕、兩手心各左右俱紫赤，各滿穴、拾指、右小指骨折，腦膛紫赤，斜傷一處，長三寸，闊二寸。（10/5653a）

該詞僅見於現代文獻。柔石《血在沸》：「在這白色恐怖的夜裏——我們的小同志，槍殺的，子彈丟進他底腦膛，躺下了——小小的身子，草地上，流著一片鮮紅的血！」〔註126〕《短劍・忠魂》：「他們用刀剜自己的眼睛，剖開自己的腦膛，或者把肚子切開，將腸子拉出來。」〔註127〕亦其例。

【太陽】指太陽穴。

左太陽有傷量圍壹寸，右太陽有傷，量圍壹寸陸分。（16/8940a）批糧衙孫縣丞帶領仵作曹麟等到於停屍處從公相驗得，兩太陽有傷，紫黑色。（21/11539d）

《醒世恒言》第十四卷：「去那女孩兒太陽上打著。大叫一聲，匹然倒地。」〔註128〕《禪眞後史》第九回：「還有一家財主，也是那渾家鄙吝，因一小廝多吃了半碗飯，一柴打去，失手打傷了太陽，患了破傷風症候。延挨數日，方接醫調治，也是遲了，一命嗚呼。」〔註129〕亦其例。《大詞典》首引《紅樓夢》第五二回：「只是太陽還疼。」

【頷頷】腮頰。

（彭思忠）又挈已獲貯庫鐵杴壹張，照小丑兒頂心致命去處狠打壹杴，復向頷頷用杴連打，皮破骨碎，當時身死。（19/10604d）

《方言》第十：「頷、頤，頷也。南楚謂之頷，秦晉謂之頷，頤其通語耳。」可證「頷頷」即腮頰。

【項級】頸部。

張仲雪原被賊殺死，刀痕無數，項級將斷。（12/6715c）

「級」有「首級」義，《正字通・糸部》：「級，首級。秦法斬人首多者進爵一級，

〔註126〕上海文藝出版社編：《中國新文學大系（1927～1937）》第14集詩集，上海文藝出版社1985年版，第378頁。

〔註127〕劉亞洲著：《兩代風流》，中國社會出版社2006年版，第292頁。

〔註128〕馮夢龍：《醒世恒言》，嶽麓書社1989年版，第160頁。

〔註129〕〔明〕清溪道人編著：《禪眞後史》，大眾文藝出版社1998年版，第69～70頁。

因謂之首級。」《說文・頁部》:「項,頭後也。」後義域擴大泛稱頸部,《廣韻・講韻》:「項,頸項。」

　　【後頸窩】頸後低凹處。

　　　　隨據孫守功回稱:小王爺向因瘋恙燒艾醫治,頭頂上有壹艾疤,眉心有壹艾疤,嘴上有肆艾疤,兩耳有兩艾疤,尾節骨上有壹艾疤,後頸窩艾疤壹處,手灣有壹黑痣,未記左右。(23/12962d-12927a)

該詞僅見現代文獻,《背水歌》:「小小娃兒去背水,初來學背腳不合,走一步來蕩一下,下下潑進後頸窩。」〔註130〕《梨園義俠》第十回:「(江小龍)說著兩個指頭使出陰勁,連那個傢伙後頸窩輕輕一點,就將他點啞了。」〔註131〕亦其例。《大詞典》收詞條「頸窩」,釋爲「頸後低凹處。」引郭沫若《北伐途次》二二:「槍彈是從後頭骨的左側打進去的,從後頸窩下穿出。」

　　【尾節骨】脊椎骨的末端部分。

　　　　隨據孫守功回稱:小王爺向因瘋恙燒艾醫治,頭頂上有壹艾疤,眉心有壹艾疤,嘴上有肆艾疤,兩耳有兩艾疤,尾節骨上有壹艾疤,後頸窩艾疤壹處,手灣有壹黑痣,未記左右。其艾疤俱係小王爺伯母陳門王氏在遼東親燒之疤。(23/12962d-12927a)

《留東外史》第四十六章:「黃文漢在土堆中,大聲說道:「不是我不敢同你們到警察署去,不過我並沒用腳踢傷他。我因立腳不穩,在他尾節骨上略略的挨了一下。」〔註132〕亦其例。

2.1.7　疾病創傷

　　【瘋恙】神經錯亂、精神失常的病。

　　　　隨據孫守功回稱:小王爺向因瘋恙燒艾醫治,頭頂上有壹艾疤,眉心

〔註130〕中國民間文學集成全國編輯委員會,中國民間文學集成湖南卷編輯委員會編:《中國歌謠集成》湖南卷,中國 ISBN 中心 1999 年版,第 654 頁。

〔註131〕馬鈴著:《梨園義俠》,四川文藝出版社 1989 年版,第 137 頁。

〔註132〕不肖生著:《留東外史》,中國華僑出版社 1998 年版,第 424 頁。前文稱:「黃文漢氣憤不過,跳起來,對準大漢的尾脊骨就是一腳。」可證「尾節骨」亦作「尾脊骨」。

有壹艾疤，嘴上有肆艾疤，兩耳有兩艾疤，尾節骨上有壹艾疤，後頸窩艾疤壹處，手灣有壹黑痣，未記左右。其艾疤俱係小王爺伯母陳門王氏在遼東親燒之疤。（23/12962d-12927a）

《邵氏方案・癆》：「瘋恙大定，仍從養血清熱。」〔註133〕亦其例。亦作「風病」，如漢應劭《風俗通・過譽・司空潁川韓稜》：「太守葛興被風病，恍忽誤亂。」亦作「瘋病」，如《二十年目睹之怪現狀》第九一回：「你今天怕是犯了瘋病了！怎麼拿婊子比起我哥哥來！」

【血瘟】一種重病。

據直日禁子張明稟稱：賊犯卞景偶得瘟疾，許魁偶得血瘟重病，各湯水不進。（12/6718c）

該詞僅見於現代文獻。現代漢語以「血瘟」對譯英語的「blood plague」，如莎士比亞《特洛埃勒絲與克蕾雪達》：「你會打人嗎？你這害血瘟症的！」〔註134〕《刺客任務》：「大約幾年之後，血瘟開始在恰斯境內肆虐，我可是頭一次親眼目睹這慘狀。」〔註135〕跨語言的事實似乎說明「血瘟」是一種流行性疾病。

【擺鼻】咽喉發腫或鼻腔鼻疽，呼吸困難，頻頻擺動鼻子，故稱「擺鼻」，為馬病的一種。

又因順治陸年拾壹月內路上失事，章仕傑騎驛內大騾〔棗〕驑騸馬壹匹巡緝捕盜，原係擺鼻倒死，管馬牌子李有成並在官兵書黃加言供証。（15/8482d-8483a）

依例句文意，「擺鼻」當為馬病的一種。據《千金方衍義》考證，人類疾病「馬喉痹」與「擺鼻」相彷：「喉痹數數吐氣，如馬擺鼻者，風氣襲於血脈也。」〔註136〕其症狀為「（馬、騾等）鼻腔鼻疽（malleus）症狀明顯，初期鼻黏膜

〔註133〕〔清〕邵杏泉撰；張葦航點校：《邵氏方案》，上海科學技術出版社2004年版，第164頁。

〔註134〕朱生豪譯：《莎士比亞戲劇集》10，作家出版社1954年版，第142頁。

〔註135〕姜愛玲譯：《刺客任務》上（美・羅蘋・荷布編著），汕頭大學出版社2004年版，第59頁。

〔註136〕〔清〕張璐著；王忠雲等校注：《千金方衍義》，中國中醫藥出版社1995年版，第146頁。

潮紅、腫脹，一側或兩側鼻腔流出灰白色粘性鼻汁。這與馬腺疫[註137]症狀相似，民間將二者都稱之爲「擺鼻」，鼻黏膜上有米粒至高梁粒大的黃色圓形隆起的結節，突出於黏膜表面，周圍紅暈，結節迅速壞死，崩解，形成潰瘍，多數潰瘍互相融合。」[註138]

【血口】帶血的傷口。

> 捌屍內有刀砍血口徧體者，有身首異處者，房屋火起有未燼者，民居一舍無存，令人慘然不忍。（3/1387d）

亦見於《醒世姻緣傳》第五十二回：「素姐伸出那尖刀獸爪，在狄希陳脖子上摑了三道二分深五寸長的血口，鮮血淋漓。」清李綠園《歧路燈》第三十回：「渾身上下打的都是血口子，天又熱，肚裏又沒飯，跑了一夜——他是個單薄人，你是知道的，如何頂得住？」《大詞典》首引《兒女英雄傳》第五回：「一嘴巴子硬觸觸的鬍子查兒，脖子上帶著兩三道血口子。」

【破口子】傷口。

> 髮際當正連偏左赤刀傷破口子共壹處，量橫長壹寸參分，闊壹分，深見骨。（24/13666a-b）左腿青赤刀傷破口子共貳處。（24/13666b）

該詞僅見於現代文獻。《女妹釘》：「江茜心頭大震，搶在手中一看，黑皮卡克左臂上果然有一條一尺來長被刀割開的破口子。」[註139]谷應《「航天大王」和「皮娃娃」》：「那破口子要擱你腳上，你還不定會哭成啥樣兒呢!」[註140]亦其例。亦作「口子」，如《兒女英雄傳》第三一回：「咱們內廚房的老尤擦刀來著，手上拉了個大口子。」

【刀眼】受刀傷留下的傷口。

> 但屍經三檢，時愈年餘，尚顯刀眼傷痕。（23/12932c-d）食氣纇銀釵本

[註137]「馬腺疫又叫擺喉、槽結、喉骨脹，是由馬腺疫鏈球菌引起馬、騾、驢的急性傳染病。特徵是下頜淋巴結化膿性腫脹。」參見李興如編著：《家庭獸醫》，中國農業出版社1994年版，第122頁。

[註138]陳爲民主編：《人獸共患病》，湖北科學技術出版社2006年版，第166頁。

[註139]雪米莉著：《女妹釘》，新疆人民出版社1995年版，第238頁。

[註140]金近主編：《中國新文藝大系》1976～1982《兒童文學集》，中國文聯出版公司1986年版，第187頁。

色，右胳膊刀眼赤傷，斜長壹寸參分，闊參分。（25/14133c-d）據楊滾子供稱：黃京眼是小的接手刀子挖的，刀眼亦是小的解手刀傷的，鎗也是小的與李百鎖拏的鎗。（33/18616d）

《熱血痕》第六回：「原楚將士等尋到那裏，見馬死在路旁，又在樹林內尋獲原楚屍身，刀眼無數，頭顱剁得粉碎。」〔註141〕亦其例。

【紅傷】流血的傷。

額顱偏左偏右相連前傷一處，圍圓三寸，俱係磕傷。左右肐膊紅傷貳處，難量分寸。兩䏶瞅左右相連前傷，難量分寸，各紅傷一處。（11/5785b）該夏邑縣知縣祖業興帶領吏仵蔣桂臻等，於順治捌年柒月拾捌日親詣屍場眼同屍親閻氏初檢得：本屍問年陸拾壹歲，仰面額顱紅傷，圍圓壹寸捌分。（20/11167b）兩腋肒左紅傷壹處，長壹寸伍分，闊壹寸，係棍打。（22/12613d）

《三俠劍》第六回：「和尚聞聽說道：『原來如此。公子何不早言？貧僧有藥一粒，專療紅傷。』」〔註142〕《少林七十二藝練法精選》第四章：「凡因金刀，箭鏃，磁鋒，或挫傷、擦傷等損傷，而致皮開肉綻、血流不止者，皆屬破傷一門，統稱紅傷。」〔註143〕亦其例。

【青傷】淤血肌膚發青的傷。

一，合面右腿肚青傷壹處，長貳寸參分，闊壹寸，係腳傷。（12/6869a）左臂膊〔膊〕青傷難量分寸，脊臀紅傷斜長二寸、闊一寸，右䏶瞅紅傷難量分寸。（16/8920c）

《金瓶梅詞話》第九十二回：「（西門氏）身上都有青傷，脖項間亦有繩痕，生前委因經濟踢打傷重，受忍不過，自縊身死。」〔註144〕《子不語全集》卷二：「往視唐妻，果氣絕，而左足有青傷。」〔註145〕《海上塵天影》第四十五回：

〔註141〕克敏著：《熱血痕》，吉林文史出版社1987年版，第43頁。

〔註142〕〔清〕張傑鑫著：《三俠劍》，中國文史出版社2003年版，第1131頁。

〔註143〕金警針著，曹文整理修訂：《少林七十二藝練法精選》，山西人民出版社1988年版，第169頁。

〔註144〕蘭陵笑笑生著：《金瓶梅詞話》，人民文學出版社1985年版，第1380頁。

〔註145〕〔清〕袁枚著：《子不語全集》，河北人民出版社1987年版，第24頁。

「蓮民走來看著柔仙，見青傷之處，因切齒道：『我的娘，下這般毒手！』」亦其例。《大詞典》首引《紅樓夢》第二六回：「薛蟠見他面上有些青傷，便笑道：『這臉上，又和誰揮拳來，掛了幌子了。』」

【艾疤】 燒艾後留下的傷疤。

> 因張元跌昏，張鳳鳴請奇署療看，奇署方到門首，張元已死，只聽喧嚷啼哭，奇署即回，原未灸病，亦不知艾疤情由。（18/10262a）

《醫宗金鑑·灸瘡調治歌》注：「過七天之後艾疤發時，膿水稠多，其病易愈，以其氣血充暢，經絡流通也。」〔註146〕亦其例。

【疤痣】 疤痕斑點。

> 但事不厭詳細，又行孫守功傳問親眷伏侍舊人，此僧已非小王子，其小王子有何疤痣，相別可為實據。（23/12962d）

亦見於明鄭若曾《江南經畧》卷七下：「復將捕兵眞正年貌、籍貫、疤痣，所習武藝，在船軍火器械逐一明開於牌。」明張岱《石匱書後集·陸夢龍列傳》：「先第一隊，禁闌入者，按名對冊，驗疤痣、手指羅紋，時呼隊伍自相辨識，點入貢院。」〔註147〕《大清會典則例》卷一百二十二：「（康熙）五十二年議准：臺灣營兵以三年為滿，由內地各營選年力精壯有身家者撥往換班，各該營造具年貌、籍貫並注明疤痣、箕斗清冊三本。」

2.1.8 其他生物

【哈馬】 市場上供自由交易的馬。

> 應解俵馬俱准折價，每匹解銀二十五兩，亦宜早徵早解，以便市買哈馬，不誤軍需。（1/313c）

「俵馬」指官府將官馬分派給民戶飼養，需用時官府收回。例句「哈馬」與「俵馬」相對，故為「市場上自由交易的馬」。

【私馬】 未經官府允許而私自交易的馬。

〔註146〕〔清〕吳謙等編：《醫宗金鑒》第 5 分冊，人民衛生出版社 1973 年版，第 196 頁。

〔註147〕〔明〕張岱著：《石匱書後集》，中華書局 1959 年版，第 131 頁。

兵部題爲拏獲纏頭回人私馬並請嚴飭無誤邊防事。（7/3453b）捧讀敕書，開載：文武屬員有與茶馬相關及勢要敢犯私茶、私馬禁例者，聽爾指實舉劾。（17/9227b）與賀良功等私販馬壹拾參匹，俱明係夾帶私馬，追之入官，按以徒懲。（22/12453a）

《大清會典則例·戶部》：「（順治）十四年覆准：私茶、私馬變價及贖罪銀原留中馬支用，今廣寧、開成、黑水、安定、清平、萬安、武安等七監馬疋蕃庶，改折充餉。」《大清會典·兵部》：「直省購買營馬至口外者，咨部；至鄰省者，咨該地督撫。均按數印烙給照，令所過地方官弁察驗，若於照外多買及將私馬附入照內者，罪之。」

【泥鴨】旱鴨，與水鴨相對，比其體形大。

又蒙本府批：縱泥鴨而傷成稻，已屬不法，何得復行肆兇而致人命於死？（15/8629a-b）

《中國童話·愛吹牛的泥鴨》：「小黃鴨去小河邊抓小魚吃，半路上碰到了小泥鴨。它們模樣長得很像，於是就親熱地說起話來。」〔註148〕《香港方物志》：「鴨子是喜歡水的。本地（香港）另有一種鴨，可以養在岸上或泥塘裏就行，本地人名爲『泥鴨』。這種鴨很大，彷彿番鴨，有時一隻有七八斤重。」〔註149〕可見「泥鴨」的命名理據是習性。若命名理據側重產地，即稱「番鴨」，又名「洋鴨」，《本草綱目拾遺·洋鴨》引朱排山《橘園小志》：「洋鴨種出海洋，形如鴨，紅冠群羽，馴而善飛，雄者重至拾斤，雌者如常。」〔註150〕若命名理據側重活動場所，則稱「旱鴨」〔註151〕。如《東莞方言詞典》「番鴨」謂「旱鴨，冠紅色，體形比一般鴨子大。」〔註152〕

〔註148〕《中國童話》，內蒙古人民出版社 2004 年版，第 139 頁。

〔註149〕葉林豐著：《香港方物志》，中華書局 1958 年版，第 95 頁。

〔註150〕〔清〕趙學敏輯：《本草綱目拾遺》，人民衛生出版社 1983 年版，第 381～382 頁。

〔註151〕成都話有「旱鴨兒」一語，喻指不會游泳的人。參見羅韻希等編著：《成都話方言詞典》，四川省社會科學院 1987 年版，第 86～87 頁。

〔註152〕李榮主編；詹伯慧，陳曉錦編纂：《東莞方言詞典》，江蘇教育出版社 1997 年版，第 188 頁。

【穇秫（穇秫）】高粱的一種〔註153〕。

> 順治貳年玖月拾參日未時分，（王）進元撞遇陳孝身背穇秫壹口袋從場往家，進元捲住要將穇秫奪下，壹抵前借粟穀，陳孝不肯放舍，因此互相爭嚷。（8/4497d）

亦見於《醒世姻緣傳》第三十一回：「黃黑豆，穇秫，都在六兩之上。」〔註154〕亦作「蜀秫」，如清紀昀《閱微草堂筆記·姑妄聽之四》：「驢驚逸，入歧路，蜀秫方茂，斯須不見。」《大字典》「穇秫」謂「也作『蜀黍』，即玉米。」引《醒世姻緣傳》第二十六回：「該與他的工糧，定住了要那麥子綠豆……若要搭些穇秫、黑豆在內，他說：『這些餵畜生的東西怎麼把與人吃？』」釋義似乎未妥，因為《大詞典》「蜀黍」謂「一種高粱。一年生草本植物。」事實上，「穇秫」由「蜀秫」偏旁類化所致，而「蜀秫」即「蜀黍」。此外，據《說文》：「秫，稷之黏者。」《畿輔通志》引清程瑤田《九穀考》：「稷，黏者為秫，北方謂之高粱，或謂之紅粱，通謂之秫，秫又謂之蜀黍。」又引清張爾岐《蒿庵閒話》：「蜀秫，高至丈餘，北人謂之高粱。」〔註155〕

考《大字典》釋義偏誤之因，蓋混淆了「玉蜀秫」與「蜀秫」。玉蜀秫，俗名「棒子」，一名「玉米」。有黃、白、紅、植、晚諸種。春夏皆種，秋收。〔註156〕玉蜀秫的異名為玉高粱、玉米、包穀、玉蜀黍等。〔註157〕

【瓜鮮】新鮮的瓜果。

> 其收藏冰塊，雇募夫役，修艌龍鳳等舟船，修理鰲山四柱牌坊等燈，培養花卉，買辦瓜鮮，造辦花爆盒子，清理宮內溝渠，捉補滲漏等項應用工料，及搬臺器物腳價，咸皆難緩之需。（1/249a-b）

《大詞典》「鮮」謂「剛收穫的新鮮食物」，唐玄宗《幸鳳泉湯》詩：「薦鮮知路近，省斂覺年豐。」清俞樾《茶香室叢鈔·八鮮行》：「然地各有宜，恐八鮮亦

〔註153〕臣隨路詢問，皆謂羣盜藏身樹木豐密之林，蓾秫茂盛之地，從內窺外，擇人而劫。（1/321b），其中「蓾秫」疑為「穇秫」之訛。

〔註154〕〔清〕西周生撰：《醒世姻緣傳》，上海古籍出版社1981年版，第451頁。

〔註155〕〔清〕黃彭年等撰：《畿輔通志》第72卷，1928年版，第81頁。

〔註156〕《文安縣志譯注》上，天津人民出版社1992年版，第66頁。

〔註157〕參見葉橘泉編著：《現代實用中藥》，上海衛生出版社1956年版，第95～96頁。

因地而殊，未可概論也。」

2.2　社會類詞語

本節討論的社會類詞語主要包括銀錢貨幣、田土賦稅、勞役工食、制度文書、詞訟案件、處所時令、官銜其他等。這些詞語從社會生活方面反映了該共時段的新生詞彙。

2.2.1　銀錢貨幣

本節主要從各色銀錢和敲詐名目兩個方面討論。

2.2.1.1　各色銀錢

【制錢】明清官局監製鑄造的銅錢。因形式、分量、成色皆有定制而得名。〔註158〕

新鑄制錢，每七文作銀一分。前代舊錢照常行使，當五、當二俱不必行，如民間原有當二錢，向經通行者，亦聽照舊。（1/89a）又於玖月內失記的日，懷亮同李一明、張清運參人，在夾石溝劫奪不知姓名糶賣胡麻人制錢捌千陸百文，藍梭襖壹件。（20/11329d-11330a）……各就不合白晝劫奪不知姓名失主制錢參千文，白布衫壹件，口袋壹條，各分變賣花費訖。（20/11329b-c）

據《宋史紀事本末‧建炎紹興諸政》「（高宗建炎）五年二月，置總制司」，因此當時以「總制錢」稱之，「至是又因經制之額增，析爲總制錢，歲收至七百八十餘萬緡。」後特指官府製造的行於全國的銅錢，與「樣錢」相對。《大詞典》「制錢」引《明史‧食貨志五》：「凡納贖收稅，歷代錢、制錢各收其半；無制錢即收舊錢，二以當一。制錢者，國朝錢也。」

【治錢】制錢。

（俞）允中又不合將火耗銀該二十二兩九錢二分五釐輒供二十兩，索

〔註158〕李鵬年等編著，《清代六部成語詞典》，天津人民出版社1990年版，第187頁。「制錢」謂「清制，凡所鑄之錢，京城戶、工二部寶泉、寶源兩局所鑄，供內廷者曰『樣錢』，行於全國者曰『制錢』。樣錢每百個重一斤。制錢爲樣錢的四分之三。」

見面小數治錢三十五文作一錢，未行供明。（8/4547d）維皋歷官伍載穿用梭布俱向本城鋪戶紅票取用，節年陸續向在官鋪戶張伏取用布捌疋零壹勾，每疋市賣治錢壹千貳百文，維皋又不合止給錢柒百文，每疋短錢伍百文，共短布錢壹百伍拾文，共短錢壹千捌百文，以上共短價錢柒千玖百柒拾文。（17/9570a-b）一，嘉諒見堡民孫計文有牛車壹輛，假稱合夥來往宣府、京師裝賣米酒，獲利肥己，累斃牛隻止分與孫計文治錢貳千。（24/13706a）

據「本年八月十五日，（高）明票差在官牢役蒯應舉拘在官馬登奎並不在官于進、王澤民應當櫃頭，比馬登奎不願應役，備治錢貳千八百文時值銀四兩付與蒯應舉，不合過送與明，又不合接收入己。」（9/4626c）可見當時七百文治錢值銀一兩。

【黃錢】黃色的古銅錢，或特指明代京城的制錢[註159]。

令高給散九月餉銀，每軍該銀一兩，照時價每兩換黃錢一千六百七文，比高又不合每名止放錢一千三百七文，每名扣除錢三百文。（5/2416a）王祚國亦不合詐銀柒拾兩，馬行乾亦不合詐要黃錢肆拾千，合銀貳拾兩，各入己訖。（12/6706d-6707a）

亦見於清吳翌鳳《遜志堂雜鈔》丙集：「明朝制錢，有京、省之異。京錢曰『黃錢』，每文約重一錢六分，七十文直銀一錢。外省錢曰『皮錢』，每文約重一錢，白文直銀一錢。」[註160] 得名之由源於錢的顏色，《皇朝文獻通考・錢幣考四》：「臣等謹按《隋志》稱，現用五銖錢皆須和以錫鑞；《唐書》稱為白錢，以其和錫而色白也；宋時永平監鑄錢用銅鉛百萬餘觔加錫十餘萬觔；明時每黃銅一觔加錫二兩，後每百觔或加錫十觔，或加錫六觔十三兩不等；本朝於是年（乾隆五年）始加錫配鑄，謂之青錢，舊時未用錫者謂之黃錢。至於明代鑄法尚有松香、黃蠟、硫黃、稻草，或用桐油、瀝青、焰硝、磁末、牛蹄等項，其後迭經減革，至國初已一併裁去云。」《大詞典》「黃錢」謂「明清時代的制錢名」，釋義有籠統之嫌。

〔註159〕華夫主編：《中國古代名物大典》上，濟南出版社 1993 年版，第 1523 頁。

〔註160〕〔清〕吳翌鳳撰；吳格點校：《遜志堂雜鈔》，中華書局 1994 年版，第 35 頁。

【小錢】幣值最低的銅錢。

> 梁士秀詐要張維賓等行使小錢陸拾千文，剋落段還等銀貳拾參兩，與
> 祝良才分使。（6/3292d-3293a）又因蓋房向在官李九思騙要麥壹石，米
> 壹石，共值小錢捌千文。（10/5254d）小的原央他與官過送，當時使小
> 錢二百文，買麵同喫了，是實。（31/17492b-c）

舊時錢的品質不同，品質高的錢，一枚可以當小錢數枚。參【制錢】。亦見於張
陰德《北東園筆錄三編》卷一：「某道前曾署岳常灃道，鞫小錢一案，有苞苴。」
清雲間天贅生《商界現形記》第十三回：「朱潤江是一個小錢也沒曾使的，冷不
防翻倒，在這最不稀罕的假功名上，這番吃虧了。」「小錢」本指漢王莽時鑄的
一種錢名。《漢書·王莽傳中》：「乃更作小錢，徑六分，重一銖，文曰『小錢直
一』。」後泛指銅錢。《大詞典》「小錢」謂「中間有方孔的銅錢」，引沈從文《從
文自傳·我上許多課仍然不放下那本大書》：「每早上買菜，總可剩下三五個小
錢。」釋義不確。

【廢錢】私人鑄造的銅錢。

> 又有在官快手馮國賢因家下蓋房缺少磚瓦，亦不合倚恃虎快向在官徐
> 養民不在官男騙要磚貳千，瓦貳千，值廢錢拾千文，只與廢錢伍千文，
> 剩錢伍千文白騙未與。（10/5254c-d）

同則材料下文稱「又因蓋房向在官李九思騙要麥壹石，米壹石，共值小錢捌千
文。」（10/5254d）「又因指與伊子完親，向在官王國泰騙要銀貳兩，王國泰無
銀，止與小錢參千伍百文。」（10/5254d-5255a）「參項共錢拾陸千伍百文，值
銀捌兩貳錢伍分。」（10/5255a）可見，「廢錢」即「小錢」。

【小錁】金銀鑄成的小錠。

> 其失鞘銀兩已經勒限該地方官賠補解部，其見獲李麻子等元寶係鞘中
> 原物應准抵補，其小錁及李三之碎銀、薛六之馬匹應否准抵補鞘？
> （7/3871c）

《野叟曝言》第六十三回：「素臣撥開看時，原來滿地窖著白鏹，並沒小錁，錠
錠都是元寶。」〔註161〕清富察敦崇《燕京歲時記·元旦》：「富貴之家，暗以金
銀小錁及寶石等藏之餑餑中，以卜順利。」亦其例。

〔註161〕〔清〕夏敬渠，《野叟曝言》第 2 卷，中國戲劇出版社 2000 年版，第 379 頁。

【餉銀】泛指銀兩。

> 至初伍日，羅陸壽駕船壹隻，伍與盛參等俱窩頓船上，前至在官吳先家逼要餉銀，無與，隨搶得豬貳口，米參石，酒拾罈，帳子伍頂，衣裙拾件，鍋子貳隻，鐵鈀貳把等物，負運於船，載回花費。（20/11212a-b）黃仁口供：小的同父被沈長春、胡玉等拏去，把小的妻子姦淫，家伙盡劫後，放小的回家取餉銀。（23/12847b）

亦見於清于成龍《于清端政書·籌黃安饑民論》：「其未完槽鏾什物等項一概免解，新派草束發餉銀代買。」《狄公案》第四十四回：「現在王毓書在老狄轅門擊鼓鳴冤，說你將他媳婦李氏騙困在裏房內面，而且假傳聖旨，勒令出五千兩餉銀。」〔註162〕《大詞典》「餉銀」謂「舊時軍警等的薪金，相當於『薪水、工資、工食銀』」，義域似嫌過窄。

【乾銀】朝廷（官府）撥發的銀兩。

> 為議增馬匹草料乾銀以資飽騰事。（8/4047a）又（韓）世清馬匹自有月領乾銀，又不合派撥本縣在官兵房書手周嘉陞辦送。（14/7564b）

《世宗憲皇帝硃批諭旨·硃批李維鈞奏摺》：「竊查臣衙門向有親丁名色動支，臣標營馬兵三十五名，餉米馬乾銀每年共一千四百餘兩。」《剿捕臨清逆匪紀略》卷五：「今奉部文：令沿途地方官豫備供支，在於本營馬乾銀內照數扣還。」《榆巢雜識·馬政》：「又滿、漢各營及各省驛遞、塘站馬，共二十二萬五千二百餘匹，皆月給馬乾銀，各就所在分飼之。」〔註163〕亦其例。

【價值】獲取他人物品時應支付的錢款。

> （張）軫每向楊應選賒取布疋貨物，不給價值。（20/11166a）（徐）愫奉委領兵駐防該縣，常取酒米與價值。（22/12396a）狀招：鼎職司衛備，只合兢凜守職、居官清正為是，不合向所部民科斂雜費，短欠價值，希占小利。（35/19996b）

上舉最後一例的上文稱「該本部看得：革職守備周鼎一案，原參徵收均徭銀參百餘兩外，每兩加耗二三分不等，又索逯高杰錢拾吊，並買羔皮價銀未給，買

〔註162〕〔清〕不題撰人著：《狄公案》，華夏出版社2002年版，第196頁。
〔註163〕〔清〕趙慎畛撰：《榆巢雜識》，中華書局2001年版，第235頁。

羊皮虧短價銀。」（35/19995c）可證「價值」即「價銀」。《聖祖仁皇帝親徵平定朔漠方略》卷三十八：「令本主每馬各增銀五兩，則馬瘦者得肥馬乘坐，而綠旗兵又得價值，兩皆有利。」《平定金川方畧》卷九：「臣等謹按：金川糧運皇上早頒諭旨：令巡撫紀山給發價值，務從寬裕。」亦其例。《大詞典》「價值」謂「①價格。②指體現在商品中的社會勞動。價值量的大小決定於生產這一商品所需的社會必要勞動時間的多少。③指積極的作用。」未及此義。考「價」有「錢款」義，如金元好問《李講議汾詩序》：「尋入關。明年駈數馬來京師，日以馬價佐歡。」

【鞘】古時貯銀以便轉運的空心木筒，﹝註164﹞代指餉銀

> 該本部題覆，看得欒城縣嚮馬劫鞘，知縣王士俊、典史何光紳相應住俸戴罪緝賊，等因。（4/1969b）看得李麻子等壹起皆積年狡賊也，或白晝劫鞘，或共謀分贓，或別劫贓眞，或劫寇傷人。（7/3871b）其失鞘銀兩已經勒限該地方官賠補解部，其見獲李麻子等元寶係鞘中原物應准抵補，其小錁及李三之碎銀、薛六之馬匹應否准抵補鞘？（7/3871c）

《御選明臣奏議・高推〈極言捕務不修疏〉（天啓四年）》：「如今日者惟是東西交訌、加派頻仍、海內動搖、大盜蠭起，以畿南則有沙河劫鞘之盜矣。」《山東通志・人物四》：「時值大獄蝟紛，如海寇逆案，逮及失出守令逋賦案，逮及諸生百人劫鞘案，逮及他郡紳士。」亦其例。《大詞典》首引清李漁《奈何天・焚券》：「且喜銀子俱已上鞘，夫馬俱已點齊。」

【銀鞘】古時一種解餉銀用的盛放物，代指餉銀。

> 巡按山東監察御史臣吳達，謹啓爲馳報路劫道臣，帶解京邊銀鞘，當陣梟斬事。（5/2315b）雖日用一夫照百里給銀之例發給官銀，殊不知鄉間農夫那知擡損、擡轎以及擡送銀鞘，勢必找尋素日排夫，此夫一聞里下催覓，每名或要壹貳兩，或要參肆兩一日，揹勒心滿意足，方走一差。（31/17670a-b）

﹝註164﹞參李鵬年等編著，《清代六部成語詞典》，天津人民出版社 1990 年版，第 112 頁。「銀鞘」謂「以整木爲一段，鋸開鑿空，外以鐵皮束之，謂之鞘。」

《世宗憲皇帝硃批諭旨‧硃批趙國麟奏摺》：「凡餉銀在船，銀鞘之上必用長繩繫板備作浮標，以防不虞。」《大清會典則例‧戶部‧田賦三》：「如解官故遺失銀鞘或中途私動印封抵換法馬者，收餉之布政使司驗明印信，申報督撫，題參治罪。」亦其例。

【鞘銀】裝在空心木筒裏的餉銀。

> 除應補解原失鞘銀貳仐玖貳拾壹錢，下剩銀貳百柒拾兩柒錢貳分參釐。（4/1969c）

清陳鼎《東林列傳‧凌義渠傳》：「三河知縣劉夢煒甫蒞任失鞘銀三千，以責償急，自縊死。」《大清會典則例‧戶部‧田賦三》：「遵旨，議准劫失鞘銀令失事地方文官分賠一半。」亦其例。

【銀槓】成批運輸的銀錢。

> 看得章仕傑徒知阿堵罔念官箴，送銀槓而跑死驛馬，指烟火而科詐民錢。（15/8484c）

《後水滸傳》二十一回：「三人各帶隨身器械，關好門戶，趕上了王摩同走。遂一路尾著銀槓而來。」〔註165〕《王仲撝墓表》：「大兵圍高唐，州守以爲銀槓旦晚是敵物，不如以此犒城，免士女屠戮流離之苦。」〔註166〕亦其例。

【潮銀】雜質多的銀子。

> 又（胡）日讓將潮銀給散兵糧，計防兵貳拾柒名，共扣短銀、水銀貳兩肆錢貳分入己。（14/7994d）會看得侯國保與張一璽同脫逃閩福亮合本販粟，因獲利五分係潮銀，分之不均，互相角毆，璽父張整令子赴縣控槀。（36/20347b）李春光負義忘恩，狠心辣手，嗔陰氏勒換潮銀之嫌，遂爾誘於私室，鐮砍命斃。（37/20740c）

《世宗憲皇帝硃批諭旨‧硃批宋筠奏摺》：「又令買好騾三頭，其價值十五六金、十七八金不等，每頭僅發潮銀十二兩，餘皆該縣墊出。」《大清會典則例‧戶部》：「又議准：起解錢糧不加詳察，致銀匠於銀內攙和鉛沙並解送潮銀者，該

〔註165〕〔清〕青蓮室主人著；呂安校點：《後水滸傳》，黑龍江人民出版社 1997 年版，第 173 頁。

〔註166〕〔清〕吳翌鳳編：《清朝文徵》，參見任繼愈主編：《中華傳世文選》，吉林人民出版社 1998 年版，第 315 頁。

管官及巡撫分別議處。」亦其例。《大詞典》首引《紅樓夢》第一○五回：「賈
政同司員登記物件，一人報說……潮銀七千兩，淡金一百五十二兩。」

【低銀】成色低的銀子。

> 今審供稱俱是足色好銀，原無聽信蠹書王好禮攙合銅、鉛低銀支發，
> 致闔縣吞聲情由。（12/6706c）又在官葉有藩挑柴壹担價值壹錢湊遇
> （韓）世清不識姓名兵丁用低銀參分強買。（14/7564a-b）價俱交足，
> 內有低銀伍兩退回另換，中元不合接銀到手竟不補還。（29/16368a）

《型世言》第三回：「但是掌珠終是不老辣，有那臭畓的，纏不過，也便讓他
兩釐，也便與他搭用一二文低錢，或是低銀，有那臉涎的，擂不過，也便添
他些。」〔註165〕清西湖漁隱主人《歡喜冤家》第十七回：「十六日，又不該抵
換低銀，於中又拿出四兩，把二兩禮儀又收下了。」〔註168〕亦其例。《大詞典》
首引清黃六鴻《福惠全書‧蒞任‧定買辦附買辦告示式》：「如買辦人役，敢有
借端強行賒取，及擅使低銀揥短物價，許被害即時扭稟。」

【黑銀】成色不足的銀子。

> 李從學回家，誠恐伊子受責，央中驥扶持，原說謝銀壹百兩，因本府
> 行使黑銀後，止送紋銀玖拾兩。（25/14075d）

同則材料的上文稱「款開：一，本官因放糧內多低銀，將書辦李從學並從學幼
子綁縛，嚇銀壹百兩，李從學証。」（25/14075c）可證「黑銀」即「低銀」。

【色銀】成色不足的銀子。

> 比青高選自知罪過，將色銀壹百兩、白米壹石作色銀伍拾兩託付原差
> 王才過送，（劉）運開枉法入己。（14/7934b）又不敢傍人家，只揀荒屬
> 走三日，有一獨戶人家姓劉的，纔敢去與色銀壹塊，約伍錢，買米陸
> 升，葫豆貳升。（21/11919d）

〔註165〕 〔明〕陸人龍著：《型世言》，遼寧古籍出版社1995年版，第27頁。原文「低
錢」後為分號，從石汝傑說改為逗號。參石汝傑著：《〈型世言〉的語言及校點
問題》，載《明清吳語和現代方言研究》，上海辭書出版社2006年版，第199
頁。

〔註168〕 〔清〕西湖漁隱主人撰；於天池，李書點校：《歡喜冤家》，北京師範大學出版
社1992年版，第293頁。

《醉醒石》第十四回：「這蘇秀才，也只得說兩句大話相慰，道：『這些八九色銀都去了，我足紋，怕用不去，只遲得我三年。』」《皇朝文獻通考・錢幣考三》：「刑部尚書勵廷儀奏言：完繳錢糧例易銀上納，民間買賣色銀未必即係足紋，必投銀鋪傾鎔而後入櫃。」亦其例。亦作「呈色銀子」，如《檮杌閑評》第十五回：「進忠揀了半日，也與了秋鴻一錠，遂揀了三十兩呈色銀子，包好，遞與印月道：『三十兩。』印月道：『爲人須爲徹，把幾兩好的與人，這就像豬尿的銀子，他們還不要哩。』」〔註169〕

【空票】不能兌現的銀票。

> 一，本官自順治捌年陸月蒞任，從未發價行戶，轉聽衙蠹黎日等空票支取掯價壹百餘兩，鋪戶李多、常德證。（15/8491a）

《川陝總督年羹堯奏陳河東鹽政積弊摺》：「（康熙）六十一年，鹽臣殷德納求索無厭，欠課獨多，已收羨餘銀十三萬餘兩，更以空票行司，發銀一萬兩，分釐未交。」〔註170〕《笑林廣記・開當》：「擇期開典，至日，有持物來當者，驗收訖，塡空票計之。」〔註171〕清羅濟美《請堅決拒和約追回成命呈懇代奏文》：「現各市富商俱以空票指爲實銀，以資周轉，數十萬之銀店，尚有一二萬實銀，爲之根柢，故能流通無滯。」〔註172〕亦其例。

2.2.1.2 敲詐名目

【公禮錢】公攤送禮的份額。

> 一，本官查本縣收役櫃書輪派守櫃，點查不到者欲稟縣究治，每名索詐公禮錢四百文，六名共得錢二千四百文。高彥華等證。（25/13953a-b）
> 一，本官奉縣追比，未獲批迴，需索解役公禮錢每名三百文，解役八

〔註169〕〔明〕佚名著，劉文忠校點：《檮杌閑評》，人民文學出版社1983年版，第182頁。

〔註170〕中國第一歷史檔案館編：《雍正朝漢文朱批奏摺彙編》第一冊，江蘇古籍出版社1991年版，第692頁。

〔註171〕〔清〕遊戲主人纂輯；粲然居士參訂；傳財校點：《笑林廣記》，光明日報出版社1993年版，第175頁。

〔註172〕參見周鑒書，姚公騫主編：《江西古文精華叢書》奏議卷，江西人民出版社1996年版，第270頁。周鑒書等注「空票」爲「不能兌現的銀票」，（第272頁），可從。

名，共得錢二千四百文，郭守才等證。（25/13953b）

亦作「公禮銀」，《認眞草・請汰麻連關文》：「會極門太監舊例，給大庫公禮銀三錢，其後書辦不請給銀，而改求麻連每月二百條。」〔註173〕亦作「公禮」，如《醒世姻緣傳》第十四回：「又差了晁住拿了許多銀子到監中打點：刑房公禮五兩，提牢的承行十兩。」

【折程】折合路程奔波的禮金，一種送禮的名目。

> 不已古器清翫，繼之土產備物；不已海錯方珍，繼之甚有假夫價、書帕、折程之名色，紫百盈千，筐筐饋獻，沿習已久，竟成規例。（1/385d-386a）

《大詞典》「折」謂「折合；抵當」，引《戰國策・西周策》：「越人御買之千金，折而不賣。」《大詞典》「程」謂「旅行的盤纏或行李。」《醒世恒言・十五貫戲言成巧禍》：「家人收拾書程，一逕到家。」顧學頡注：「程是鋪程行李，旅行時攜用的臥具。」該詞亦見於《隋唐演義》第二十五回：「眾人都回避，獨嗣昌相見，送了三兩折程，三兩折席。」《醒世姻緣傳》第九十九回：「送了十兩折程，講說土官作亂，梁參將全軍失利，要央郭總兵領兵救援，功成題薦。」〔註174〕

【紙筆銀】（訴訟、填寫催單等）書寫費用，有時淪為一種官吏敲詐名目。

> 夏時榮亦不合乘隙詐指經承名色，索鄭子仰、劉必太紙筆銀肆兩入己。（20/11102a-b）

清李綠園《歧路燈》第九十回：「不料夏鼎親口送個信兒說：『前日觀風時，我親眼見把譚紹聞請到內宅，待了席面，還與了興相公紙筆銀二十兩。』」〔註175〕清蔣兆奎《河東鹽法備覽》卷三：「運阜倉倉書一名，紙筆銀三兩，在蘆葦項下動支。」〔註176〕亦其例。

【紙贖】以交付官司文書的紙張費為名目收取的罰金。

> 竊思民間冤抑必赴衙門告理，問官果得眞情，自當依律處分，何得借

〔註173〕〔明〕鹿善繼著：《認眞草》，中華書局1985年版，第233～234頁。

〔註174〕〔清〕西周生撰：《醒世姻緣傳》，上海古籍出版社1981年版，第1407頁。

〔註175〕〔清〕李綠園著：《歧路燈》，中國戲劇出版社2000年版，第438頁。

〔註176〕〔清〕蔣兆奎：《河東鹽法備覽》，《四庫未收書輯刊》第1輯第24冊，北京出版社2000年版，第64頁。

稱紙贖一項徒飽私囊耳。（21/11683c）

亦見於明顏俊彥《盟水齋存牘·禁收紙贖勒索》：「紙贖勒索之弊，本廳屢示嚴禁，茲復呈詳察院，奉有憲批，勒石永禁。」〔註177〕《清代六部成語詞典》「紙贖銀」謂「〔紙應為抵之誤〕即罰金。清代例有贖罰之制，凡違法犯罪之人，交納一定得贖銀，即可贖罪免處」〔註178〕。其實，「紙」不誤。

【告紙銀】因訴訟交付官司文書的紙張費。

照出萬濟陸、陳時陸俱重刑免紙，失主舒日善告紙銀貳錢，追貯南昌縣，照例彙解。（15/8608d-8609a）

「紙」指交付官司文書的紙張費，在十七世紀以前就已出現，如明潘季馴《潘司空奏疏·勘過原任張布政復職疏》：「照出樊鏡等俱供明免紙，聶寅、熊世英、陳希武各官紙銀二錢，邰化民紙銀一錢與各贖罪米工價銀。」明譚綸《譚襄敏奏議·訪獲疏》：「照出劉保係回鄉貧民，免紙；栗愷、周輔各納民紙銀一錢，聽明追發官庫收貯。」「告紙銀」亦見於明祁彪佳《宜焚全稿》卷十：「米夔告紙銀二錢五分。」〔註179〕《盧傳題參張萬睿出入衙門包攬收兌為蠹倉場本》（順治四年八月二十二日）：「照出重刑人免紙外，鄒教、陶德達就、周恒泰各告紙銀二錢五分。」〔註180〕亦作「紙（銀）」，如明潘季馴《潘司空奏疏·勘過原任張布政復職疏》：「照出樊鏡等俱供明免紙，聶寅、熊世英、陳希武各官紙銀二錢，邰化民紙銀一錢與各贖罪米工價銀。」「照出萬濟陸、陳時陸俱重刑免紙，失主舒日善告紙銀貳錢，追貯南昌縣，照例彙解。」「除重刑免紙外，胡東白、張時行各納官紙銀參錢，馮奇、戴俊、邵傑各納民紙銀壹錢貳分伍釐，紙價共銀玖錢柒分伍釐。」（21/11812a-b）

【紙價銀】交付官司文書的紙張費。

狀招：（李）承登經徵柒捌兩年秋糧，每於拾月開徵時卻不合借端需索，凡遇糧長繳串，每里得紙價銀貳錢肆分。（22/12369d-12370a）

〔註177〕〔明〕顏俊彥著：《盟水齋存牘》，中國政法大學出版社2002年版，第670頁。

〔註178〕李鵬年等編著：《清代六部成語詞典》，天津人民出版社1990年版，第97頁。

〔註179〕〔明〕祁彪佳：《祁彪佳文稿》第1冊，書目文獻出版社1991年版，第381頁。

〔註180〕中國社會科學院歷史研究所編：《中國古代社會經濟史資料》第1輯，福建人民出版社1985年版，第197頁。

亦見於《清穆宗實錄》卷一百二十:「商欠之茶課紙價銀四千六百四十九兩零，均著一併豁免，以紓民力。」《大清會典事例・戶部》:「凡有商販入山製茶，貨不論粗細，每擔給一引，每引額徵紙價銀三釐三毫。」亦作「紙價」，如明楊一清《關中奏議・一爲處置災傷流移事》:「仍行問刑衙門經問有力人犯贖罪紙價暫照舊例，納米以少充倉儲。」「死罪免紙，劉守仁、劉守義各告紙銀二錢五分，劉思問監候，紙價俟詳允日貯本州官庫。」(4/1989b)「看得原任縣丞李承登奉職無能，營私有據，其經管柒捌兩年秋糧，借端繳串，每里科索紙價貳錢肆分。」(22/12370d)

【紙紅】、【紙紅銀】 耗費印泥的銀兩，清代官吏多借此名目對百姓加以勒索。

> 審據成縣在官收米書役費天清供稱:順治捌年拾貳月內，本官總收略米時指稱紙紅，向西禮、徽成等拾壹州縣收役每人要銀壹兩伍錢，共要銀壹拾陸兩伍錢，不合入己，是實。(17/9688a) 查籌支解各衙門門子、書辦、紙紅共銀壹百壹拾肆兩貳錢，俱有批迴領狀可據。(22/12647a) 本府各廳支紙紅銀貳拾兩，剩下銀貳拾伍兩捌錢供應過往用訖。(22/12646d)

《世宗憲皇帝硃批諭旨・硃批冶大雄奏摺》:「臣以各官均有紙紅之項足以應用，亦飭令悉行革除募補，竝戒以再犯必懲。」《醒世姻緣傳》第四十二回:「納銀子的時節，加二重火耗，三四十兩的要紙紅。」〔註181〕皆其例。

【捱限錢】 以未按時交款爲由加收的款項。

> 往時見役催里長，里長催花戶，近多用衙役執催單，所索酒飯錢、腳力錢又有捱限錢，常倍於本貧戶之正銀者。(1/271d)

《康熙字典・卯集中・手部》:「又俗謂延緩曰捱」，今湘南東安土語稱人行動遲緩爲「捱」。「延捱」連用，可資佐證。《醒世姻緣傳》第八十二回:「差人將那房子有人出到五十八兩，已是平等足價，他臨期又變卦不賣，這明白是支吾延捱。」《好逑傳》第十三回:「水運見按院問的兜搭，一時摸不著頭路，只管延捱不說。」

〔註181〕〔清〕西周生撰:《醒世姻緣傳》，上海古籍出版社1981年版，第1351頁。

【秤頭】正秤之外的零頭，以損耗為由加算的重量。

　　劉鼎臣伊亦不合於本年拾貳月內夤謀管收，每擔加索秤頭陸拾斤賣各他
　　戶，計收草壹千肆百壹拾柒担，共多收秤頭草捌百伍拾担。（13/7160a）

《世宗憲皇帝硃批諭旨·硃批鄂爾泰奏摺》：「其各地各井一應收鹽、發鹽、腳
費、店費以及秤頭、鹽工食費等件徹底清楚，亦仍可節省，亦仍可加添。」《皇
朝文獻通·錢幣考六》：「臣等謹按：各省鼓鑄內有節省及淘出餘銅，如四川之
盈餘銅鉛，山西之爐底渣末，貴州之秤頭、銅觔，俱將鑄出錢文留充公用。」

2.2.2　田土賦稅

【田蕩】成片的田地。

　　明末知縣陸一鵬稔悉其弊，先經丈勘共清出田蕩壹千參拾伍頃有奇。
　　（7/3867b）

「蕩」有「平坦」義。《詩·齊風·南山》：「魯道有蕩，齊子由歸。」毛傳：「蕩，
平易也。」明張內蘊、周大韶《三吳水考·崑山知縣方豪水利議》：「今唯蓮花
朵、陽城村之間故道猶在，餘皆漲為田蕩，凡五頃有奇而漸成平陸矣。」《大清
會典則例卷·戶部·漕運二》：「（乾隆）五年題准：江南崑山、新陽二縣荒瘠田
蕩應徵白糧六百二十一石有奇，於各縣南米內通融辦運。」亦其例，今湘南土
語仍把成片的田地呼為「田蕩」。

【勳田】授給有功官員的田地。〔註182〕

　　又一款開，一，勳田變價，本縣實止田捌百餘畝，本官飛票四出，得
　　此脫彼，遷延壹載，勒詐殷實約銀柒千餘兩。（18/100133d）

〔註182〕這種唐代制度唐代開始建立，當時稱為「勳授永業田」，如《舊唐書·職官志
　　　第二十三·職官二》：「凡官人及勳授永業田，凡天下諸州有公廨田，凡諸州及
　　　都護府官人有職分田。」皇帝對有功勳的官吏或將士，將公田賜給他們，讓他
　　　們據為私產，是為勳田或賜田。參見趙岡，陳鍾毅著：《中國經濟制度史》，中
　　　國經濟出版社1991年版，第40～43頁。又如《高麗史·食貨志》：「景宗二年
　　　（977年）三月，賜開國功臣及向義歸順城主等勳田，自五十結至二十結有差。」
　　　參見北京師範大學歷史系世界古代史教研室編：《世界古代及中古史資料選
　　　集》，北京師範大學出版社1999年版，第654頁。但鑒於該詞文獻用例罕見，
　　　故姑收錄於此。

《皇朝經世文續編》卷十九：「況淮水上游之淤亦甚矣，居民占湖爲田，一也；明初功臣以瀕水灘爲己有，而因以與之，曰勳田，又其一也。」《陝西通志》卷三十三：「新收、續收勳田等項共地肆伯參拾壹頃參拾捌畝玖分貳毫捌絲。」亦其例。

【正米】正式額定的米糧。

> 於順治參年分本縣額該漕米肆千壹百石，舊例分爲南北兩倉徵收，鄉民便於交納。（劉）翰管北倉，收完正米壹千伍百柒拾肆石玖斗。（8/4081d）該臣一經入境，聞其收正米壹石連豪增收至貳石肆斗。（22/12505b-c）

清黃六鴻《福惠全書·錢穀·米色刁難》：「凡弁丁水次領兌正米之外，例有耗米，又有耗外贈貼，及負重匡駁等費。」亦其例。

【漕糈】漕運京師的米糧。

> 文奎謹題，爲積欠漕糈之弊，良田運丁之窮，謬陳少補目前，仰祈聖裁，敕部酌議，弘濟方來事。（15/8497a）

《說文·米部》：「糈，糧也。」段玉裁注：「凡糧皆曰糈。」故「漕糈」同「漕糧」。明張國維《撫吳疏草不分卷·皖屬請蠲疏》：「蓋從前寇犯未有如此之多，焚殺未有如此之慘，而盤踞蹂躪未有如此之久者也，乃孑遺之皮毛已盡，而漕糈之催督方嚴。」〔註183〕《世宗憲皇帝硃批諭旨·硃批陳時夏奏摺》：「仰見我皇上恩育蒼生，至周至渥，百姓歡呼頂戴，咸知漕糈繁務，踴躍願輸。」清傅澤洪《行水金鑑·運河水》：「明熹宗天啓六年六月乙亥，河道總督李從心奏：我國家定鼎燕冀，歲運漕糈四百萬石。」亦其例。亦作「津糧」，如明畢自嚴《石隱園藏稿·與畢見素》：「臨德二倉粟米原以備緩急之用，年來積滯不運以致紅腐，近雖欲運入京亦成空譚，不若即以此項常作津糧，亦可以省截漕。」「奉令旨：加派三餉、召買津糧貳事，原非舊制，屬民最甚，准盡行蠲豁。」（2/459b）

【課銀】稅金。

> 池周圍百貳拾里附近拾參州縣，額有丁口，每撈鹽拾引令商人納課銀

〔註183〕〔明〕張國維：《撫吳疏草不分卷》，《四庫禁燬書叢刊》史部 39 冊，北京出版社 2000 年版，第 336 頁。

參兩貳錢，每引重貳百斤，此官鹽也，皆用引也。（2/855c-d）

亦見於清屈大均《廣東新語‧鱗語‧插箔》：「大約歲中每箔一所，課銀五六錢許，俾魚鹽交資其益而不相害，則箔戶殷盈，而國課亦因以裕矣。」清孫靜庵《棲霞閣野乘‧鹽商之繁華》：「以每引三百七十斤計之，場價斤止十文，加課銀三釐有奇，不過七文。而轉運至漢口以上，需價五六十不等，愈遠愈貴，鹽色愈雜。」《清會典事例‧戶部‧茶課》：「腹引、邊引、土引，每引各徵課銀一錢二分五釐；腹引每引徵稅銀二錢五分。」《大詞典》首引清林則徐《查勘礦廠情形試行開採折》：「年應抽解課銀二萬四千一百一十四兩零，載在《戶部則例》。」

【條糧】法定的交納給官府的稅糧。

又張基、陳懋、陳登遇徵比陸年條糧，係伊值年，亦不合枉法補洗比簿，以銀數欠多作欠少改換瞞官。（13/7155d-7156a）

《世宗憲皇帝硃批諭旨‧硃批常德壽奏摺》：「而流官又因循舊習，惟知歲收額編條糧了事。」《清會典事例‧戶部‧蠲賦三》：「又蠲免四川被擾之達縣應徵條糧正耗銀一百一十餘兩。」亦其例。《岑毓英奏請豁免條糧正供》：「土地荒蕪，凡有田畝者，靡不積欠國家條糧正供。」〔註184〕該例「條糧正供」同義連文，《大詞典》「正供」謂「法定的賦稅。」可資佐證「條糧」為「法定的交納給官府的稅糧。」

考「條」有「法令、條文」義，《廣韻‧蕭韻》：「條，教也。」依此，「條糧」即國家條文裏規定應繳納的稅糧。施堯中《重鐫瑞光寺原舊功德田地條糧碑記序》（1645年書）：「納宜良縣稅糧柒升肆合，永為常住。」〔註185〕標題稱「條糧」，正文為「稅糧」，可證條糧即稅糧。

【熟銀】穀物收穫後徵收的田賦。

壹，本官玖年間將該縣三川驛原額站銀壹千參百柒拾玖兩零奉旨除荒外，實徵熟銀止該伍百貳拾肆兩捌分零，本官聽信兵書何升、田沛照額全徵。（22/12645d）

〔註184〕羅養儒撰；王欐等點校：《雲南掌故》，雲南民族出版社1996年版，第556～557頁。

〔註185〕鄭祖榮，周思福主編：《宜良碑刻》，雲南民族出版社2006年版，第243頁。

亦見於明張國維《吳中水利全書‧公移》：「餘有熟銀皆係任陽、西北等貧區拖欠，委難徵足。」《世宗憲皇帝硃批諭旨‧硃批金鉷奏摺》：「向因荒額未復，祗照現徵熟銀扣除支銷，此通例也。」《廣西通志‧田賦》：「應徵三鎮兵田及官田社學禾價熟銀共五百零三兩七錢一分一釐零。」

【三餉】遼餉、剿餉和練餉並稱「三餉」。

> 奉令旨：加派三餉、召買津糧貳事，原非舊制，屬民最甚，准盡行蠲豁。（2/459b）

據《明史‧食貨志‧賦役》記載，「三餉」亦指「邊餉、遼餉和練餉」。其中，「遼餉」是明代爲遼東地區戰事而徵收的糧餉，即抵禦清兵加徵的田賦。故清人入關後理應停徵。亦見於《續文獻通考‧田賦考‧歷代田賦之制》：「於是令州縣上災者，新舊練三餉並停；中災者，止徵練餉；下災者，秋成督徵。」《大詞典》「練餉」謂：「①明末爲練兵所需軍餉而徵收的一種苛稅。崇禎十二年下令抽練邊兵和加練民兵，於是加徵田賦每畝練餉銀一分，全國共徵收七百三十萬兩。與遼餉、剿餉當時並稱爲『三餉』。」這一說法當本於多爾袞於順治元年七月初八日發佈的諭示：「至於前朝弊政，屬民最甚者，莫如加派遼餉，而復加剿餉，再爲各邊抽練，而復加練餉，惟此三餉，數倍正供，苦累小民，剝脂刮髓，遠者二十餘年，近者十餘年。」

2.2.3　勞役工食

【折夫】、【折夫銀】因未服勞役折價徵收的銀兩。

> 竊照淮安河銀內有折夫壹項，歲額共銀壹萬陸千陸百零肆兩參錢貳分捌釐伍毫，起於故明萬曆年間，出自概淮牙行。（17/9223b）又仙村陳項展等折夫銀貳拾肆兩。（17/9431a）

《世宗憲皇帝硃批諭旨‧硃批憲德奏摺》：「照依江南河工歲夫折銀之例官徵官解，給以由票，此項折夫銀兩不加火耗，永爲定例。」《大清會典則例‧工部》：「順治十二年定，令河臣嚴察河工官吏扣折夫食以蘇民困。」《世宗憲皇帝硃批諭旨‧硃批慶元奏摺》：「此缺額之內尚有折夫銀一千二百餘，兩應州縣分徵彙解。」清傅澤洪《行水金鑑‧河道錢糧》：「一，折夫銀五千五兩七錢六分三釐六毫五絲六忽，又遇閏月加銀四百一十七兩一錢四分六釐九毫七絲一忽三微三

纖四沙，共銀五千四百二十二兩九錢一分六毫二絲七忽三微三纖四沙。」亦其例。考「折夫」的得名之由，檔案材料如是表述：「蓋以牙利取之商船，而商船必由河道，緣淮安額夫甚少，故今概行出夫協挑也。後因各夫供役不前，改令納銀，官爲募夫，遂名曰折夫。」（17/9223d）

【腳力錢】搬運費。

> 往時見役催里長，里長催花戶，近多用衙役執催單，所索酒飯錢、腳力錢又有捱限錢，常倍於本貧戶之正銀者。（1/271d）

亦作「腳力」如《元典章・戶部八・契本》：「年例戶部行下各處和買紙札印造發去辦課，緣大都相去地遠，不惟遲到，恐誤使用，抑亦多費腳力。」「一、本官票行楊弘勳買海味，立逼各船戶自買自解魚蝦，約值二百兩價銀，腳力分文不給。」（19/10729a-b）

【腳價銀】搬運費。

> 又應用騾拾頭，據騾頭丁章供，每頭應給腳價銀壹拾捌兩。（6/3397d）

亦見於《平定金川方略・三月丁亥》：「現在內地運糧自雅至爐十三大站山程陡峻，每夫背米五斗給腳價銀一兩三錢二分五釐，其餘州縣道路平坦者給腳價銀五錢，概無食米。」《榆巢雜識・運辦洋銅》：「照例定限一年，運回交局，每百斤給腳價銀十四兩，回時具領。此乾隆八九年間事。」亦作「腳價」，如唐陸贄《冬至大禮大赦制》：「如山路險阻，車乘難通，仍召貧人，令其般運，以米充腳價。」「腳價係血力金錢，庫胥筭額辦賦稅一任蠶蝕，又何計當鋪之不噬及也？」（9/4935b-c）

【血力】辛勤的勞動。

> 腳價係血力金錢，庫胥筭額辦賦稅一任蠶蝕，又何計當鋪之不噬及也？
> （9/4935b-c）

《續金瓶梅》第六回：「即如種田出力、做官享俸、做生意取那江湖之利、做匠役得那血力之財，原不消去害人。」〔註186〕亦其例。《大詞典》首引《辛亥革命前十年間時論選集・論中國商業不發達之原因》：「彼此不相救，有無不相通，

〔註186〕〔清〕紫陽道人撰；徐學清整理：《續金瓶梅》，中州古籍出版社1993年版，第49頁。

其所得之財產，亦不過吸數十百萬華工之血力而得之。」

【行月】明清軍隊和漕運兵丁的月餉稱月糧，執行任務開拔時加給的

稱行糧。行糧和月糧合稱行月糧或行月錢糧，省稱行月。

如正糧已完而行月不給者，官以誤漕參處，吏以侵剋究罪。（4/1735c）

一、運糧急需行月夫，行月二糧乃旗軍安家糊口外水工食之資。

（4/1735a）自去年拾壹月內起至今秋止，或指催糧，或指公費，或查

艙口，或提行月糧參修輕齎等銀種種，多端節次行詐。（13/6931c）

文獻中多作「行月糧」，如《神宗實錄》卷四八七：「現在米與舟脫卸而去，
且無論行月糧及耗米，即正糧中侵盜插和，何所不至？」〔註187〕明楊宏、謝
純《漕運通志・漕例略》：「將行月糧或借債或盜支，官糧挪移，輕賫打發，
年年虧糧累債，多因於此。」〔註188〕是其例。據李文治等考證，月糧糧額大
抵每月 0.8～1.0 石不等，行糧是出差津貼，每名每年 2.4～3.0 石不等。清初
制定折價政策，其中一半給米，一半折合銀兩，謂之「半本」、「半折」。行糧
月糧折價因省各異，每石折銀，多者 0.5 兩，少者 0.3 兩。〔註189〕《大詞典》
首引清馮桂芬《與趙撫部書》：「兵米運費無幾，行月平價論折。」

2.2.4 制度文書

本節討論的詞語上自皇帝的聖旨，下至平民日常生活中的票據憑證，這類
詞語反映了當時維繫社會正常秩序的措施與手段。特別是引票制度，折射了清
代開國之初對茶馬、食鹽貿易的高度重視，意在加強控制以圖長治久安。

【規例】慣例。

不已古器清翫，繼之土產備物；不已海錯方珍，繼之甚有假夫價、書
帕、折程之名色，紫百盈千，筐筐饋獻，沿習已久，竟成規例。
（1/385d-386a）

〔註187〕 李國祥，楊昶主編：《明實錄類纂・經濟史料卷》，武漢出版社 1993 年版，第
837 頁。

〔註188〕 〔明〕楊宏，〔明〕謝純撰；苟德麟、何振華點校：《漕運通志》，方志出版社
2006 年版，第 169 頁。原文標點有誤，據語意改。

〔註189〕 李文治，江太新著：《清代漕運》，中華書局 1995 年版，第 221 頁。我們認為
主要是按各地糧食當時行情折價。

該詞亦見於明文秉《烈皇小識》卷五：「黃應恩既充正字，又充侍書，則以淄川從外入，不諳衙門規例。」《飛龍全傳》第二回：「論起充軍規例，必須使他賤役，庶於國法無虧；若論年家情誼，又屬不雅。」《紅樓夢·第二十三回》：「賈璉便依了鳳姐主意，說道：『如今看來，芹兒倒大大的出息了，這件事竟交予他去管辦。橫豎照在裏頭的規例，每月叫芹兒支領就是了。』」《大詞典》首引《說岳全傳》第十一回：「這是店主人的規例，凡是考時，恐他們來得早，等得飢餓，特送他們作點心的。」

【清法】清明的法令制度。

呈詳到職，該職看得，畢維地等貪心媒利，罔畏清法。（7/3829b）

陳恒慶《諫書稀庵筆記·徵稅禍》：「民國成立，一變清法，徵地丁則附加之外，又有附加，已加至十之五六，且有新學在位者，貢獻妙策，清丈地畝，多一分地即增一分之糧。」〔註190〕

【茶馬】中國古代以官茶換取青海、甘肅、四川、西藏等地少數民族馬匹的政策和貿易制度。

但念今日茶馬大與昔殊，昔於產茶地方召商中茶以易蕃馬，今蜀楚未通，雖漸次終歸底定，而目下民逃商絕，安得有茶？（3/1127c）捧讀敕書，開載：文武屬員有與茶馬相關及勢要敢犯私茶、私馬禁例者，聽爾指實舉劾。（17/9227b）

以茶換馬的交易制度始於唐代，元代曾中斷，明清兩代沿襲，清代中期停止〔註191〕。《新唐書·陸羽列傳》：「其後尚茶成風，時回紇入朝，始驅馬市茶。」《淵鑑類函·設官部四十九·都大提舉茶馬一》：「袁黃《羣書備考》曰：自唐回紇入貢，已以馬易茶。宋人始置茶馬司，明興，於四川置茶馬司一，陝西置茶馬司四。」

又作「茶法馬政」，如「如西安府推官劉翊聖莅任之後，嚴飭所轄州縣，加意巡緝販徒飲跡，大有裨於茶法馬政。」（35/20037b）亦見於宋許翰《襄陵文集·范秘趙子游轉官制》：「要在取官而無愧於國，茶法馬政行於秦蜀，爾等實

〔註190〕沈雲龍編：《近代中國史料叢刊》406《諫書稀菴筆記》，文海出版社，第96頁。

〔註191〕參見關立勳主編，黎瑩等卷主編：《中國文化雜說》第九冊《茶酒文化卷》，北京燕山出版社1997年版，第524頁。

贊使事以濟辦聞。」明黃訓編《名臣經濟錄‧徐蕃〈陝西馬政四〉》:「臣見往者陝西茶法馬政提督未有專員,孳牧或兼於都堂,茶課則委之御史。」

【保甲】本指統治人民的戶籍編制,引申為居民組織。

　該職看得:時至冬月,賊盜易生,凡嚴行保甲以弭盜源,設快馬巡緝以便擒捕。(3/1387d-1389a)一,本官指查保甲,向割麥並東木等村共肆拾貳村每村詐銀伍柒錢不等,共約銀貳拾餘兩,積皂曹斗金、閻明孝過送。(17/9696b-c)除滿州外,凡屬漢民盡行編牌,設立保甲貳拾貳處,其編寫拾家戶入冊者,投遞多半在案,惟有周家甫村屢行催取戶冊,抗違不服。(36/20267b-c)

亦見於《皇朝文獻通考‧戶口考一》:「凡保甲之法,州縣城鄉十戶立一牌頭,十牌立一甲頭,十甲立一保長。」《清會典事例‧兵部‧保甲》:「國初定,凡州縣鄉城,每十戶立一牌頭,十牌立一甲長,十甲立一保正。」《清史稿‧食貨志一》:「世祖入關,有編置戶口牌甲之令。其法,州縣城鄉十戶立一牌長,十牌立一甲長,十甲立一保長。」據此,保甲制度由三級組成:牌頭、甲頭(長),保長(正)。《大詞典》首引《清朝文獻通考‧戶口考一》。

【平考】清時官吏年終需經考核,根據業績等劃分等級。平考指官員業績平平,獲得考核成績為「平」一等的評語。

　昨據該道印冊開報,原係平考,並無事蹟,臣隨於計冊之中酌注「平易」壹語。(5/2363b)

【嚴綸】聖旨。

　看得華允誠以明季之廢紳,罔遵我朝之制度,全然蓄髮不剃,違悖嚴綸。(8/4088a)奉有嚴綸,敢不細加研質?務得受贓實據以成鐵案。(8/4517a)

《禮記‧緇衣》:「王言如絲,其出如綸。」據此喻「綸」為皇上的旨意,如南朝梁江淹《為蕭讓九錫第二表》:「而帝閽以祕,綸誥方明。」明孫傳庭《白谷集‧附請陛見原疏》:「伏念臣自督師役竣,屢多舛謬,數奉嚴綸,九死餘生,不堪震疊,徬徨憂懼,無以自容。」《平定三逆方畧》卷六十:「當是時,皇上絫降嚴綸,趣湖南諸將速行攻擊。」亦其例。

【紅本】清制，凡內外進呈的本章，經皇帝裁定後由內閣用朱筆批發，稱紅本。

> 職方清吏司案呈奉本部，送御前發下紅本。（7/3651b）浙江清吏司案呈奉本部送刑科，送到密封紅本。（27/15129b）順治拾伍年伍月貳拾捌日，准刑部咨廣東清吏司案呈奉本部，送刑科，送到密封紅本兩廣總督王國光題議西寧縣桂可培招由。（32/18183b）

《大清會典則例‧都察院二》：「一，六科接本，順治年間定：凡紅本批發到內閣日，以給事中一人赴內閣祗領，分發各科。」《世宗憲皇帝硃批諭旨‧硃批傅泰奏摺》：「內開：雍正七年三月初六日，內閣發出紅本三十四件。」亦其例。《大詞典》首引《清會典‧事例十四‧內閣職掌》，清龔自珍《上海張青珊文集序》：「嘉慶二十一年，治河方略館內閣，借順治朝及康熙初紅本備考核，館不戒於火，紅本燬，嗣是內閣求順治典故難。」

【憲票】泛指上司頒行的公文。

> 隨奉撫院祖副都御使憲票，並發河間府，會同刑官並河間縣公同會審。隨據該府廳縣因二陳等係逃人，莊頭不便刑訊。（34/19165c）今於拾壹月拾壹日蒙本道票，蒙本院憲票，准兵部咨查逃人李迎春到職，即差把總官張瑋督率各兵，四散挨查各村。（36/20267d）致蒙總督直省李尚書差官李萬輝等持有憲票提取前賊，諭令親身押解。憲票到縣，即應遵憲起解為是，又不合皇惑遲疑，抗不申解。（27/15314d）

明張內蘊、周大韶《三吳水考‧明周大韶〈吳江縣河工議〉》：「一日預給憲票以絕加賦之疑，夫塗田納價本為糧輕，許以糧輕而無憑據，何以示信？」清毛奇齡《西河集‧請罷修三江閘議》：「其合行合止諸一切事宜自具驗狀，何庸下議？乃猶發憲票。」亦其例。《大詞典》首引清黃六鴻《福惠全書‧蒞任‧稟帖贅說》：「卑職荷老大人憲票，諭領糧斂銀兩，隨具稟付憲役回報矣。」

【迴文（回文）】上級回覆的公文。

> 計單開一件，因親叔蓋希聖往山海關解銀，欲姦叔妾盧氏，嗔聖嫡妻欒氏提防，心生機謀，捏說本縣急要迴文，使伊腹心附役賈亮將欒氏縛鎖到縣，乘隙強姦盧氏。（2/484a）

「回文」係明清習語，明安遇時《包龍圖判百家公案》卷一：「次日，發遣人役

往雲南公幹，承行吏名湯琯，竟去雲南省城，投下公文，宿於公館，候領回文，不覺遲延數日。」明佚名《明珠緣》第二十五回：「回文批道：『劉鴻儒既以妖言惑眾，該縣速行拿究，毋得緩縱。九龍山系鄒縣地界，現在缺員，著該縣暫署，便宜行事。』」李岳瑞《春冰室野乘·紀歙鮑烈士增祥事》：「二胥猶不知，日盼金陵回文至，決許、程於市。」亦其例。亦作「批回」，如明潘季馴《潘司空奏疏·完銷積欠疏》：「有各官曾經追扣旗軍月糧解交各該把總驗，有關防、印記、批回。」「費琦雖解運未回，如有掛欠未完，批迴未銷，即便通申拘留家屬追比，等因。」（20/11422b）「一，本官奉縣追比，未獲批迴，需索解役公禮錢每名三百文，解役八名，共得錢二千四百文，郭守才等證。」（25/13953b）

【招告】告示。

> 金知縣執性閉門，不容相見，出示招告，將前多人事蹟備加風聞數端，共列肆拾柒款，具揭奔鳴各上司。（25/14185d-14186a）

《世宗憲皇帝硃批諭旨·硃批福敏奏摺》：「臣等於二十一日抵保定府即檄提曾逢聖各案文卷及案內應審人犯，一面多寫告示遍發曾逢聖歷任正署地方，張掛招告去後。」《世宗憲皇帝硃批諭旨·硃批王士俊奏摺》：「將黃元捷之壻蕭明出示招告，治以重罪。」《繡鞋記》第十六回：「邑宰出示招告後，其被害之家有以霸田土，有以占房屋，有以奸拐婦女，有以挖骸勒贖等事紛紛具控，不一而足。」〔註192〕亦其例。

【票文】舊時官方為某具體目的而填發的固定格式的公文，官吏執行時持為憑證。

> 矧查上年八月內接奉院臺票文：凡係已撤衙門房屋田地，俱應入官。（2/711c）如遇本鎮家丁經過，該府查有票文，止許應付料草、鍋灶，在於關廂駐歇，勿令入城，恐有假詐。（4/1701d）

《世宗憲皇帝上諭內閣》卷二：「若無票文生事犯法者，著朝鮮國即照伊國法懲治。」《大清會典則例·禮部》：「（康熙）五十六年覆准：內地人民嗣後或飄風至朝鮮國，有票文未生事者仍照例送回；若並無票文私自越江生事，許該國王緝拏，照其國法審擬，咨明禮部請旨。」《廣東通志·編年志二》：「無

〔註192〕〔清〕烏有先生：《繡鞋記》；載林鯉主編：《中國秘本小說大系》，中國戲劇出版社1992年版，第68頁。

號票文引及私製二桅以上大船往外洋貿易者，俱真重典。」亦其例。亦作「官票」，如《醒世恒言·兩縣令競義婚孤女》：「李牙婆取出硃批的官票來看：養娘十六歲，只判得三十兩；月香十歲，倒判了五十兩。」「商人自備工本人力以撈鹽，每百引為率，內分柒拾引為官鹽，每拾引令本商納課銀參兩貳錢；內分參拾引抵作商人工本，不納課銀，止給官票以別於私鹽，此商鹽也，用引兼用票也。」（2/855c-d）亦作「牌票」，如明胡宗憲《籌海圖編·經略二·勤會哨》：「其會哨官軍船隻須各給字號牌票，以防奸細混雜為姦，並註到銷日期以杜偷玩。」「不合聽信衙役撥置，凡行牌票妄於年月上用硃筆押寫印字。〔註193〕」（8/4021a-b）

【硃票】具有官方命令性質的文書。

> 餘下米石盡發毛萬珍藏貯地名地名橫巖崗，變價入己。取獲催派米穀硃票貳紙存案。（22/12318d）有原任福州通判今被毆死周才首先僉名，詞內備陳啓元惡跡，致啓元忿怒，遂批硃票差惟龍擒拿。（23/13052a）

該類文書用硃筆填寫，故稱。亦見於明王樵《方麓集·勘覆誠意伯劉世延事情疏》：「卻令未到官次子劉尚質，就不合依聽，持硃票帶領鮑週並在官家人鮑忠及在逃倪榮龔禮吳祿等多人，各不合依聽，希圖搶財。」《江南通志·食貨志·鹽法·太倉州》：「（限）單四角標平上去入字樣以便驗截，院為驗對前票俱符，即印單發道給商，商乃以限單同紙硃票於庫領引。」「硃票」為「硃筆官票」的縮略。《大詞典》「硃筆官票」謂「舊時官府用朱筆寫的傳票。」引《二刻拍案驚奇》卷七：「公人得了密票，狐假虎威，扯破了一場火急勢頭，忙下鄉來，敲進史家門去。將硃筆官票與看，乃是府間遣馬追取秀才，立等回話的公事。」在本語境中訓釋是吻合的，但上述例句首例的「硃票」係催派米穀的公文，顯然不能與「傳票」劃上等號，因此在釋義上似乎應更概括，訓為「具有官方命令性質的文書」更妥。

〔註193〕從命名理據觀察，「牌票」凸顯的是官府公文的體式「牌」，「官票」凸顯的是公文的僉發機關「官府」，「硃票」凸顯的是官府公文的特別書寫工具「硃筆」，雖用字不同，仍收「異曲同工」之妙。還可避免行文的重複，如例句「不合聽信衙役撥置，凡行牌票妄於年月上用硃筆押寫印字。」（8/4021a-b）中已明確標以「用硃筆」，故前文不用「硃票」而用「牌票」。

【印單】蓋有官印的憑證。

> 職等查得，新奉明旨：邊境缺馬，須有兵部印單，明注衙門、姓名、銀馬數目及易買地方，方准市買。（6/2941b）（巡茶吳御史）見（焦）三傑趕馬數多，隨即盤詰，未奉兵部印單，只執馬總鎮紙牌壹張，知係冒名私販。（12/6731c）

《世宗憲皇帝硃批諭旨·硃批陳世倌奏摺》：「臣亦未敢擅便，合將原開印單一並奏聞，恭請皇上批示遵行。」《大清律例·兵律》：「一，奉差員役至頭站時，該驛員即將應背之包秤準觔數，開明印單，遞送前途其每夜住宿之站，該驛員詳加查估。」亦其例。

【印票】蓋有官印的憑證。

> 臣思畫一之法，莫如令花戶自封投櫃，或鄉村百姓往來遙遠本戶中有家長可收而納之，州縣給一印票，以便取信於本戶。（2/521d）貳拾壹保里書交納花戶印票証。（14/7656a）黃傑說道：「我認得饒平吳六奇標下才官葉春，我們裝做買賣人，到饒平對葉春只說做買賣去，向吳六奇討印票。」（26/14625d）

亦見於明佚名《明珠緣》第二十一回：「還給我紅封印票，今現收著，他的人多哩。」石玉昆《七俠五義》第六十八回：「且說蔣、韓二位來到縣前，蔣爺先將開封的印票拿出，投遞進去。」《清史稿·冷鼎亨列傳》：「尋調鄱陽，值大水，發賑親勘給印票，盡除侵蝕舊習。」《大詞典》首引《清會典事例·戶部·給印票執照》：「雍正十三年定：凡八旗在京官員兵丁閒散另住戶下人等，均令該佐領給與印票，開明各年貌家口，以備街道步軍尉查驗。」

【由票】販運貨物的憑證。

> 拾壹堡花戶由票証。（14/7656b）

亦見於《明史·食貨志·茶法》：「明初嚴禁私販，久而奸弊日生。洎乎末造，商人正引之外，多給賞由票，使得私行。」《清史稿·徐本列傳》：「又疏言：『州縣徵糧，例由府道封櫃，請改州縣自封。完糧十截串票改仍用三連由票，零戶銀以下以十錢當一分。』」亦作「單票」，如明溫純《溫恭毅集·重宴賜以撫遠人疏》：「其餘如朝鮮等國職官，每桌立一單票，明開件數、觔兩，預令館夫報名填票交送。」「希惟貴部轉為奏請，准赴西寧購買，仍移兵部發給買馬單票，

庶進剿急需少可有裨矣，等因。」（15/8445c）

【引票】通行的憑證。

> 盤獲闖關漢人貳名柴棲鳳、柴棲金並馬貳匹，帶滿字木牌肆面，口稱係宣府撫院差官，竝無過關引票。（5/2285b-c）

該例的下文云：「夫朝廷設關禁以稽出入，正所以清奸宄也。故奉差員役必齎公文，即臣偶有家人回籍，亦必給以路引。何物柴棲鳳等違禁闖關，詢其無公文、無關引，則為假冒可知。」（5/2285c-d）可證「引票」即「關引」。《大詞典》「引票」謂「運銷引鹽的票據」，引《清會典事例·戶部·鹽法》：「（乾隆）五十三年議准，長蘆各引票通行直隸、河南，鹽價每斤加制錢二文，以資轉運。」儘管與其所引例句文意吻合，但義域過窄，概括性似嫌不夠。

【關引】通過關口的憑證。

> 夫朝廷設關禁以稽出入，正所以清奸宄也。故奉差員役必齎公文，即臣偶有家人回籍，亦必給以路引。何物柴棲鳳等違禁闖關，詢其無公文、無關引，則為假冒可知。（5/2285c-d）

亦見於《經世文統編·徐鼐》：「有盜劫則執關引告官，請追捕如例。」《大清會典事例·吏部》：「督漕科經承一人，關引科經承一人。」

【部單】蓋有六部官印的憑證，本處指蓋有兵部官印的憑證。

> 無有部單，係涉私買，因驗有寧夏胡巡撫號帖及蘇御史給票，已送該鎮去訖。（6/2941c）

亦見於清于成龍《請免河間災民估買房地疏》：「如照部單所開之價勒令種地貧民承買，萬難完納。」〔註194〕此為戶部印單。《四川通志·木政》：「內開：該臣等查得四川巡撫韓世琦疏稱，照部單所開之數逐一加算，共得合式楠木四千五百零三根。」此為工部印單。

【計冊】古代州郡向朝廷總結彙報情況的簿冊。

> 昨據該道印冊開報，原係平考，並無事蹟，臣隨於計冊之中酌注「平易」壹語。（5/2363b）

〔註194〕〔清〕于成龍《於清端政書》卷五。

亦見於《大清會典則例》卷二十一：「（康熙）十五年議准：凡官員將慶賀表文、計冊舛錯或遺漏不奏或遺漏字樣及藉端推諉或遲延及不差的當人途中躭誤以致水火盜失者，皆罰俸一年。」《大詞典》首引清黃六鴻《福惠全書・典禮・朝覲大計》。

【印冊】古代州郡向朝廷總結彙報情況的簿冊。

> 昨據該道印冊開報，原係平考，並無事蹟，臣隨於計冊之中酌注「平易」壹語。（5/2363b）

該句上文稱「印冊」，下文代之以「計冊」，可證二詞同義。亦見於《世宗憲皇帝硃批諭旨・硃批李衛奏摺》：「臣並越陞藩司後，續收前項銀兩及一應支放出兵暨各宗公務動用細數俱有庫官經手造報印冊，轉申督撫即藩司，鹽道衙門亦有存案庫冊。」《大清律例・吏律》：「一，在京各衙門凡關錢糧刑名案件，每年八月內彙造印冊送京畿道刷卷，有遲錯者察參。」

【散戶由】各民戶賦稅定額的憑證。

> 今赤曆多不由道府印發矣，里長領散戶由，前開應徵則例，後開本戶地糧，照單封納。（1/271b）

「由」為「由票、由帖、由單」的簡稱。如「拾壹堡花戶由票証。」（14/7656b）明潘季馴《潘司空奏疏・遵照條編站銀疏》：「通計壹歲用銀若干，止照丁糧編派，開載各戶由帖，立限徵收，在官分項解給。」又作「戶由」，明黃訓編《名臣經濟錄・明方日乾〈題為撫恤屯田官軍事〉》：「查得紅牌事例，承佃故軍田地，戶由每戶不過二分。」《明會典・戶部六・事例》：「其已成家業願入籍者，給與戶由執照，仍令照數納糧。」

【催單】催徵賦稅的由單。

> 往時見役催里長，里長催花戶，近多用衙役執催單，所索酒飯錢、腳力錢又有捱限錢，常倍於本貧戶之正銀者。（1/271d）

「單」有「記載事、物的紙片或票證」義。如宋胡太初《晝簾緒論・聽訟》：「令每遇決一事……不若令自逐一披覽案卷，切不要案吏具單。」

【照身】表明身份的證明文件。

> 有不在官饒凌虛一向為賊，去年投誠，託在官保家余中惺引進，求

（楊）薦代爲請示照身。(10/5535c)

同則材料下文稱「（楊薦）方代請本縣告示貳張，趙參將告示壹張。」(10/5535c)
饒凌虛請示照身，實爲請示該縣以告示形式表明其已投誠的身份。亦見於《世
宗憲皇帝硃批諭旨‧硃批高其倬奏摺》：「蘇祿國王親諭以聖明在上，遠慕德化，
欲圖進貢，不識水路，命子民同伊國臣阿石丹並通事楊佩寧貢土產前來，以子
民爲嚮導，給有番衙照身。」清張勇《張襄壯奏疏》卷三：「臣查成例有戴罪圖
功之條，遂給以免死照身，令其勦賊以自贖。」

【照身票】供查驗身份的證件。

> 據稱：一名李信，一名吳梓，係鄭家人，去年肆月拾參日從廈門起身
> 上京，今回南，有照身票見在。等語。(22/12427b-c)

《福建巡撫佟國器揭帖》：「據稱：一名李信，一名吳梓。係鄭家人。去年四月
十三日從廈門起身上京，今回南，有照身票見在等語。隨帶進城，移解兼攝分
守福甯道林僉事查驗，箱內所藏京回書箚甚多，未便開拆。」〔註195〕《南贛巡
撫佟國器密揭帖》：「但林懷、陳春投見時，齎鄭芝龍告示、家書並照身票赴驗，
希圖放行。」〔註196〕同文：「其陳春，於清湖相遇林懷，即頂照身票內吳偉之
名投見。」〔註197〕亦其例。

【失單】被竊、被劫或失落的財物的清單。

> 臣以王七夥劫劉偕春、金振宇家贓物，失主金振宇認非己物，劉偕春
> 失單未載，夥盜俱故，質證無人，兩次劫贓無一確據，改斬擬徒矜請
> 前來。(29/16580c-d)

《型世言》第三十六回：「馮外郎就在本府經歷司遞了張失單。杜外郎也來探
望，亦勸慰他。」〔註198〕《世宗憲皇帝硃批諭旨‧硃批袁立相奏摺》：「太原
省城學院衙門內於九月初三日晚被盜，有學院發下陽曲縣失單，內開皮棉衣
服及紬緞等物，理合報明。等因到臣。」亦其例。《大詞典》引《古今小說‧
臨安里錢婆留發跡》：「次日，王節使方到，已知家小船被盜。細開失單，往

〔註195〕《明清史料》甲編第四本 355 頁。

〔註196〕《明清史料》丁編第二本 157～158 頁。

〔註197〕《明清史料》丁編第二本 157～158 頁。

〔註198〕〔明〕陸人龍著：《型世言》，遼寧古籍出版社 1995 年版，第 354 頁。

杭州府告狀。」

【公結】眾人寫給官府的擔保文書。

> 雖據其口吐如此，未敢懸定，合無再行西華取闔邑鄉紳士民之公結以定此人之行徑。（8/4307d）及周才死，伊妻李氏縣告，並無（林）炎名，紳衿吳士燿等公結與身亦無干涉，李氏續詞控道，被土宄黃拔甫、葉明垣挾仇唆添炎名。（23/13054d）

《世宗憲皇帝硃批諭旨·硃批潘體豐奏摺》：「務選老成正直農民，取具約正族鄰公結，該州縣驗明給照委充。」清楊英《從徵實錄》：「茲特著各提督、統鎮再加察選，將領要以膽勇爲上，束兵次之。互相公結，如有十分膽勇，不敢保結，即詳換補。」〔註199〕《海公小紅袍奇案》第十六回：「當堂紳衿耆老皆出公結，保伊叔侄爲良。」〔註200〕亦其例。

【印結】蓋有印章或手印的保證文書。

> 取具各該管地方甘結並本縣印結申解到府點解間，止拘獲見在被害張子孝、徐明寰、張魁梧、馬棟宇、范應奎、王宣、吳國興等。（8/4017d-4018a）今據見任吏目龔錦親驗，屍骨確眞，取有知州李月桂印結可據，似無扶隱之情。（18/10249b）因犯馬寰病故既經該縣查驗，竝無別故，取有印結。（29/16162a）

「結」表示「負責或承認了結的字據。」如《後漢書·劉般傳》：「又以郡國牛疫，通使區種增耕，而吏下檢結，多失其實，百姓患之。」《仁皇帝親徵平定朔漠方略》卷三十四：「（貝勒羅卜臧）覆云：本旗人員甚貧，而去年又復田穀無收，坐馬口糧全無是實。出具印結前來。」清梁紹壬《兩般秋雨盦隨筆·緩葬》：「舉人進士親喪未葬者，不准入官。凡考試銓選，俱令地方官具印結，鄰里具甘結，方爲合例。」亦其例。《大詞典》首引《清會典事例·吏部·投供驗到》：「初選官，投互結並同鄉京官印結。候補官，止投原籍印結及京結。」

【印信甘結】蓋有印章的保證文書。

> 今據該縣確查明白，委係病死，竝無別故，取具印信甘結到府，擬合

〔註199〕參見孔昭明編：《臺灣文獻史料叢刊》第 6 輯 120《從征實錄 靖海紀事》合訂本，臺灣大通書局 1987 年版，第 125 頁。

〔註200〕〔清〕佚名著：《海公小紅袍奇案》，法律出版社 1998 年版，第 75 頁。

呈報，等因。（29/16161d-16162a）

「印信」指「公私印章的總稱。」如唐元稹《酬樂天東南行詩一百韻》：「斂縉偷印信，傳箭作符繻。」清《居易錄》卷二十七：「諸撫臣王繼文、王起元等先後上疏請照逃人例案緝，每年終出具印信甘結。」《歷代職官表・土司各官表》：「順治初，定土司承襲由督撫具題，將該土司宗圖親供司府州鄰印信甘結及舊敕印號紙送部，親身赴京兵部查驗明確方准承襲。」亦其例。

【不扶甘結】保證不虛假的交給官府的畫押文書。

> 本役帶拘各保正汪保一、宗勝等結報，何四壽、汪廷聘貳犯並無妻孥家產房地，各具不扶甘結，等因。（19/10432d）據趙知州申稱：親詣屍所檢驗明白，取具仵作、土工各不扶甘結報廳。（29/16569a-b）

明呂光洵《水利工計款示》：「每夫十名或二十名，取具各該都圖、糧塘、里老不扶甘結一紙。」〔註201〕清孫承澤《春明夢餘錄・禮部一》：「各該衙門查係在冊人數，取其官吏里鄰不扶甘結起送赴部，聽候選用。」《醒世姻緣傳》第十三回：「差人尋了地方保甲來到，驗看了明白，取了不扶甘結，尋了一領破席，將屍斜角裹了，用了一根草繩捆住，又撥兩個小甲掘了個淺淺的坑，浮土掩埋了，方才起身又走。」〔註202〕亦其例。

考《說文・手部》：「扶，左也。」引申爲「依附」，如《釋名・釋言語》：「扶，傅也，傅近之也。」《漢書・天文志》：「晷，長爲潦，短爲旱，奢爲扶。」顏師古注引晉灼曰：「扶，附也。小臣佞媚附近君子之側也。」〔註203〕爲達「依附」目的，難免人云亦云，言語虛假。而「傅」本有「誣陷、捏造」義，如《史記・循吏列傳》：「李離曰：『臣居官爲長，不與吏讓位，受祿爲多，不與下分利。今過聽殺人，傅其罪下吏，非所聞也。』」《新唐書・蕭遘傳》：「田令孜受溥金，劾損，付御史獄，中丞盧渥傅成其罪。」因此，「不扶」即「不捏造的」。此外《大詞典》「扶同」謂「夥同」，釋義不夠顯豁，不如訓爲「夥同捏造」。

〔註201〕參見〔明〕張國維《吳中水利全書》卷十五。

〔註202〕〔清〕西周生撰：《醒世姻緣傳》，上海古籍出版社 1981 年版，第 194 頁。

〔註203〕參見《大字典》，第 1833 頁。

【結領】交給官府的表明已經領取錢物的畫押字據。

　　檢畢屍，令屍親領收外，取有結領在卷。（20/11167d）熊誠四在監患病，調治不痊，於拾年拾月貳拾捌日身故，批委本縣捕衙相埋，取有仵作土工結領在卷。（34/19259b）

【封筒】封套。

　　至印信、封筒廳勘未曾說出，再駁徒滋往返。（8/4107b）

清西湖漁隱主人《歡喜冤家》第十回：「只見一個小使，拿了一個封筒走上樓來道：『相公，有人請你。』」〔註204〕《型世言》第二十九回：「徐外郎道：『所事今早已僉押用印，我親手下了封筒，交與來勾差人，回是戶絕了。』」〔註205〕亦其例。《大詞典》首引《初刻拍案驚奇》卷十：「當下開了拜匣，稱出束修銀伍錢，做個封筒封了，放在匣內。」

【封袋】即封套。

　　玖月初參日張二將一個封袋拏來寄在我家。（29/16474d）

清陳元龍《格致鏡原‧文具類一》：「今之用紙非表白彔羅紋牋則大紅銷金，紙長有五尺，闊過五寸，更用錦紙封袋遞送，奢亦極矣。」清孫承澤《春明夢餘錄‧禮部二》：「況既名上供難以退出，原有封袋難以折除，合無收貯該署作正公用或准下年該解之數。」《大詞典》首引于伶《七月流火》第七場：「拆開電報封袋，是一張蓋有新四軍正式關防的收據。」

【當票】當鋪所開的載明抵押物品、抵押銀錢數目、期限的票據，押款人在期限內憑以贖取抵押品。

　　藍布單袍子當在高碑店劉家當鋪，有當票見在。（14/7926b-c）皮拜匣壹個，小犀角盃壹隻，碎珠、銀皮、銀筆管、當票共壹封。（23/12954d-12955a）

《二刻拍案驚奇》卷一：「終久是相府門中手段，做事不小，當真出來寫了一張當票，當米五十石，付與辨悟道：『人情當的，不要看容易了。』」《世宗憲皇帝

〔註204〕〔清〕西湖漁隱主人撰；於天池，李書點校：《歡喜冤家》，北京師範大學出版社1992年版，第170～172頁。

〔註205〕〔明〕陸人龍著，《型世言》，遼寧古籍出版社1995年版，第310頁。

硃批諭旨·硃批樓儼奏摺》：「委廳員往搜贓物，起出軟甲、籐牌、器械、鎗礮等件，凡鎗礮俱裝火藥，並金銀首飾細緞服物甚多，當票二紙。」是其例。亦作「當票子」，如《明珠緣》第十五回：「七官見人去了，也家來走跳，手中拿幾張當票子，到樓上來道：『受這蠻奴才無限的氣！』」《大詞典》首引《紅樓夢》第五七回：「你且回去把那當票叫丫頭送來，我那裏悄悄的取出來，晚上再悄悄的送給你去。」

【寫約】簽立的合約。

> 原欠下絲價參百兩，我未曾與他，劉謂等來討，我隨將玖間房屋契、壹紙寫約當在他處。（20/11136a-b）

「寫」有「立約租賃」義，如《醒世恆言·蔡瑞虹忍辱報仇》：「蔡武次日即教家人蔡勇，在淮關寫了一隻民座船。」同則檔案材料下文「況先立約與他，有何吞騙情由？」（20/11136b-c）亦可資佐證「寫約」為「簽立的合約」。

【地契】買賣土地時所立的契約。

> 刑部左侍郎臣阿拉善等謹題，為私稅地契事。（8/4415b）

《型世言》第二十五回：「就叫鄭氏報，一個書手寫：……聘銀四錠十六兩，田契二張，桑地契一張。還有一時失記的。」〔註206〕清梁恭辰《北東園筆錄續編》卷一：「值衢州河漲，溺斃人口無算，翁以地契質富家，得錢若干，救活者頗多，事過而田已去其三之二。」〔註207〕《彭公案》第三十八回：「我打算要不是下雨可以把地契帶著，連細軟之物，帶家眷逃生。」〔註208〕亦其例。《大詞典》首引劉白羽《寫在太陽初升的時候》：「我把地契一歸總交給政府，說我離不開火龍溝了。」

【欠帖】欠條。

> 志和又不合違禁置買民房，彼時止交見銀捌拾伍兩，餘銀伍拾兩志和立有欠帖，今審驗明附卷。（18/10054c-d）

〔註206〕〔明〕陸人龍著：《型世言》，遼寧古籍出版社 1995 年版，第 246 頁。

〔註207〕〔清〕梁恭辰：《北東園筆錄續編》，參見《清朝野史大觀》，江蘇文廣陵古籍刻印社 1998 年影印版，第 120 頁。

〔註208〕〔清〕貪夢道人著；白莉蓉、張金環校點：《彭公案》，齊魯書社 1995 年版，第 115 頁。

亦見於清無名氏《綠牡丹》第十一回：「賀世賴道：『門下無業無家，這多銀子與門下，叫門下收存何處？大爺只寫張欠帖與門下就是了。』」〔註209〕亦作「欠約」，如清李百川《綠野仙蹤》第四十四回：「我（苗禿）已與他們說過：講倒買賣，當日現交五百銀子；下欠九百，幾時與他騰了房子再交。還要與你立一張欠約。」〔註210〕

2.2.5　詞訟案件

【招冊】記錄案件始末、犯人供詞等的冊子。

　　續奉前旨，又經郎次行催據鎮江府丹徒縣呈送，審錄重囚各文卷招冊。（21/11529c-d）今據井陘道副使張肇昇呈送眞定縣重犯招冊一件人命事，犯婦一口鮑氏，年參拾貳歲，係藁城縣人。（34/19239d）

《福建巡撫許世昌殘題本》：「其曾汝雲、龔元禮，除一併選差另行押解，具由同原發招冊及各甘結、印結、並觀風底案、家甲冊，於順治十七年十二月十九日呈繳按察司。」〔註211〕《世宗憲皇帝上諭內閣》卷三十六：「又勾決江南省情實人犯，諭大學士等：朕覽江南秋審情實人犯招冊內，蘇四拷斃朱天一一案情有可疑。」亦其例。《大詞典》首引《清會典事例‧刑部‧刑律斷獄》：「每年朝審、秋審，先期細覽招冊。」亦作「招由」，如明楊一清《關中奏議‧一爲將官濫給驛傳與販私茶違法等事》：「案查：先據整飭西寧等處兵備陝西按察司副使蕭翀呈問過犯人姚堂等招由已經批仰監候，解審發落。」「本部尙書黨崇雅等覆湖廣巡撫遲日益題長沙推官禹昌際招由，奉旨：三法司核擬具奏。欽此。」（15/8591a-b）

【招詳】記錄案件始末、犯人供詞等的公文。

　　今據該道招詳，問得一名劉思問，年四十一歲，江南徐州人。（4/1987c）查劉崇基剋價在捌年貳參月內，武府招議買物剋價非比貪贓，援例到司應否邀恩，合候招詳允示奉行。（21/11855d-11856a）

〔註209〕〔清〕無名氏撰：《綠牡丹》，浙江古籍出版社1985年版，第63頁。

〔註210〕〔清〕李百川著；侯忠義整理：《綠野仙蹤》，北京大學出版社1986年版，第344頁。

〔註211〕《明清史料》己編第六本575～582頁。

明王樵《方麓集・與仲男肯堂書》:「中間既謂我在刑部,一應文移招詳唯憑司官可否,不唯全不經心,抑且通不入目。」《世宗憲皇帝硃批諭旨・硃批石禮哈奏摺》:「臣緣一時愚昧,祇據司道官達等質審招詳,遂與署撫臣常賚拘喚覆審,情辭無異,即會同題奏。」《雨花香》第四種四命冤:「雖罪案已定,要從招詳中委曲尋出生路來,以活人性命。」〔註212〕亦其例。

【首詞】狀子,訴訟的呈文。

　　首詞與眾証無異,兇器與傷痕脗合。(9/4846c-d)

《初刻拍案驚奇》卷十四:「知縣准了首詞,批道:『情似眞而事則鬼。必李氏當官證之!』隨拘李氏到官。」《北史演義》第二卷:「明日,肇到中書省,二人(魏偃向、高祖珍)果來首告。便將首詞呈進,奏道:『彭城善結人心,非咸陽可比。』」〔註213〕亦其例。

【單款】訴狀。

　　除敲骨吸髓、剜心割肉不敢言喘外,將應解耗米、官銀皆被科詐一空,單款可證。(13/6931c-d)單款不虛,贓私有據,咎將誰諉乎?(14/7614a)
　　據此查得:趙夏器有被害狀告,批行該道究解,合發並審,備牌行道,將發來單款並拘款內證佐各正身到官。(16/9098a)

明孫傳庭《白谷集・糾參婪贓刑官疏》:「又訪得本官婪肆多端,復將單欵事跡並被害證佐姓名開發該道,就近秉公親審明確呈報。」清郭琇《華野疏稿・特參河臣疏》:「又供:伊友任姓者親筆手書差送單欵而不聽,遂以捉風捕影毫無憑據之事輕將星法議送刑部。」亦其例。《大詞典》「單款」謂「匿名訴狀」,引清邊大綬《虎口餘生記》:「遂捏造單款,極力傾陷。」釋義似可商榷,從例句看,「單款」可以作爲犯罪事實成立的眞憑實據,如例句1的上文「自去年拾壹月內起至今秋止,或指催糧,或指公費,或查艙口,或提行月糧參修輕齎等銀種種,多端節次行詐。」(13/6931c)與「匿名」無涉。

【供口】供詞。

　　奈現存盜犯只有韓福西、來虎兩人,其前審憲臺前供口受贓甚多,執

〔註212〕〔清〕石成金撰:《雨花香》,內蒙古人民出版社2000年版,第26頁。

〔註213〕〔清〕杜綱著:《北史演義》,時代文藝出版社2001年版,第461頁。

此以罪啓元，即藁街亦不爲枉。（8/4517a）

《載陽堂意外緣》第十二回：「尤氏道：『我們今晚飲酒同盟的事，他既已窺聽明白，不便當著眾人前開他供口，且喚人來將他捆住，放在空屋裏，且到明日照南華女史之教治他便了。』」《庸閑齋筆記》卷三：「提取覆訊，則供口滔滔汩汩，與詳文無絲忽差。再令覆述，一字不誤，蓋讀之熟矣。」〔註214〕亦其例。

【証口】證人的口供。

> 一旦中途相遇，搆罵不已，勃動殺機，手揮搏浪之錘，立送泉臺之客，証口的的不爽，兇器鑿鑿可憑。（21/11745b-c）

【確據】真實可靠的證據。

> 臣以王七夥劫劉偕春、金振宇家贓物，失主金振宇認非己物，劉偕春失單未載，夥盜俱故，質證無人，兩次劫贓無一確據，改斬擬徒矜請前來。（29/16580c-d）

明周起元《周忠愍奏疏·題爲仰懇天恩宥負累之屬吏以恢聖度罷不稱之微臣以定官評事疏》：「經年官評尚無確據，屢煩嚴督，則負官臣不能徇織監以滿其欲而鰓鰓焉。」《刑部等衙門題本》：「據此，該臣看得：陳宗道、陳宗倫潛通海寇，勾連思逞，幸天厭其逆，執狄舍郎而供吐，二渠就縛，私書、揭示，種種出之臥內，謀叛已有確據。」〔註215〕《儒林外史》第四十五回：「贓證確據，何得諱稱並無其人？」〔註216〕《大詞典》首引《好逑傳》第九回：「侄女既要討沒趣到底，我便去訪個確據來，看侄女再有何說！」

【案件】有關訴訟和違法的事件。

> 恐稽案件，止拘弔（方）忠壹與方忠參屍親王標壹、黨正、李劉貳，地鄰鄧明、裴元各到官研審。（15/8629d）

《盛京通志·聖製六》：「再人命案件呈報地方官之後，雖相距數百里，亦必俟筆帖式領催檢驗。」《大清律例·吏律》：「一，州縣大小案件凡有差票，務須隨

〔註214〕〔清〕陳其元著，崔承運、金川選注：《庸閑齋筆記》，河北教育出版社 1996年版，第 57 頁。譯「則供口滔滔汩汩」爲「供詞卻滔滔不絕」，（參見該書 58 頁）以「供詞」對譯「供口」，可參。

〔註215〕《明清史料》己編第一本 91～100 頁。

〔註216〕〔清〕吳敬梓著：《儒林外史》，人民文學出版社 1977 年版，第 520 頁。

時繳銷。」是其例。《大詞典》首引《二十年目睹之怪現狀》第二回：「今日出門，係奉差下鄉查辦案件。」

【欽件】猶欽案。

> 但事關欽件，斷不敢爲本犯狗庇以玩欽案也。（15/8140c）事干欽件，務宜詳愼。（27/15264b）巡按廣西兼管鹽法屯田試監察御史李秀，謹揭爲欽件萬難逾限緣由。（34/19201b）

明倪元璐《倪文貞集・與左巡按光先（其二）》：「而事關欽件，名勢重大，纔一拘提家已半蕩。」《世宗憲皇帝硃批諭旨・硃批鄂爾泰奏摺》：「統容將欽件六案並兩府歷年劫殺不結之案一併會審，確擬招詳。」《大詞典》首引《儒林外史》第四五回：「你這件事雖非欽件，將來少不得打到欽件裏去。」

【確案】證據確鑿，不能推翻的判決。

> 必提取啓知一干人證，詳爲推訊，始成確案。（3/1073c）今又有「私幫」字樣，不知剋扣若干，私幫若干與古師稷剋落柴價起止日期俱未敍明，殊非確案。（21/11838b-c）

亦見於明楊嗣昌《楊嗣昌集・回奏四鎮禦敵情形疏》：「此兩鎮主將之確案，不可誣也。」同書《復豫按彙報賊請疏》：「訓道朱寅亮既報殺死，又云受傷，無屍首蹤跡可查，殊非確案，應再行查。」孫承澤《春明夢餘錄・刑部二》：「今道周國人皆不以爲可殺，而臣論殺之，豈確案乎？」

【鐵案】證據確鑿，不能推翻的判決。

> 奉有嚴綸，敢不細加研質？務得受贓實據以成鐵案。（8/4517a）又轉行山陽去任王知縣覆加檢驗，仍與初檢傷痕孚合，按律擬絞洵爲鐵案。（9/4846d）致蒙巡捕典史陳應昌審得：夏賀九、夏孟十贓眞盜眞並擬一斬，永爲鐵案，毋容再議。（16/9158a-b）閱招邵大戶供：劉文若謀害尹鳳啓，先用捶打，後用刀刺。似爲鐵案。（31/17556c）

「案」有「官府處理公事的文書、成例和獄訟判定的結論等」義，如《隋書・劉炫傳》：「古人委任責成，歲終考其殿最，案不重校，文不繁悉。」《世宗憲皇帝硃批諭旨・硃批田文鏡奏摺》：「況有捕役爲之栽贓買贓、敎唆口供、扳累無辜，則遂成鐵案。」清蒲松齡《聊齋誌異・胭脂》：「宿不任凌籍，遂以自承。

招成報上，無不稱吳公之神，鐵案如山，宿遂延頸以待秋決矣。」清谷應泰《明史紀事本末・三案》：「諸臣據爲口實，以『風顚』二字定爲鐵案矣。」亦其例。《大詞典》首引清劉獻廷《廣陽雜記》卷四：「濟宗所據之鐵案，以《五燈會元》邱玄素之碑爲證。」

【信案】證據確鑿，不能推翻的判決。

> 今恤部得之親訪而取有地鄰甘結者，信案也。(31/17272d)

《兵部殘題本》：「從來賊案以初次口供爲憑，尤必前後供詞如一，無有變遷，方定信案。」〔註217〕《大清會典事例・禮部》：「若不鈐蓋印信，難成信案。」亦其例。

【信獄】證據確鑿，不能推翻的判決。

> 惟謀殺熊昂一款以泰脫逃未獲，單詞難成信獄。(21/11856c) 原被或出或故，終非信獄。(31/17271b) 及加鞫訊，旋即吐實，其爲信獄，誠無可疑，相應仍照原招擬絞。(31/17556b)

「獄」與「案」同義，「獄案」連用可資證明，《漢書・于定國傳》：「于公以爲此婦養姑十餘年，以孝聞，必不殺也。太守不聽，于公爭之，弗能得，乃抱其具獄，哭於府上。」顏師古注：「具獄者，獄案已成，其文備具也。」《世宗憲皇帝硃批諭旨・硃批王士俊奏摺》：「而假印水程一節，依前審擬究屬含混不明，難成信獄。」《江甯巡撫殘件》：「或應再檄蘇州府提取各兵就近對質，方成信獄，伏候裁奪。等因。具招於康熙十三年十一月十四日呈詳到司。」〔註218〕亦其例。

【定案1】證據確鑿，不能推翻的判決。

> 奉批：據招，周舍郎等積盜貫盈，贓仗見獲，斬屬定案，惟倪君顯與錢咬翁婿同居，豈曰無知眞窩？法難輕縱，仰松刑官秉公研究解奪。(23/12724a) 濟惡諸人異口同詞，屢檢屢供，定案如山矣。(31/17556a) 干証南得舉等供眞証確，可謂定案矣。(34/19053b-c)

《安平縣縣志》：「因當時乾隆間有定徵番丁一項，後此不准加增，永久作爲定案。」〔註219〕《夏峰先生集》卷十三：「『不失其身以事親』一語，千古定案。」

〔註217〕《明清史料》己編第六本 593 頁。

〔註218〕《明清史料》己編第七本 620 頁。

〔註219〕盧建幸編：《中國地方志集成・臺灣府縣志輯》5，上海書店出版社 1999 年版，

〔註220〕亦其例。《大詞典》「定案」謂「猶定論。」釋義似嫌籠統。

【重獄】重大的案件。

今據該司按察使流散元彙報，各府州縣尚有未經京詳重獄共壹百伍拾捌起。（20/11417d）

《世宗憲皇帝硃批諭旨‧硃批鄂爾泰奏摺》：「自雍正元年起，共有苗蠻猺獞人等所犯命盜大案一百二十宗，又新經報發七十九案，皆係劫財殺命未結之重獄。」《續文獻通考‧刑考》：「又諭法司官布政按察司，所擬刑名其間人命重獄具奏，轉達刑部都察院參考，大理寺詳擬。」《湖廣通志‧人物志》：「凡鄰郡重獄委決無虛，日多所平反，陝人德之。」亦其例。

【黑冤】冤案。

陷進擬抵，幸駁案下覆勘，黑冤可照。（23/12929a）

《福建巡按霍達題本》：「據福建按察司經歷司呈詳為劫嚇黑冤事：問得一名陳大有，年四十歲，福州府長樂縣人。」〔註221〕清于成龍《于清端政書‧興利除弊條約》：「而捕官希圖結案，朦朧成獄，黑冤難辨，聞之皆裂。」《枕上晨鐘》第五回：「可憐家中尚有年老父親，我若死於異鄉，連報信也沒有，如此黑冤，何處伸訴！」〔註222〕亦其例。

【沉獄】久拖未決的案件。

謹題為蘇理沉獄，以廣皇仁事。（20/11143b）巡按江寧等處兼管屯田監察御史劉宗韓為蘇理沉獄以廣皇仁事。（31/17271b）

《江南通志》卷一百十二：「魁雪沉獄，一時風俗清謐。」清武攀龍《嚴批駁以清積案疏》：「則積案可少結，民命可少蘇，其於蘇理沉獄、端本清源之道，庶幾得之矣。」〔註223〕亦其例。

第 67 頁。

〔註220〕〔清〕孫奇逢著，朱茂漢點校：《夏峰先生集》，中華書局 2004 年版，第 548 頁。

〔註221〕《明清史料》己編第一本 61～63 頁。

〔註222〕〔清〕不睡居士著：《枕上晨鐘》，中國文史出版社 2003 年版，第 27 頁。

〔註223〕〔清〕魏源：《魏源全集》，嶽麓書社 2004 年版，第 117 頁。

2.2.6 處所時令

【西洋】指歐美各國。

> 微臣（湯若望）曉夜督率局監各官，悉依西洋新法推算得順治年丙戌歲時憲民曆式樣壹冊，謹繕寫裝演〔潢〕，進呈御覽。（2/729b-c）

亦見於顧炎武《日知錄·月食》：「日食，月掩日也；月食，地掩月也。今西洋天文說如此。」徐宗亮《歸廬譚往錄》：「吾日助若戰，軍士寒餓不堪，須衣糧，並西洋槍炮子藥勿遲。」《行在陽秋》卷上：「環攻文昌門，式耜與璉分門嬰守，用西洋銃擊中胡騎。」《大詞典》首引清薛福成《分別教案治本治標之計疏》：「抑或俟武備日精，邦交日固，竟彷西洋限制之法。」

【內院₂】裏院。

> 夫卑職在江南做官時，無壹日不近內院；及回家養病時，無壹日不在本縣地方。既非城會，卑職又非營頭，且是立候起用之官。（8/4306d-4307a）

清無垢道人《八仙得道》第二十回：「尹喜笑道：『我理會得。』一步一拜進至內院。」清煙霞主人《幻中游》第六回：「到了次夜，黃虎拿了一個金剛圈。竟跳入房宅內院，轉過堂前一望，見劉氏夫人跪在地下，正磕頭拜斗哩。」〔註224〕亦其例。《大詞典》首引魯迅《故事新編·奔月一》：「剛到內院，他便見嫦娥在圓窗裏探了一探頭。」

【監倉】監獄。

> 隨差志洪並在官同役李檠先未逃董興詩參人拘審間，各不合視為奇貨，多方恐嚇，先將吳成榮稟官送倉，復又送監。（3/1186c）壹，本官將玖年修理監倉銀貳拾兩聽刑房趙進卿並未修理，冒破侵漁訖。（19/10413b）

《清會典·刑部》：「死囚禁內監，軍、流以下禁外監。」可見清制監獄分內監與外監，而外監其實就是倉。上舉例 1「吳成榮」被關押時受到恐嚇，因未送禮而先被送倉，後被送監。亦見於《世宗憲皇帝硃批諭旨·硃批許容奏摺》：「臣

〔註224〕〔清〕煙霞主人編述：《幻中遊》（影印本），書目文獻出版社 1988 年版，第52 頁。

接閱邸鈔，見刑部尚書勵廷儀疏請刑部：監內照直省州縣監倉之例，將獄神堂東西分別內外以禁輕重人犯。」于成龍《于清端政書‧興利除弊條約》：「一，嚴禁濫收監倉，犴狴之設所以收禁重犯非濫及無辜輕罪也。」《大詞典》首引清黃六鴻《福惠全書‧刑名‧檢驗》：「如人命果眞，當堂將兇犯重責收監，其餘犯應收監倉者，分別投監寄倉。」又作「倉監」，如明馬文升《端肅奏議‧地震非常事》：「自西南起，將本縣城樓垛口並各衙門倉監等房及概縣軍民房屋震搖倒塌，共五千四百八十五間。」「本縣周圍城墻十損其半，縣基莽然無存，卑職指輸脩理完固並蓋本縣後宅一座，廂房數間，二堂一座，吏書房六間，至於倉監，皆已畧備。」（19/10551b）

【內監】囚禁重犯的牢房。因多設於牢獄深處，故稱。

　　係黃犬與劉燦妻齊氏內監外房姦宿，不加桚鎖，遂至越獄。（8/3987c）

《大清會典‧刑部》：「凡監禁死囚禁內監，軍流以下禁外監。」《清史稿‧刑法志》：「各監有內監以禁死囚，有外監以禁徒、流以下，婦人別置一室，曰女監。」《大詞典》首引《清會典‧刑部四‧尚書侍郎職掌四》：「凡監獄，有內監，有外監，有女監，別其罪囚而繫之。」

【悶樓】與閣樓近似，房屋內上部架起的一層矮小的樓。

　　比白士麟積有財物俱藏彼家悶樓內存放，令楊可愼把門看守。（36/20533d-20534a）

雲南白族民居，層高一般爲七上八下，即樓層高七尺，底層高八尺，也有樓層高僅爲50～100釐米的，稱爲悶樓式建築。〔註225〕

【棚廠】棚舍。

　　奪獲七星紅藍等旗陸面，令旗壹首，腰刀、大刀、馬叉共拾貳把，斑鳩砲、鳥鎗、三眼鎗共陸門，弓貳張，藤、布笠各壹頂，長鎗百餘根，藤牌貳面，即將賊造木柵、棚廠盡行燒燬訖。（25/13935d）

《平定金川方略》卷十四：「其兵丁自京往軍營，沿途房屋、帳房、棚廠等項業經行文各該督撫預備。」《世宗憲皇帝硃批諭旨‧硃批官達奏摺》：「臣石禮哈

〔註225〕雲南省設計院《雲南民居》編寫組編：《雲南民居》，中國建築工業出版社1986年版，第39頁。

等倡捐賑粥，擇於東門外教場之旁寬闊地面搭蓋棚廠。」亦其例。

【官房】旅店中的房間。

> ……出來就把楊廷隔壁的壹間官房租了住兩箇月，被王海告了拿獲。
> （23/13097a）又審據楊廷供稱：我與逃人張大住的俱是官房，挨鄰居
> 住是實。（23/13098a）

亦見於《初刻拍案驚奇》卷二十三：「此後，除授東臺御史，奉詔出關，行次稠
桑驛，驛館中先有赦使住下了，只得討個官房歇宿。那店名就叫做稠桑店。」
清梁廷枏《夷氛聞記》卷三：「迫並力環攻大炮臺，我兵遂不支矣。沉兵船五，
官房鋪舍悉為飛炮延燒，又轉我臺上巨炮內向反擊，城破，據之。」《大詞典》
首引川劇《喬老爺奇遇》：「是，是，是！請夫人小姐上官房安宿，老婆子去備
辦酒菜就來。」

【典當鋪】以收取衣物等動產作質押，通過放款進行高利貸剝削的店鋪。

> 又據高郵州原獲捕快李迪供：典當鋪姚永太被劫，差身到揚州緝獲，
> 有王四說打劫當鋪是沈開赤，他與張國祚原相與，是張國祚對王四說
> 的，各等情。（17/9311a-b）

《二刻拍案驚奇》卷九：「原來素梅有個外婆，嫁在馮家，住在錢塘門裏。雖沒
了丈夫，家事頗厚，開個典當鋪在門前。」《隔簾花影》第四十八回：「叫將鄧
三來，把獅子街舊典當鋪開起，油漆得一時嶄新。」〔註226〕《照世杯》卷四：
「凡是縣城中可欺的上財主，沒有名頭要倚靠的典當鋪，他便從空捏出事故來。」
〔註227〕亦其例。

【弓鋪】賣弓、箭等武器的商鋪。

> 據（張）紅舉供稱：當日與白養素相毆時，原在先在官後省放王得顯
> 弓鋪門首，王得顯等從傍勸解散訖。（22/12157d）

【燒鍋】釀酒的大鍋，也指釀酒的作坊。

> 而直隸、山東、山西、宣府、陽和等處有一種營利之徒開立燒鍋，將
> 集市高糧、粟、穀、稷、麥之類盡數收買，每一燒鍋之家多則千石，

〔註226〕〔清〕無名氏著：《隔簾花影》，大眾文藝出版社 2002 年版，第 408 頁。
〔註227〕〔清〕酌元亭主人編：《照世杯》，時代文藝出版社 2001 年版，第 229 頁。

少亦肆伍百石以供燒酒之需。（15/8419b）

《世宗憲皇帝硃批諭旨‧硃批田文鏡奏摺》：「嚴禁燒鍋躧麴，勸令富戶出糶，招徠商販米石，務使民食充裕，撫恤得所，以慰聖懷。」《大清會典則例‧戶部》：「廣收新麥躧麴開燒鍋者，杖一百，枷兩月，失察地方官每一案降一級留任。」亦其例。《大詞典》首引《兒女英雄傳》第四回：「只見兩旁燒鍋、當鋪、客店、棧房，不計其數。」

【娼戶】妓院。〔註228〕

或買五人爲一把，販至通州，轉賣於各處娼戶，希得重價。（14/7837a）

《金雲翹傳》第十八回：「我聞她乃北京女子，爲父隱身娼戶，流落臨淄，善新聲，能胡琴，鄉國父母之念甚重。」〔註229〕亦其例。

【廟會場】舉辦廟會的集市，多設在寺廟內或其附近地方。

又本縣原有戲一班，是新集等各鄉，因順治陸年伍月內關聖廟會場僱去唱戲是實，原無屢送各村作興斂錢之事。（12/6707c）

該詞在現代漢語中用例較多，如蘇南歌謠「但等秋收田稻熟，廟會場上再看我。」〔註230〕《夕照空山》二十七：「馬大嫂一笑，說道：『客人您就有所不知了，今年大客戶不多，廟會場邊兒擠滿了難民，誰還有錢買那些黃子？』」〔註231〕《太行飛虎隊》第三十一章：「廟會場上的貨攤、飯攤搭著的傘棚下，都點起了保險燈。」〔註232〕亦作「廟會」，如清張培仁《妙香室叢話‧財運》：「京師隆福寺，每月九日，百貨雲集，謂之廟會。」

【鹽灘】用來曬鹽的海灘。

〔註228〕「娼戶」的常用義爲「妓女」，如元王惲《秋澗集‧彈大興縣官吏乞受事狀》：「今體察到至元六年三月內，有施仁關娼戶魚三嫂赴大興縣告稱：男婦阿肖欲行私遁還家，想見別有奸事。」

〔註229〕〔清〕青心才人編次：《金雲翹傳》，春風文藝出版社1983年版，第179頁。

〔註230〕中國科學院江蘇分院文學研究所編：《江蘇傳統歌謠》，江蘇文藝出版社1960年版，第156頁。

〔註231〕二月河著：《乾隆皇帝》2《夕照空山》，河南文藝出版社1996年版，第354～355頁。

〔註232〕劉江，尹崇富著：《太行飛虎隊》，北嶽文藝出版社1992年版，第365頁。

　　　狀招：明朝崇禎年間，有不在官內監孫祿盛財時原與在官王登科等置
　　　買船隻、鹽灘、房屋、鹽生意。（7/3823b-c）

《世宗憲皇帝硃批諭旨・硃批劉於義奏摺》：「同日又奏，爲請設利津、海口、
墩臺以重海疆，以衛鹽灘事。」《清高宗實錄》卷之八百二十四：「隴西伏羌、
鎮原、莊浪、及靖遠縣鹽灘，通渭縣閻家門等處，新舊錢糧並予緩徵。」亦其
例。《大詞典》收該詞條，但無書證。

　　【水次】指船隻泊岸之處，碼頭。

　　　而不肖奸猾又多方鑽運，此輩安心掛欠，一至水次即圖折乾或放債償
　　　債或置貨搏飲，恣意花銷，沿途抵壩復行盜賣。（4/1735c-d）江寧各衛
　　　衛本色行糧請賜嚴飭，務派見兌水次，如果不足，方派貼鄰州縣。
　　　（15/8499b）

《明史・食貨志三》：「水次折乾，沿途侵盜，妄稱水火，至有鑿船自沉者。」
清黃六鴻《福惠全書・錢穀・米色刁難》：「凡弁丁水次領兌正米之外，例有耗
米，又有耗外贈貼，及負重厓駁等費。」《清史稿・食貨志三》：「前命截留南漕
二十万貯天津水次各倉備用。」亦其例。

　　【子堤】爲防止洪水漫溢決口，在堤頂上臨時加築的小堤。

　　　前朝河臣屢經酌議，以窪地三十八里爲水櫃，另築子堤，堤內爲湖，
　　　堤外爲地，官民兩便。（4/1915d-1916a）

清靳輔《文襄奏疏・恭報大工水勢疏》：「臣嚴飭該縣飛撥人夫搶救，業於堤頂
之上加築數尺寬小子堤一道。」清薛鳳祚《兩河清彙・運河》：「湖中渠道南、
西、北三面舊堤長一萬二千六百丈，添南面子堤長七千一百八十八丈。」亦其
例。

　　【莊村】鄉民聚居之處。

　　　又有臨近莊村男婦伍百餘人，亦俱往伊樓上躲避。（3/1153d）擄掠鄰
　　　近莊村財物，又往淮安地界贛榆等縣放搶攻城。（3/1147c）狀招：本縣
　　　地方土賊猖亂，搶掠莊村，本縣各社保舉壹人充應練長，插寨練兵，
　　　拒賊護民。（12/6583c）

亦見於清于成龍《于清端政書・議改防汛營制疏》：「玉田縣地處衝衢，護送

絡繹，莊村稠密，滿漢雜居，非一把總所能支持。」《皇清開國方略‧太宗文皇帝》：「是日鎮守永平兩貝勒令開城門，縱莊村百姓各還其家。」藍鼎元《鹿洲初集‧與吳觀察論治臺灣事宜書》：「臺屬四縣及淡水等市鎮莊村多人之處多設講約，著實開導，無徒視爲具文，使愚夫愚婦皆知爲善之樂，則風俗自化矣。」

【街心】街道中央。

> 比（溫）樹珖在西城查更，忽聞城外吶喊有賊，隨即傳諭各城嚴守，比高玉等在城內十字街心放火數把。（8/4538a）

《醒世姻緣傳》第三十一回：「雖然拿到縣前，綁到十字街心，同他下手的兒子都一頓板子打死，卻也救不轉那張秀才的兒子回來。」〔註233〕《大詞典》首引《兒女英雄傳》第四回：「公子點了點頭。騾夫把騾子帶了一把，街心裏早有那招呼那買賣的店家迎頭用手一攔。」

【地洞】在地面下挖的洞。

> 十五日於茌平縣地方觀音堂張家庄、胡家庄、柳家庄攻地洞四個，殺賊首張二官等，燒殺男婦千餘名口。（5/2431d-2432a）二十二日於平陰地方西河里務攻開地洞一個。（5/2432b-c）

《平定兩金川方署》卷五十七：「官兵屢次撲至壕邊，俱因溝壕難越，加以橫卡地洞內鎗石緊密，未能攻克。」《豆棚閒話》第十一則：「日間一隊一隊更翻攻打，夜間又有一班專扒地洞的，在於城壕一二里外，用著卷地蜈蚣、穿山鐵甲，繞地而進，或到了一兩個空隙，加上炮火，一聲炸烈，登時城牆倒塌，一擁入城。」〔註234〕亦其例。《大詞典》書證自造，爲「他覺得無地自容，恨不得挖個地洞鑽下去。」

【屍所】命案現場。

> 該王知州帶領吏仵武仕俊等親閱大君屍所。（9/4725d-4726a）順治捌年玖月貳拾陸日，親詣已死男子楊應選屍所，眼同屍親証佐人等，責令商丘縣仵作朱朝卿參檢得本屍傷痕，與初覆兩檢分寸相同。檢畢屍，

〔註233〕〔清〕西周生撰：《醒世姻緣傳》，上海古籍出版社 1981 年版，第 452 頁。

〔註234〕〔清〕艾衲居士編著，張敏標點：《豆棚閒話》，人民文學出版社 1984 年版，第 118 頁。

令屍親領埋外，取有領狀附卷。（20/11169d-11170a）據趙知州申稱：

親詣屍所檢驗明白，取具仵作、土工各不扶甘結報廳。（29/16569a-b）

例2的上文以「屍場」指稱「屍所」，如「該夏邑縣知縣祖業興帶領吏仵蔣桂臻等，於順治捌年柒月拾捌日親詣屍塲（場）眼同屍親閻氏初檢得……」（20/11167b-c）《初刻拍案驚奇》卷十四：「知縣看係謀殺人命重情，未經檢驗，當日親押大郊等到海邊潮上楊化屍所相驗。」《大清會典·刑部》：「隨帶仵作一人、吏一人、役二人親詣屍所，如法檢報。」亦其例。

【屍場】人命案的現場。

該夏邑縣知縣祖業興帶領吏仵蔣桂臻等，於順治捌年柒月拾捌日親詣屍塲（場）眼同屍親閻氏初檢得……（20/11167b-c）弔取屍棺，犯證親往屍場認實，眼同相驗得已死丁寧一年約參拾餘歲，身上皮肉腐爛，仰面偏左壹傷血沁紅色，偏右壹傷血沁紅色，項頸帶鎖鍊一條。（22/12579b）

《二刻拍案驚奇》卷四：「（廉使）叫押到屍場上認領父親屍首，取出僉事對質一番。」《醒世恆言》第三十四卷：「隔了半個多月，方才出牌，著地方備辦登場法物，鋪中取出朱常一干人，都到屍場上。」亦其例。《大詞典》首引《紅樓夢》第八六回：「將前日屍場填寫傷痕，據實報來。」

【壇所】停屍處。

又蒙本縣原任宗知縣親帶仵作曹麟到於壇所如法蒸𪐴〔罨〕，從公檢得：囟門有傷，青紅色，圍圓一寸六分。（21/11540a-b）

同則檔案的上文稱「批糧衙孫縣丞帶領仵作曹麟等到於停屍處從公相驗得，兩太陽有傷，紫黑色。」（21/11539d）可證「壇所」即「停屍處」。《情史·情鬼類》：「不移時，以枷鎖押女子與生並金蓮，俱到壇所，鞭捶揮撲，流血號泣。」〔註235〕亦其例。

【老巢】喻指歹徒、匪徒等藏身的地方。

據（位尚明）供：老巢在江南崇明，共有二千號舡，內有王子，只知

〔註235〕〔明〕馮夢龍評輯，周方，胡慧斌校點：《情史》，江蘇古籍出版社 1993 年版，第 788 頁。

姓鄭，其餘小的不知名姓。（24/13646d-13647a）殺逆賊百餘，直趕至大源，係賊老巢，俱奔巢堅守。（25/13937a）

《醉醒石》第二回：「劉巡檢道：『陳伯祥老巢在山北，倚山南爲屏翰，東西爲羽翼，必不十分提防。』」〔註236〕《蜀碧》卷一：「元吉請以大軍自南搗其老巢，伏兵旁塞玉蟾寺，蹙賊北竄永川，逆而擊之，可以盡殲。」〔註237〕亦其例。《大詞典》首引楊大群《小礦工》十四：「蘇聯紅軍眞厲害，快攻打到希特勒老巢柏林了。」

【老窠】喻指歹徒、匪徒等藏身的地方。

（孫三魁）被賊擄去與他在舡上燒火，嗣後就不著小的回來了，跟隨作賊一年多是眞，他的老窠在江南崇明。（24/13647d）

同則材料的上文稱「據（位尚明）供：老巢在江南崇明，共有二千號舡，內有王子，只知姓鄭，其餘小的不知名姓。」（24/13646d-13647a）可證「老窠」即「老巢」。《刑部殘題本》：「後來賊就不放，小的遂跟他老窠作賊是實。」〔註238〕清施琅《恭陳臺灣棄留疏》：「況昔日鄭逆所以得負抗逋誅者，以臺灣爲老窠、以澎湖爲門戶，四通八達，遊移肆虐，任其所之。」〔註239〕亦其例。

【周環】周圍；四周。

關民丁全周環僅剃少許，留頂甚大。（6/3023b）

清胡建偉《澎湖紀略》卷之六：「外而五十五嶼周環布列，水口礁線犬牙交錯，實乃閩、浙、江、廣、燕、遼、山左七省之藩維，而爲臺、廈居中之咽喉也。」清周鍾瑄《諸羅縣志・藝文志》：「南嵌之番附淡水，中港之番歸後壟；竹塹周環三十里，封疆不大介其中。」亦其例。《大詞典》首引蘇曼殊《絳紗記》：「忽見其襟間露絳紗半角，秋雲以手挽出，省覽周環。」

【頭前】前頭，位置靠前的部分。

（郭）大信頭前先走，（張）肅見行至崖畔，肅又不合故將郭大信揭下

〔註236〕〔清〕東魯古狂生編；秋谷標校：《醉醒石》，上海古籍出版社1992年版，第12頁。

〔註237〕〔清〕彭遵泗著：《蜀碧》，北京古籍出版社2002年版，第18頁。

〔註238〕《明清史料》已編第三本240～242頁。

〔註239〕周文順著：《臺陸關係通史》，中州古籍出版社1991年版，第227～229頁。

石崖跌死。（14/7531c）

清落魄道人《八賢傳》第十四回：「達兒旦聞報，一馬當先，見迎面有三匹馬，馬上騎著三個人，頭前一人頭戴藍頂，身穿繡子袍，手執槍一桿，看形景不像對敵的武將；左右二人有些殺氣，也不像對敵的打扮。」〔註240〕《永慶升平前傳》第九十五回：「頭前一個人，年在三十以外，項短脖粗腦袋大，身穿藍綢汗褂，青洋縐中衣，薄底青緞快靴；面似生羊肝，黃眉毛，圓眼睛，五官兇惡，手拿全棕百將滿金的摺扇。」〔註241〕《大詞典》首引楊朔《雪花飄在滿洲》：「日本憲兵走在頭前，眼睛彷彿兩道電光，四下搜尋著。」

【小建】夏曆的小月。也稱「小盡」。清代時憲曆每月下例載「某月大（或小），建某某」，建謂斗柄所指，如甲子、乙丑等。後來誤將建字連讀，因有大建、小建之稱。

但撫疏有應議者貳：其一，閏月兵餉例於小建截扣支給，不應另作額編之數。（8/4078b）審據中軍營在官識字孫光輝、王希俊供稱：道標兵壹百名，竝無壹百伍拾名，每年春夏折色，大建每名壹兩，小建玖錢陸分陸釐。（14/7710a-b）

《日下舊聞考·國朝宮室一》：「順治四年定歲除前祫祭，大建志二十九日，小建於二十八日行禮。」《世宗憲皇帝硃批諭旨·硃批西琳奏摺》：「查（雍正五年）十一月係小建，每兵一名該餉銀二兩七錢。」亦其例。《大詞典》首引清魏源《聖武記》卷五：「西藏不紀天干，惟以地支所屬紀年……更有閏日而無小建。」

【迎春】舊時地方官例於立春前一日，率士紳僚佐，鼓樂迎春牛、芒神於東郊，謂之「迎春」。

又舊例，迎春凡係娼婦俱赴春場供唱。（8/4330b）再照縣令私娼一款，原係迎春節而裝飾，飲春酒而歌舞，歷來之舊俗，可勿問也。（10/5497b）

明清溪道人《禪眞後史》第十九回：「此時是正月初旬立春前一日，年例迎春作慶，劉仁軌令幹辦抱著瞿琰在衙前看春。」〔註242〕《大清會典則例·禮部》：

〔註240〕〔清〕落魄道人著：《八賢傳》，參見〔清〕儲仁遜編著；張晨江整理：《清代抄本公案小說》，百花文藝出版社1996年版，第256頁。

〔註241〕〔清〕郭廣瑞：《永慶昇平前傳》，嶽麓書社1998年版，第415頁。

〔註242〕〔明〕清溪道人編著：《禪眞後史》，大眾文藝出版社1998年版，第146頁。

「一，迎春，順治初定每年立春、芒神春牛由順天府豫備，屆期由部會同恭進。」《大詞典》首引《初刻拍案驚奇》卷七：「蓋因刺史迎春之日，有個白衣人身長丈餘，形容怪異，雜在人叢中觀看。」

【小飯】早飯。

> 本月初肆日黎明賊在西面、南面攻城，至小飯時城上見城內有火，人各逃散，城池失陷，等情到道。（7/3651d）

清徐乾學《資治通鑑後編》卷一百八十二：「是日，博囉早朝小飯畢，將去舊例丞相。」〔註243〕《引鳳簫》第八回：「明日，道人先來擺了佛像，空如又請一僧同來。課誦畢，吃了小飯，然後念起經來，四向懺悔。」〔註244〕清娥川主人《生花夢》第十二回：「貢鳴岐留他吃了小飯，康夢庚再三致謝，厚贐而別。」〔註245〕亦其例。

【午錯】剛過午；午後。

> 順治五年四月十五日天有午錯，有先未被（耿）廷來殺死五服已盡族祖耿守約在廷來家睡臥炕上飲酒俱醉相毆。（16/8919c）

《歧路燈》第二十九回：「這一日午錯，皮匠正在院裏牆陰乘涼，門縫影影綽綽有人過去。聽嗽音是譚紹聞，出胡同口去了。」《再生緣》第五回：「江媽心側其中意，掀著簾櫳看看天。緊皺眉頭稱不好，已將午錯日光偏。」亦其例。《大詞典》首引《紅樓夢》第二四回：「你到午錯時候來領銀子，後日就進去種花兒。」

【起燈】點燈，多指入夜時。

> 供報：同夥夏孟十、祿五熊、張九夏、米二、陳先三、熊竹一、羅貴二等起燈時入丁家劫牛肆隻。（16/9155d）

清辰喬《申江百詠》：「每至起燈時，野雞皆至華眾會、南誠信、北誠信等處，名曰尋拼頭，而人之去看野雞者曰打野雞。」〔註246〕《1900年重整條規》：「設

〔註243〕 「早朝」即早上，後引申義亦為「早飯」，如陳殘雲《山谷風煙》第一章：「子母倆吃完早朝，二柱準備出門，一個人緩緩地走了進來。」（陳殘雲著：《山谷風煙》，上海文藝出版社1979年版，第2～3頁）

〔註244〕 傅璇琮主編：《中國古代小說珍秘本書庫》3，三秦出版社1998年版，第244頁。

〔註245〕 〔清〕醒世居士著：《八段錦》，大眾文藝出版社2002年版，第311頁。

〔註246〕 參見潘超，丘良任，孫忠銓等主編：《中華竹枝詞全編》2，北京出版社 2007

遇不認識之人，持票來收現銀現洋，以當日起燈時付給。」〔註247〕《大宋提刑官・遺扇嫁禍案》：「已是入夜起燈時，縣衙客廳人影綽約。」〔註248〕亦其例。

2.2.7 官衙其他

【內院₁】指內三院，即清初的國史院、秘書院、弘文院。

> 今查得有順天府差人取魚向各王府投送，雖屬瑣屑，但恐事有類於此者將來各官效尤，詔瀆成風，著內院傳示禁止。（1/191b）仍候內院詳行繳，等因。到道，遵照內院批語仍抄前後招詳解赴巡按，一聽審詳具題。（7/3607b-c）問得壹名李承登，年肆拾肆歲，係四川敘州府宜賓縣人，由內院辦事順治伍年正月拾捌日除授浙江台州府黃巖縣縣丞，本年伍月拾柒日到任。（22/12369d）

《大清會典則例・禮部》：「（順治）三年定會試主考官屆期，禮部開列內院大學士、學士、六部尚書侍郎、都察院堂官職名，題請簡用。」《八旗通志・佟養甲傳》：「佟養甲，遼東人，先世為滿洲居，佟佳繼遷撫順，父佟拱隨族人養正等來歸，後隸漢軍正藍旗，太宗文皇帝時養甲入直內院理事。」亦其例。《大詞典》首引姚雪垠《李自成》第三卷第二九章：「滿蒙諸王、貝勒、貝子、公、內院大學士和學士、六部從政等都進入大清門，在大政殿前排班肅立。」

【捕衙】專事捉拿罪犯的衙門，相當於巡捕房。

> （李）復性之子李上苑具呈捕衙拘審間，多姐思慮見官羞恥難當，自縊身死。（20/11455c）當有彼處鄉約、地方察實殺人情故，呈報本縣捕衙拘獲。（33/18699d）熊誠四在監患病，調治不痊，於拾年拾月貳拾捌日身故，批委本縣捕衙相埋，取有仵作土工結領在卷。（34/19259b）

「捕衙」為「督捕衙門」的縮略，如「據（林三）供：我自己逃去，主子在督捕衙門裡遞了牌子，我回來時沒有打。」（24/13512c）「據（張隨吾）供：順治拾年拾月初壹日，赤身逃走，去年柒月貳拾陸日回來，送至督捕衙門將檔子銷

年版，第 175 頁。

〔註247〕中國人民銀行上海市分行編：《上海錢莊史料》，上海人民出版社 1960 年版，第 678 頁。

〔註248〕錢林森，廉聲著：《大宋提刑官》，群眾出版社 2005 年版，第 327 頁。

了，沒有打他。」（24/13512d）亦見於《世宗憲皇帝硃批諭旨‧硃批袁立相奏摺》：「又於本月十三日據霍州千總石鳳鳴協同霍州捕衙楊九經，各帶兵壯於辛置鎮拏獲正賊李添才等七名。」《廣東通志‧黃士俊〈建連平州治碑記〉》：「正堂左捕衙，右倉庫，東爲文廟學宮。」

【権關】徵收關稅的機構。

題爲：河銀積逋難清，亟請改歸権關，以便查對徵收，以濟募夫急需事。（17/9223b）

《世宗皇帝聖訓‧聖治一》：「近聞権關者往往寄耳目於胥役，不實驗客貨之多寡，而止憑胥役之報單。」清姜宸英《湛園集‧工部尚書睢陽湯公神道碑》：「公猶以救荒之法爲未備，乃發常平倉粟及丐將軍提鎮権關，輸粟往賑。」亦其例。《大詞典》首引清戴名世《乙亥北行日記》：「俱有守者執途人橫索金錢，稍不稱意，雖襆被俱欲取其稅，蓋権關使者之所爲也。」

【斗行】糧食商行。

一，本官奉旨「馬歸管養」，聽信積書張明正、魏賓違用舊役馬戶陳子升、芎慶等取在街並陸鎮斗行豆米壹百貳拾石，其價分釐不與斗行。（18/10004b）

明孫傳庭《白谷集‧糾參婪贓刑官疏》：「並粘連已故知縣王光翰妻曹氏，武生樊聖謨，當舖行王周，斗行張萬庫告狀四紙，同審明犯証申解到臣。」清俞森《荒政叢書‧常平倉考》：「一，全陝府州收入不同，價值難一，當此糶穀之時，宜令斗行人等每日從實報價消長。」亦其例。《大詞典》首引沙汀《呼嚎》：「糧價跌了很多，那斗行照舊抽了她過重的頭。」該例的「斗行」實爲「買賣的中介人」，釋義未確。

【行價】市場價。

維皐任內又不合向張伏取用梭布，仍欠伏行價小數錢貳拾兩，彼處風俗每兩以參百伍拾文計算，共該錢柒千文。（17/9570b）一本官於十四年代署甘州廳，自取貨物未給行價約有三十餘兩，反將行戶毒打。（36/20362c）

清醒世居士《八段錦》第五段：「魯生偶在側邊聽得，便大怒道：『你幾桶乾魚，

折也有限，那行價一跌，我的幾千兩乾魚，為你一人折去多少？』」〔註249〕《飛龍全傳》第十三回：「(柴榮)慌忙問道：『三弟，你又不知行價，怎的發脫了？不知賣了多少銀子？拿來我見見數目。』」〔註250〕亦其例。

【飛刑】在法律規定之外施行的殘酷的肉體刑罰。

> 率伊甥左良慶等夜及壹更，將應旄綁縛村外，飛刑打死，擲屍井中，旄妻楊氏證。(2/484c)

《文選‧盧諶〈贈崔溫〉》：「恨以駑蹇姿，徒煩非子御。」李善作：「恨以駑蹇姿，徒煩飛子御。」注曰：「非與飛古字通。」《字彙補‧飛部》：「飛，借作非。」故「飛刑」即「非刑」，如《警世通言》第十五卷：「我實不曾為盜，你們非刑吊拷，務要我招認。」「馬惟龍統兵數十圍屋捉(周)才，沿途踢毆，復絪至啓元署中，非刑亂打，七孔流血，微喘，擡歸身死。」(23/13053b)因朱猴赴營欲告梁五等洩忿，遂乘機誆引馳赴工所指拿傭夫梁五等柒人，拘禁私室，非刑酷拷，逼令頂認前賊姓名，捏報緝獲，等因。」(32/17959d-17960a)

【款項】項目；條目。

> 隨行前任熊按察使密拏餉司員役孫文謨等各犯，逐一細審分別款項。(29/16521c-d)

《明史‧食貨志五》：「(天啓)九年，復議增稅課款項。」《平定兩金川方畧》卷三十三：「著戶部查明相近湖廣省分糧數協撥款項。」《歧路燈》第四六回：「王中也不敢問老賈討索的是何款項。」《人詞典》首引清黃六鴻《福惠全書‧刑名‧總論》：「又於八條之中，分晰款項。」

【事機】事情的苗頭。

> 或預度於事機未形之先，或疊告於狡謀敗露之際。(2/438b-c)

「機」有「徵兆、苗頭」義，該義源於借字「幾」。清朱駿聲《說文通訓定聲‧履部》：「機，叚借為幾。」五代徐鍇《說文繫傳‧木部》：「機，《易》曰：『知機其神乎。』機，事之先見也。」

〔註249〕羅書華主編：《中國古代禁書文庫》2，中國文聯出版公司 1998 年版，第 1549 頁。

〔註250〕東隅逸士編：《飛龍全傳》，寶文堂書店 1982 年版，第 105 頁。

【事宜】相關事情、有關事項。

　　竊照職奉命將之楚矣，豫土事宜，職得以息肩也。（3/1473b）而平西王固山額眞侯墨勒根蝦大兵於順治八年正月內出境之後，凡關地方一應事宜，職始從頭料理，次第舉行。（19/10549d）

《爾雅‧釋詁上》：「宜，事也。」《禮記‧月令》：「天子乃與公卿大夫共飭國典，論時令，以待來歲之宜。」《大詞典》「事宜」立三個義項，其中「②關於事情的安排和處理」和「③事情」似乎可以合二爲一，釋爲「相關事情、有關事項」。如義項②引例唐李德裕《賜回鶻可汗書》：「朕當許公主朝覲，親問事宜。」明唐順之《閱視軍情首疏》：「及一應海防事宜，容臣遵奉敕書，嚴督總副參將兵備等官詳細區畫。」以及義項③的引例清龔自珍《乙丙之際塾議》之三：「京秩官未知外省事宜，宜聽我書。」以及檔案中的例句均可釋爲「相關事情、有關事項」。

【瑣屑】細小、瑣碎的事情。

　　今查得有順天府差人取魚向各王府投送，雖屬瑣屑，但恐事有類於此者將來各官效尤，詔瀆成風，著內院傳示禁止。（1/191b）

「瑣屑」本爲形容詞，轉指爲名詞。亦見於《清史稿‧任克溥列傳》：『十五年，充會試同考官，出闈，疏言：「⋯⋯臣子報國，只有樸忠，遇事直陳；稍一轉念，便持兩端，勢必撿拾瑣屑，剿說雷同，不能慷慨論列，又安望設誠致行？」』《柳如是別傳》第二章：「朱氏殆由潘氏之故，輾轉得知周氏家庭之瑣屑，不僅與周氏同隸吳江，因而從鄉里傳聞，獲悉河東君早年舊事。」《大詞典》首引《花月痕》第四九回：「你的權大事多，這瑣屑也不合大將軍計較。」

【惡焰】邪惡的勢力。

　　據四川總兵傳牌內云，張獻忠惡燄已盈，賊數已終。（4/1701b）

「清吳德功《戴案紀略》卷中：「當該逆惡焰方張，舉凡捐派銀米，無弗朝接片紙，夕自齎到，惟恐後焉者。」〔註251〕《會剿廣東山寇鍾淩秀等功次殘稿》：「該本鎮查看得陳萬負隅九連，夥黨數千，攻城劫墟，惡焰滔天，殺戮人民如刈草

〔註251〕參見孔昭明編：《臺灣文獻史料叢刊》第 7 輯，臺灣大通書局版 1987 年版，第 50 頁。

管，三省巨盜，萬民仇毒，今大敗奔逃，勢窮乞降，正天亡之時也。」〔註252〕亦其例。

【陋弊】陳規舊習。

> 狀招：維皋到任後就不合踵習陋弊，於順治捌年玖月內向所管大水、迎恩、敗虎、阻虎四堡操守索用木炭，每堡貳參百斤不等。（17/9569c）

《世宗憲皇帝硃批諭旨·硃批許容奏摺》：「倘該管知府逼勒交盤，許接任官據實揭報、參處，庶陋弊可以永除，懸項得以漸清，於倉庫錢糧不無裨益。」清趙翼《陔餘叢考·預借俸錢》：「選人出京，必借京債，其利最重，到任即須子母償還，最爲陋弊。」〔註253〕亦其例。

【弊竇】弊病，弊端。

> 日久懈弛，弊竇百出，然究其亡國之源，只賄賂公行四字盡之。（1/385b）
> 驛遞苦累，孔道尤甚，騙詐刁難，弊竇多端，以後奉差員役，非有眞題勘合火牌，不許應付。（2/465a）

該詞明清文獻習見，明孫傳庭《白谷集·清屯第三疏》：「遂使二百載相沿之弊竇摻滌無餘，億萬年不涸之利源流通罔既。」明葛昕《集玉山房稿·壽宮營建事宜疏》：「照得磚石所需全賴石灰，爲數頗鉅，若驗收無別則弊竇易生。」明謝肇淛《五雜俎·事部二》：「但挈籤之法終不可傳後，況其中弊竇亦自不少也！」《明史·錢一本傳》：「科場弊竇，汙人齒頰。」《大詞典》「弊竇」條立有四個義項，其中「①產生弊害的漏洞。②指弊病，弊端。」可以歸併爲一個義項「弊病，弊端」，因爲「產生弊害的漏洞」就是弊端、弊病。

【辯竇】引起爭辯的漏洞。

> 仰府再加嚴鞫，毋貽他日之辯竇也。（15/8588a-b）隨蒙本府朱知府覆審得強盜鄭明、鄭壹輪、袁環、鄭冬生等劫財殺人，屢審贓證悉明，無復辯竇。（15/8588c）大辟攸關，恐留辯竇，該道再一詳審，嚴緝張來雲對質明白，妥招具報。（23/13017d）

「竇」有「孔穴，洞」義，《禮記·禮運》：「（禮義）所以達天道，順人情之大

〔註252〕《明清史料》乙編第七本 666～687 頁。

〔註253〕〔清〕趙翼著：《陔餘叢考》，商務印書館 1957 年版，第 550 頁。

竇也。」鄭玄注：「竇，孔穴也。」孔穎達疏：「孔穴開通，人之出入，禮義者亦人之所出入。」由此義比喻爲「漏洞」。清璽翁《荷牐叢談》卷三：「我皇上亦奉有逆案頒諭甚明，何得陰借啓事，明滋辨竇。」《海烈婦百煉眞傳》第十一回：「其設計餌銀，誘至船上與兩次作強姦之行，以及海氏作何堅拒之狀，均未供吐，終屬辯竇。」〔註254〕亦其例。

【序文】序言。

　　臣等因訓課子孫，聊市坊刻，其文背謬荒唐，顯違功令，已令人不勝駭異，且序文止寫丁亥干支，並無順治年號。（8/3997b）

《世宗憲皇帝硃批諭旨・硃批程元章奏摺》：「而書首李沛霖序文，止書癸卯九月，不書雍正元年，更干法紀。」清朱象賢《聞見偶錄・坊本書籍》：「但書坊止知趨利並不顧是非錯謬，如書首序文此種則用此篇，他種即將此序略易幾句，即列彼書之首。」〔註255〕《大詞典》「序文」謂「文體名」，未及此義，當補。

【家園】家業。

　　間有附近府城未敢輕棄家園者，雖陽爲效順，其實陰爲結納，目今郡城伍陸拾里以外率皆割辮裹巾，罔遵呼應，等情。（20/11062c）

該詞亦見於《醒世恒言》卷十七：「士子攻書農種田，工商勤苦掙家園。」《續歡喜冤家》第十九回：「阿順想了一會道：『只有木官人，他前起身時將家園妻子託付我家官人，不知官人是何主意，使我們連偷二次。』」《飛龍全傳》第六回：「望賢婿念我衰邁之人，以至親之誼，不如權在此間掌管家園，莫往別處去罷。」「家園」本指家中的庭園，義域擴大至整個家業。《大詞典》首引清李玉《人獸關・豪逐》：「我兒，自從你父親亡後，家園蕩盡，夕不謀朝，如何是好？」

2.3　物品類詞語

　　本節討論的物品類詞語主要包括器械刀棒、用具雜物、家具服飾等三個方面。

〔註254〕〔清〕三吳良墨仙主人著：劉殿祥，趙清俊點校：《海烈婦百鍊眞傳》，中國文聯出版社 2004 年版，第 130 頁。

〔註255〕〔清〕朱象賢：《聞見偶錄》，《叢書集成續編》第 213 冊，新文豐出版公司 1989 年版，第 10 頁。

2.3.1 器械刀棒

軍事武器、作案兇器以及刑具、農具均為本節討論的對象。順治朝天下並不太平，戰亂頻仍，所以出現了一些帶有滿民色彩的軍事武器。從檔案材料看，民間糾紛中，很多生活用具充當了兇器，這也說明在清代建國之初，其凶案性質並不十分惡劣。

【艟帆】船隻。

> 本官縱役與之相通，見今猖獗，一入湖剿賊宜掩旗息皷、出其不意，本官盛陳皷樂，儀從艟帆相望，是名為剿賊，而實以關賊矣。（7/3673b）

《集韻·東韻》：「舸，《博雅》：『舟也。』或作艟。」亦作「船帆」如《世宗憲皇帝硃批諭旨·硃批高其倬奏摺》：「南澳金門廈門海壇各營亦隔海港，所領餉銀船帆載往須候風汛，不能刻期而至。」

【鐵綿甲】軍校所穿的綿製護身鎧甲。白緞面、藍綢裏，中襯絲綿，外布黃銅釘。

> 當陣得獲鐵綿甲貳拾貳副，鐵綿盔拾肆頂，馬騾肆匹頭，大小旗貳拾貳杆，紅號掛參拾伍件，腰刀拾柒口，毛鎌貳杆，三眼鎗貳杆，長鎗參百餘杆，號布壹綑。（9/4746c-d）計得獲馬壹百玖拾參匹，鐵綿甲柒拾伍副，盔肆拾貳頂。（20/11084c）

清孟喬芳題本《馬德抗清及被清軍追攻在河兒坪陣亡》：「卑職星夜統兵到崖窯下，說馬德往北合夥，有看家步賊矢石如雨，我兵奮不顧身，當陣斬獲首級二百九十餘顆，奪獲鐵綿甲三十五副，弓箭二十五副，長槍六十二桿，三眼槍二十桿。」〔註256〕《世宗憲皇帝硃批諭旨·硃批郝玉麟奏摺》：「又甲械內實屬朽爛無用者鐵綿甲九千三百餘身，鐵盔九千七百餘頂。」亦其例。〔註257〕亦作「綿甲」，如明畢自嚴《石隱園藏稿·撫津事竣疏》：「獨是鐵盔、鐵甲僅造二百副有奇，藤盔、綿甲止造五百副有奇。」「當陣奪獲大砲壹位，百子砲壹位，三眼鎗、

〔註256〕 中國人民大學歷史系，中國第一歷史檔案館編：《清代農民戰爭史資料選編》第 1 冊，中國人民大學出版社 1984 年版，第 392～393 頁。

〔註257〕 袁閭琨等著：《清代前史》，瀋陽出版社 2004 年版，第 372 頁。「川兵手持竹竿、長槍、大刀、利劍，身穿鐵、綿甲。」該句標點有誤，「鐵綿甲」本為一物，不可割裂，當斷為「川兵手持竹竿、長槍、大刀、利劍，身穿鐵綿甲。」

鳥鎗柒桿，長鎗捌拾桿，馬叉伍拾桿，黃、藍大旗參面，弓貳張，腰刀、小刀共柒把，綿甲伍領，纏頭布貳個，弩弓壹張，銅號頭壹個，賊巢內牛貳拾壹頭，羊壹拾玖隻。」（25/13937c-d）

【砲銃】舊式小型管狀火器。

> 共獲婦女、小孩參拾陸名口，鐵盔壹頂，弓參張，箭貳拾參枝，參眼鎗貳杆，刀參口，砲銃貳杆，庫刀貳把。（6/2952a）

清張勇《張襄壯奏疏》卷二：「鎮臣王進寶、按察使伊圖等率領官兵殺進蘭州東門甕城，擊敗賊眾，陣斬偽參將等，得獲偽箚馬匹盔甲砲銃等項，具見卿等調度有方，官兵奮勇可嘉。」覺羅圖理琛《異域錄》卷下：「我等答曰：『我中國所用火器炮銃式樣甚多，弓矢刀鎗等項俱用與敵人交戰，度其必中方點大炮，較近始放銃射箭。」亦其例。《大詞典》首引清錢泳《履園叢話‧舊聞‧席氏多賢》：「荊生與諸弟姪繼進，砲銃齊發，呼聲動天，賊大潰。」

【銃器】即銃，用火藥發射彈丸的管形火器。

> 及背審其妻，詳訊王祥，再加嚴究，方一一真吐，供得刀中右頸一半，氣絕，王祥眼見火藥、銃器、腰刀。（8/4197a-b）比蒙本府委管照磨所，又委查火藥、銃器等項。（8/4396b）

《廣東通志‧明黃士俊〈建連平州治碑記〉》：「嶺西巡道王公復捐貲繕銃器以裕軍需。」清張勇《張襄壯奏疏》卷四：「奉旨據奏，逆賊侵犯通渭，護軍統領傑印等率領官兵殺敗賊眾，得獲砲銃器械等項，恢復縣城。」亦其例。

【鳥鎗砲】舊式火槍。今指貯以鐵砂的獵槍。

> 右營官兵李傑、詹友等共獲生功貳拾壹名，大旗肆面，紅甲伍領，布盔貳頂，頭布一條，票一紙，鳥鎗砲壹門。（20/11064d）

亦見於《平定臺灣紀略》卷十五：「至鳳山復陷後遺失鳥鎗砲位甚多，皆由郝壯猷失機僨事。」亦作「鳥鎗礮」，如《世宗憲皇帝硃批諭旨‧硃批冶大雄奏摺》：「竝確查該土民等棄土逃來是否實情，仍將該土民等隨帶鳥鎗礮位查取收貯。」《大詞典》收錄詞條「鳥槍」，引清趙翼《陔餘叢考‧火炮火槍》：「然則前明（永樂）徵交後已有鳥槍，但明制禁外間習用最嚴，故承平日久，皆不知用之。」

【鉛子】鉛製的彈丸，用作槍彈或小炮彈。

又製造鉛子、火器、醫藥等匠劉繼好、任先知等伍拾貳名。（4/1860a）
明戚繼光《紀效新書·行營野營軍令禁約篇第七》：「凡火器應用繩、藥、鉛子，
銃手須於出徵頭一日請給完足，不許臨賊假稱放盡討索，通以畏避論罪。」《明
史·傅宗龍列傳》：「十八日，營中火藥、鉛子、矢並盡，宗龍簡士卒夷傷死喪
之餘有眾六千，夜半潛勒諸軍突賊營殺千餘人潰圍出。」亦其例。

【鐵子】鐵隨的彈丸，用作槍彈或小炮彈。

臣營安爐鑄造鐵子並肆處設局製造火藥，兼行各處採買硝黃，每砲一
位備足火藥、砲子四百出，攻城器具無不齊備。（12/6494a）並獲周生
拾名下無主識認銅盆、銅鏡各一面，錫湯壺壹把，銅神壹尊、鳥銃壹
門、短刀、倭刀各壹把，鐵叉壹張，鐵鎗貳枝，鐵子壹封。（15/8598b）

《溫州副將大衛藩揭帖》：「則今日當急造彿狼機、湧珠等槍炮六、七百門位，
火藥萬餘斤、大小鐵子數萬個，酌量分防。」〔註258〕《平定金川方略》卷六：
「銅觔重於鐵觔，故試造之砲體重七百四十觔，長七尺三寸，食藥一觔八兩，
食鐵子重三觔四兩。」《世宗憲皇帝硃批諭旨·硃批黃焜奏摺》：「再布政使兼理
都司事務，省局庫內除被參前任都司李愈隆賠補軍器之外，尚有應貯盔甲並鉸
鎗、刷刀、腰刀、礮位、鳥鎗、過山鳥、大小鐵子、礮子、長鎗等項。」《綺樓
重夢》第十七回：「誰知小鈺摔上一滿把鐵子兒，把眾倭兵的賊眼珠都打瞎了，
劈劈拍拍倒了許多。」〔註259〕亦其例。上舉例1「砲子」與「鐵子」對稱，可
證二者同義。如清王元榜《庚癸紀略》：「鎗砲之聲如爆竹，砲子呼呼不絕。」

【馬叉】武器名。叉首左右兩刃歧出。

當陣奪獲大砲壹位，百子砲壹位，三眼鎗、鳥鎗柒桿，長鎗捌拾桿，
馬叉伍拾桿，黃、藍大旗參面，弓貳張，腰刀、小刀共柒把，綿甲伍
領，纏頭布貳個，弩弓壹張，銅號頭壹個，賊巢內牛貳拾壹頭，羊壹
拾玖隻。（25/13937c-d）奪獲七星紅藍等旗陸面，令旗壹首，腰刀、大
刀、馬叉共拾貳把，斑鳩砲、鳥鎗、三眼鎗共陸門，弓貳張，藤、布
盔各壹頂，長鎗百餘根，藤牌貳面，即將賊造木柵、棚廠盡行燒燬訖。

〔註258〕《明清史料》甲編第四冊 368～369 頁。

〔註259〕〔清〕蘭皋主人撰：《綺樓重夢》，北京大學出版社 1990 年版，第 110 頁。

　　　　（25/13935d）

《大詞典》引明茅元儀《武備志‧馬叉圖考》：「鐺鈀、馬叉，皆短兵中之長者也。鐺鈀即叉也。馬叉與鐺鈀大同而小異，利在於馬。」《皇朝禮器圖式‧武備三》：「（綠營馬叉）鍊鐵爲之，通常六尺六寸，中刃長一尺二寸，首兩旁刃岐出橫，各橫四寸，縱一尺，鎏穿鐵盤三，相擊作聲。柄長五尺，圍四寸，木質，鬃朱，末鐵鐏長四寸。」〔註260〕

　　【順刀】雙刃刀。

　　　　楊宇分得荔枝色綿掛壹件，青絲紬夾褲壹條，青布快鞋壹雙，靴鞋壹雙，順刀壹口，鞓帶壹條，合包壹箇，月白綾兜肚一個，白氈壹條。（10/5701b）楊宇心驚，隔窻一看見窰外有人馬知是來拏，就將席背後原劫李茂棟順刀拏出，向張川喝說不可開門。（10/5703a-b）

《剿捕臨清逆匪紀略》卷一：「臣與河臣立即帶兵馳赴東昌，入城時即於東門外拏獲奸細二名，身邊搜出順刀、白布。」《大清會典則例‧前鋒統領》：「又定八旗前鋒給鳥槍八百八十一，海螺十有六；前鋒校每人給順刀一，鐮一，斧一，鳥槍。」亦其例。《大詞典》首引《兒女英雄傳》第三一回：「說著，就把他四個用的那些順刀、鋼鞭、斧子、鐵尺之類拿起來，用手裏那把倭刀砍瓜切菜一般一陣亂砍，霎時削作了一堆碎銅爛鐵。」

　　【山坡刀】砍柴劈篾的刀。

　　　　於順治拾貳年肆月貳拾捌日夜，（張龍宇）同子張大、張二、張三各持見獲山坡刀與鐵斧於貳更時分一齊行至曹育麟家，將曹育麟堂門打開，比曹育麟父子不及趨避，赤身迎出。（29/16571c-d）續據馬科等緝獲張大、張二、張三並起獲無柄山坡刀貳把，無柄鐵鑱壹把，拜匣壹個，包袱〔袱〕貳個，布被參條到官。（29/16572d）

亦作「灣刀」〔註261〕，如《喻世明言‧沈小官一鳥害七命》：「卻去那桶裏，取出一把削桶的刀來，把沈秀按住一勒，那灣刀又快，力又使得猛，那頭早滾在

〔註260〕華夫主編：《中國古代名物大典》上，濟南出版社 1993 年版，第 1816 頁。

〔註261〕「灣刀」一詞在今四川方言中仍存，參見蔣宗福著：《四川方言詞語考釋》，巴蜀書社 2002 年版，第 684 頁。

一邊。」〔註262〕「季國甫遂執見獲灣刀壹把掀翻秦海洲，殺訖壹刀，轉手又將成氏殺死。」（16/8866b）

【掛刀】佩於腰間的刀。

並起獲鐵銃一杆，掛刀二把，拜匣內藏火藥一包。（7/3484a-b）率同本鎮多人到（沈）二家內獲住，並起鐵銃壹杆、掛刀貳把、拜匣內藏火藥壹包，備具地方事詞連人呈解青浦縣。（8/4196c）

例2的下文「及背審其妻，詳訊王祥，再加嚴究，方一一眞吐，供得刀中右頸一半，氣絕，王祥眼見火藥、銃器、腰刀。」（8/4197a-b）以「腰刀」代「掛刀」，可資佐證「掛刀」爲「腰刀」。《世宗憲皇帝硃批諭旨·硃批鄂爾泰奏摺》：「至四鼓，果有賊眾二百餘人持掛刀、弩長條暗出松林，一遇我兵，即行拒敵。」清李漁《合錦回文傳》第十四卷：「孫龍還醉得略省人事，把腰裏掛刀和腰牌都解下撇在榻上，脫去上蓋衣服，除了帽，又脫了腳上快鞋，然後到身而睡。」

【解手刀】常用的隨身佩戴的小刀。

據楊滾子供稱：黃京眼是小的解手刀子挖的，刀眼亦是小的解手刀傷的，鎗也是小的與李百鎖拏的鎗。（33/18616d）

《醒世姻緣傳》第二回：「（計氏）把床頭上那把解手刀拔出鞘來，放在袖內，看他來意如何。」〔註263〕《無恥奴》第二集第三回：「孟少英不及提防，抬起頭來一看，已見那把亮汪汪的解手刀，對著自家的面上，直飛過來。」亦其例。亦作「解手刀子」，如《紅樓補夢》第三十一回：「（孫紹祖）一面在身上拔出解手刀子，上前一步，照李衙內劈面扎來，道：『我就捅了你這忘八崽子了。』」〔註264〕又作「解手剛刀」〔註265〕，如「劉墓身帶解手剛刀復至戲前哄說：『此是孟月紅熟戲。』暗喚振生往樓下村看弄影去。」（22/12181c）又作「解手尖刀」，如《水滸傳》第一〇三回：「（王慶）便悄地到街坊買了一把解手尖刀，藏在身邊，以防不測。」考解手刀的由來，蓋源自蒙古。木碗、牙筷、解手刀是

〔註262〕〔明〕馮夢龍編：《喻世明言》，人民文學出版社1958年版，第389頁。

〔註263〕〔清〕西周生撰，《醒世姻緣傳》，上海古籍出版社1981年版，第21頁。

〔註264〕〔清〕嫏嬛山樵撰：《補紅樓夢》，北京大學出版社1988年版，第279頁。

〔註265〕疑「解手剛刀」爲「解手鋼刀」之訛。

蒙古三宗寶，解手刀放在刀鞘中，掛在腰上，吃肉時使用。〔註266〕

【庫刀（褲刀）】插於褲腿上的刀。

> 共獲婦女、小孩參拾陸名口，鐵盔壹頂，弓參張，箭貳拾參枝，參眼鎗貳杆，刀參口，砲銃貳杆，庫刀貳把。（6/2952a）

「庫刀」當爲「褲刀」的訛字。《欽定石峯堡紀畧》卷十一：「但其蓄謀肆逆已非一日，即如所用褲刀、矛子等物甚多，必非倉猝可辦。」《大清律例‧邊外爲民》：「一，匪徒因事忿爭執持褲刀傷人者。」亦其例。

【毛鐮】鐮刀。

> 當陣得獲鐵綿甲貳拾貳副，鐵綿盔拾肆頂，馬騾肆匹頭，大小旗貳拾貳杆，紅號掛參拾伍件，腰刀拾柒口，毛鐮貳杆，三眼鎗貳杆，長鎗參百餘杆，號布壹綑。（9/4746c-d）

《紅風傳》第六回：「看只看惱了狂徒數十名，氣殺開店朱大成。舉起大棍拿在手，曹文俊一個毛鐮手中拿。」〔註267〕方白《抗戰歌謠》：「一打鐵。二打鋼，三打毛鐮四打槍。打成鐮刀好割麥，打成鋼槍打東洋。」〔註268〕亦其例。

【鍘刀】斷草用的刀。

> 萬金等伍人即用今貯庫廟中鍘草刀擁入臥房內，將陽明殺死。有先存今亦被洪等殺死蕭陽聲與劉陽明同宿，萬金恐伊漏泄，亦用鍘刀砍死。（20/11461d）

《集韻‧鎋韻》：「鍘，槎轄切，斷艸刀也，或作鍘。」《山西通志》卷一百七：「（董）綸奮不顧，手執鍘刀，率侄董魁並一僮戰於衙巷。」《大清會典則例》卷一百六十五：「乾隆七年覆准：內三圈所用運豆草車、鍘刀、鐵鍋如有破壞，均呈本司轉咨營造司更換。」亦其例。

【鞭杆】鞭子一端的木棍。

> （郭才高）於順治拾年參月貳拾肆日將晚登門講嚷，被之有商同伊兄

〔註266〕參見武占坤主編：《中華風土諺志》，中國經濟出版社1997年版，第1046頁。

〔註267〕《中國古代孤本小說集》編寫：《中國古代孤本小說集》2，中國文史出版社1998年版，第1429頁。

〔註268〕方白：《抗戰歌謠》，《抗到底》第18期，1938年11月出版。

戴之收將才高拉家關門，用布手巾勒項，持拏石塊鞭杆狠打。
（31/17600a）

《明會典・工部十七》：「（永樂）十三年令照例抽分，三十分取六，松木、柏木、椵柴、椵木、長柴、把柴、雜木、塊柴、鞭桿……」《世宗憲皇帝上諭內閣》卷一百四十八：「劉天忠身爲汛兵，自應照管或報知營弁，乃不但無憐憫之心，且用鞭桿連打數處，逐令他去，未幾身死。」《醒世姻緣傳》第九十五回：「綽過一根鞭桿，就待要照著狄希陳劈頭劈臉的打去。」〔註269〕亦其例。

【攟子（杠子）】用木棒製成的刑具。

職責參拾板，夾壹棍，打貳拾攟子，發密雲道究問，此處白丁假官之常事耳。（2/823c）

亦見於《醒世恒言》第二十卷：「可憐張權何嘗經此痛苦，今日上了夾棍，又加一百杠子，死而復蘇，熬煉不過，只得枉招。」《醒世姻緣傳》第七十四回：「你要不把那夥子強人殺的呈的叫他每人打一百板，夾十夾棍，頂一千杠子，你就不消回來見我，你就縷縷道道的去了！」佚名《施公案》第十二回：「用水噴醒，又問不招。吩咐敲起幾杠子。劉君配受刑不過，說：『招了。』」

【肘鎖】戴在肘上的刑具。

（王）友松就不合不念學校，將張撫世拘禁送倉，原無肘鎖並拘妻情由。（7/3435d）查得李文志原於柒月拾貳日因天雨連綿，有捕官徐鼎新同該管經承張志遠親詣監內查點封鎖外，不期本日夜監墻塌毀，李文志乘機打開肘鎖，越獄逃走。（21/11636a）

《世宗憲皇帝硃批諭旨・硃批王朝恩奏摺》：「臣不敢隱瞞嗣接大學士寄字遵旨將皮應瑞咨送盛京刑部嚴加肘鎖派撥官兵並差家人押解赴京訖」《大清律例・刑律》：「刑書、禁卒有無賄縱，與不嚴加肘鎖、少差兵役及差非正身以致中途脫逃者，地方官及兵役照例議處治罪。」亦其例。

2.3.2 用具雜物

【椽檁】椽子。放在檁子上架屋面板和瓦的條木。

〔註269〕〔清〕西周生撰：《醒世姻緣傳》，上海古籍出版社 1981 年版，第 1351 頁。

其中又有挈椽檁者婦女，腰繫紅裙，亦各持橡木雙刀，飛舞跳躍，各各前來，勢如妖氛。（2/791c）

「椽檁」即椽子，例句下文以「椽木」稱之。《左傳‧桓公十四年》「大宮之椽」楊伯峻注：「今謂之椽子，木條用以支持房頂而托灰與瓦者。」《集韻‧寢韻》：「檁，屋上橫木。」

【房椽】放在檁子上架屋面板和瓦的條木。

我將房椽挈著打了童三肆棍，房椽斷了。（24/13667c）

《藍公案》第六則：「鄭氏說：『原來約定，兩間房屋永遠爲我家住處，現在拆去房瓦、房椽，讓我們婆媳到何處去住呢？』」〔註270〕《施公案》第六十五回：「房上一聲喊叫：『那個要動，黃某不容！』手捏房椽，翻身落下，腳站實地。」〔註271〕亦其例。參【椽檁】條。

【格板】屏風之類的用以擋風或遮蔽的器具。

周七在外，陶奇同宋氏進入堂後，至格板內，陶奇陡起淫心逼姦，宋氏喊叫不允。（11/5790b）

文獻用例多作「隔板」，如《檮杌萃編》第三回：「到了請親友這天，把三間廳的隔板打通接著廊簷，勉強擺了十二桌，幸虧都是借的板凳。」〔註272〕《御香縹緲錄》第十二回：「穿過了一道陜板，——這一道隔板雖然是很薄的，但它的質料卻同樣是用的柚木，而且是雕鑿得十分的精緻。」〔註273〕

【槽道】牲口槽。

隨該不在官守備王之盛差赴養馬處所修砌槽道，因張守德來遲，文就不合出言叫罵，又乘機向伊催要抹槽麥穄〔稭〕〔註274〕，復向伊索要

〔註270〕 〔清〕藍鼎元著：《藍公案》，北京燕山出版社1996年版，第533頁。

〔註271〕 〔清〕佚名：《施公案》，寶文堂書店1982年版，第150頁。

〔註272〕 〔清〕誕叟著；秋谷標點：《檮杌萃編》，上海古籍出版社1997年版，第26頁。

〔註273〕 〔清〕德齡著；秦瘦鷗譯述：《御香縹緲錄：慈禧后私生活實錄》，文化藝術出版社2003年版，第95頁。

〔註274〕 「麥穄」不詞，疑爲「麥稭」之訛。如「又本營在官兵丁王大倫及不在官王奉、趙位等貳拾名向係土著，住居城外，大儒到任後著令各兵搬移進城防汛，大倫等以向住城外求免搬移，各愿送麥稭貳擔、稻草貳擔。」（20/11363a-b）

套馬繩索，折交銅錢肆百文。（20/11387c）

《兒女英雄傳》第五回：「西南上一個柵欄門，裏面馬棚槽道俱全。」〔註275〕
《老乞大諺解》上：「咱們一個人牽著兩箇去，絟得牢著。這槽道好生寬，離的
遠些兒絟，又怕繩子紐著。」〔註276〕《大詞典》首引柳青《銅牆鐵壁》第十章：
「只見葛專員那匹高大的騍騾已經備好鞍子，拴在槽道外頭。」

【掃把】 即掃帚。

> 磚石之邊則添磚料、灰料、麻繩、架木，工費較煩；土築之邊，土可
> 隨地取給，所費者柴枝、掃把與運水潤土之功耳，其費較省。（3/1326a）

亦見於清佚名《海公大紅袍傳》第四十五回：「兩眉恰似殘掃把，雙眼渾似銅鈴
懸。」在現代漢語中習見，顧敏《幸福的回憶‧開心的日子》：「她很久沒來了，
那些她用過的小掃把，小帚布，小黑板仍掛在牆壁上……」據《漢語方言大詞
典》，客話與粵語呼「笤帚」爲「掃把仔」，實乃「掃把」添加後綴而成。西南
官話、粵語分別稱彗星爲「掃巴星」和「掃扒星」〔註277〕，其實都是「掃把星」
的記音。《大詞典》首引《中國歌謠資料‧長工歌》：「丟下榔枷拾掃把，缸裏無
水罵長工。」

【鐵兩齒】 一種鋤地的農具。

> （徐進）才妻王氏不甘，與屈氏相嚷，屈氏投井，撈出，未死。（屈）
> 來鳳手持鐵兩齒同父叔屈山等將（徐）進才狠打。（31/17410d）

同則檔案的下文稱：「今該職看得：屈來鳳因妹家庭之憤，遂從父叔亂命，窺徐
進才孤身，鋤地鐵齒連揮，進才遂斃於五日之內。」（31/17411a）可證「鐵兩
齒」同「鐵齒」。

〔註275〕〔清〕文康：《兒女英雄傳》，人民文學出版社1983年版，第81頁。

〔註276〕該句古本《老乞大》表述爲：「咱每一箇人牽著兩箇去，絟的牢者。這槽道好
生寬有，厮離得較遠些兒絟，又怕繩子厮扭著。」參見李泰洙：《〈老乞大〉四
種版本語言研究》，語文出版社2003年版，第138頁。據作者和南權熙考證，
新發現的古本《老乞大》的刊刻年代在14世紀末15世紀初，如果結論可靠的
話，表示牲口槽的「槽道」一詞當在14世紀末就已產生。但是，除該例文獻
外，我們連明代時期的文獻用例也沒有發現，故姑且作爲17世紀的新詞收錄。

〔註277〕許寶華，宮田一郎主編：《漢語方言大詞典》，中華書局1999年版，第1833～
1834頁。

【鐵把毒（鐵耙頭）】用於聚攏和疏散柴草、穀物等的鐵製農具。

> 於順治元年拾壹月初壹日，探得滴水崖堡失主趙三陽當鋪內好行打劫，至參更時分從本城水口用前案起獲貯庫鐵把毒將水門拴扳打斷，空開起取石塊，眾賊俱從水口進去。（11/5807c）

「鐵把毒」疑為「鐵耙頭」的記音，《大詞典》「鐵耙」謂「釘耙。用於翻土、碎土及平整地面的農具。」引趙樹理《套不住的手》：「他的手跟鐵耙一樣，什麼棘針蒺藜都刺不破它！」書證過晚，檔案材料的用例如「搶得豬貳口，米參石，酒拾罈，帳子伍頂，衣裙拾件，鍋子貳隻，鐵耙貳把等物，負運於船，載回花費。」（20/11212a-b）亦見於清連夢青《鄰女語》第八回：「都統無奈，只得給他一面龍旗，又叫雇了兩個木匠、兩個泥水匠，帶上鋸子、斧頭、鋤頭、鐵耙，隨著沈道臺揚長而去。」〔註278〕亦作「鐵耙子」，如《續小五義》第二十七回：「家下人眾抄傢伙，沒有刀槍劍戟，無非廚刀、茱刀、面杖、鐵耙子、頂門杠……叫張龍、趙虎兩個人把他們背將起來。」〔註279〕

【耙鈎】一種鈎泥、鈎草的拾取類農具。

> 比有在官地方李清聽說，隨向鄉人借麻繩壹根，鐵耙鈎壹把，赴井搭看。（36/20535d-20536a）

【通火鐵條】用以通火的鐵製條狀物。

> （黃）玉只合躲避為是，卻就不合見趙林將石打來，一時酒氣激發，用拳狠打趙林額顱致命等處，打得趙林酒興上來，復拿見獲半截木扁擔及通火鐵條，將趙林左肩甲並致命左胯等處打個沒數，當時身死在地。（23/12727d-12728a）

該語僅見於現代文獻。劉心武《一窗燈火》：「……他居然有一天就用燒得通紅的通火鐵條把那頑疽滋滋冒煙地燙死，一週後小腿肚上留了一個傷疤卻從此再

〔註278〕〔清〕連夢青：《鄰女語》，載《睡獅恨》，中國文聯出版公司 1999 年版，第738 頁。

〔註279〕〔清〕石玉昆著：《續小五義》，中國文史出版社 2003 年版，第 149 頁。同書廣西人民出版社 1989 年版第 110 頁，以「鐵鑊把子」對應「鐵耙子」，可資佐證在清代「把」與「耙」的確存在異文情況。

不長疤……」〔註280〕哈代（Thomas Hardy）《卡斯特橋市長》：「他老婆聽到了吵鬧，拿著通火鐵條跑出來，樹底下黑得很，她看不清誰在上面。」〔註281〕

【木碾棍（碾棍）】用以推動碾子的圓木棒。

> （閔）文玉兇心愈怒，疾走家內取出見獲木碾棍壹條，向閔大君凶門等處狠打，頭破腦出，登時氣絕。（9/4723c）乃嗔族伯閔大君作證，輒登門辱罳，仍持碾棍將大君凶門狠擊，致令骨裂腦出，殞於當下。
> （9/4725c）

同則檔案的下文稱「又蒙本府詳批，據詳：閔文玉恨族伯閔大君作證，門首叫罵，及大君出觸兇鋒，輒持碾梃狠擊，致大君骨裂腦出，死於登時，兇慘極矣。」（9/4724c-d）可證「木碾棍」同「碾梃」。《英華之歌》第二十一章：「小枝子常抱著碾棍推碾子，瘦小的身軀累得上氣不接下氣。」〔註282〕《豆腐謠》：「老漢這回是真火了。他順手抄了一根碾棍，『我，我打你個忤逆不孝！』」〔註283〕亦其例。

【碾梃】用以推動碾子的圓木棒。

> 又蒙本府詳批，據詳：閔文玉恨族伯閔大君作證，門首叫罵，及大君出觸兇鋒，輒持碾梃狠擊，致大君骨裂腦出，死於登時，兇慘極矣。
> （9/4724c-d）

參「木碾棍」。「梃」有「棒」義，《廣雅・釋器》：「梃，杖也。」《資治通鑒・梁武帝大同元年》：「（王羆）持白梃大呼而出。」胡三省注：「梃，杖也。」

【水擔】用以挑水的擔桿、扁擔。

> 時有耀妻閆氏，高妻劉氏亦各前來護夫嚷打，被高夫妻用磚塊、水擔原將閆氏狠打，胎損傷重，當時身死。（31/17601a-b）

清不題撰人《臺戰演義》卷四：「即派五百〔人〕擔水往澆，由上而下，身肩水

〔註280〕劉心武：《劉心武文集》第 3 卷中篇小說，華藝出版社 1993 年版，第 491 頁。

〔註281〕侍桁譯：《卡斯特橋市長》（英・哈代 Thomas Hardy 著），上海譯文出版社 2002 年版，第 284 頁。

〔註282〕楊沫著：《楊沫文集》卷 3《英華之歌》，北京十月文藝出版社 1992 年版，第 176 頁。

〔註283〕張方文著：《大運河文集・方文小說選》，華齡出版社 1997 年版，第 155 頁。

擔，手無寸鐵。」肖重聲《淨土樹》:「還有一次，他從大石頭上往下跳，居然跳進人家水桶裏，水擔上的鐵鉤子正好由嘴裏插進喉嚨，差點要了他的小命。」〔註284〕亦其例。

【錫注】錫製的酒壺，多用以燙酒。〔註285〕

藍花紬男夾襖、玄色布披風各壹件，花布門簾壹個，藍夏布裙壹條，小銅面鑼、銅腳爐各壹件，無口錫注壹把。（8/4534a-b）又於不在官徐菊、楊潤家起出楊壽名下白紬裙、青道袍各壹件，倒簪貳枝，小白布貳疋，花手巾貳條，銅燈臺、銅面鑼、錫注各壹件。（23/12723c）

明方以智《物理小識・器用類》:「熱盌足湯漆桌成跡者，以錫注盛沸湯沖之，其跡自去。」明張岱《陶庵夢憶》卷二:「錫注，以王元吉爲上，歸懋德次之。」亦其例。

【土罐】用土燒製的盛物或烹煮用的圓形容器。

審問:「你就是有米拿甚麼做飯吃？」供稱:「在路上先拾壹個土罐，做飯熟，拾竹殼炒著吃，後到仁壽縣盧家，他與我銅罐壹個，一路做飯吃。」（21/11920c）

「土罐」在現代漢語裏頻見，呂世章《閑章扯閑》:「我確是抵擋不了土陶罐的誘惑，常常面對了土罐呆坐，看它們的淡泊古樸，看它們的大氣若愚，甚而跟它們交談。」〔註286〕《在地下》:「老三姐卻不把蠍子弄死，把它丟進一個土罐，蓋了起來。」〔註287〕亦其例。

【硬柴】木質細密燃燒持久的木柴。

本州凡遇支應過往上司應用硬柴價值，俱在丁銀內動支。（21/11835a）

〔註284〕肖重聲著:《淨土樹》，陝西人民出版社1993年版，第42頁。

〔註285〕錫壺，又叫錫注，明清以來都有製作，一般作貯酒器，並附有溫酒器皿，在明末即與宜興砂罐齊名。參見張道一主編:《中國民間美術辭典》，江蘇美術出版社2001年版，第413頁。

〔註286〕王劍冰選編:《2004年中國精短美文100篇》，長江文藝出版社2005年版，第254頁。該句「土陶罐」與「土罐」對舉，可證二者同義。下文還以「土陶」稱之，如「這些土陶是賤價之物，其實是無價之寶，起碼它是華夏遠古文明的載體。」（254頁）

〔註287〕馬識途著:《在地下》，人民文學出版社2005年版，第240頁。

《歇浦潮》第九十一回：「你若不聽我的話，現在做一個丫頭，日後嫁一個車夫，到老來也和這裏的燒火老娘姨一般，多大年紀，還要劈硬柴，洗鍋洗碗，何犯於著。」〔註288〕《諸葛亮出山》第十九回：「誰能料到，這水缸四周堆滿硬柴，屋頂墜下一根著火的椽子，乾柴著火，立即熊熊燃燒。」〔註289〕懷化諺語「硬柴難經百斧，硬漢難經百言。」〔註290〕亦其例。該語在今湘南土語中仍活躍於口語之中。〔註291〕

【平機】棉線織成的平紋布。

> （劉）建邦自到任來日，逐共取在官鋪戶馬二、申敬宇等藍梭布壹拾伍疋、白平機貳拾伍疋與家人做衣並做帳房。（14/7613c-d）

亦見於《醒世姻緣傳》第九十二回：「那陳師嫂變了臉，要昔日帶來的那個破襖，又要陳師娘穿來的那個破藍平機單褲。」〔註292〕亦稱「平機布」，明呂毖《明宮史·寶和等店》：「按每年販來貂皮約一萬餘張，狐皮約六萬餘張，平機布約八十萬疋……」《北京市志稿·度支志》卷五：「（嘉慶）十九年奏准：崇文門稅課，嗣後甯琭每匹銀九分，宮琭每匹改徵銀五分四釐，白機布每百匹改徵銀九錢，色藍平機布每百匹改徵銀一兩二錢。」〔註293〕亦其例。據《歷乘·方產》：「平機布，棉線所織，小民皆衣此。劉子詩曰：『清砧催卻金刀動，寒夜頻聞軋車聲。』」〔註294〕可知，平機布是平民百姓日常所用的布匹。「平

〔註288〕海上說夢人著：《歇浦潮》，上海古籍出版社1991年版，第1318頁。

〔註289〕汪雄飛，劉操南整理：《諸葛亮出山》，浙江文藝出版社1989年版，第303頁。

〔註290〕中國民間文學集成全國編輯委員會，中國民間文學集成湖南卷編輯委員會編：《中國諺語集成》湖南卷，中國ISBN中心1995年版，第51頁。

〔註291〕吳連生等編著：《吳方言詞典》，漢語大詞典出版社1995年版，第478頁。收有詞條「硬柴」，謂「指作燃料用的劈成條狀的樹乾和粗枝條。」「硬柴」始見於元佚名《玎玎璫璫盆兒鬼》第一折：「大嫂，搬將柴來，堆在窯門首，待我去燒起火來，這腿脛骨上多放幾塊硬柴。」（參見王季思主編：《全元戲曲》第6卷，人民文學出版社1999年版，第483頁）但該語文獻用例稀見，故姑錄於此。

〔註292〕〔清〕西周生撰：《醒世姻緣傳》，上海古籍出版社1981年版，第1317頁。

〔註293〕吳廷燮等纂：《北京市志稿》，北京燕山出版社1998年版，第243頁。

〔註294〕轉引自王毓銓主編：《中國經濟通史》明代經濟卷，經濟日報出版社2000年版，第554～555頁。

機」的「平」指「平紋」，《漢語方言大詞典》「平布」謂「機織的平紋棉布」
〔註295〕，可資證明。

【花爆盒子】花炮。

其收藏冰塊，雇募夫役，修艌龍鳳等舟船，修理鰲山四柱牌坊等燈，
培養花卉，買辦瓜鮮，造辦花爆盒子，清理宮內溝渠，捉補滲漏等項
應用工料，及搬臺器物腳價，咸皆難緩之需。(1/249a-b)

「花爆」即花炮，《紅樓夢》第五四回：「那園子裏頭也須得看著燈燭花爆，最
是擔險的。」「盒子」也可指花炮，清富察敦崇《燕京歲時記・燈節》：「花炮棚子
製造各色烟火，競巧爭奇，有盒子、花盆……等名目。」清張燾《津門雜記・
煙火盒子》：「二月十九日俗傳爲觀音誕辰，居人向於是日醵錢施放盒子。盒子
者，津人之謂烟火也。

【銅面鑼】銅製的篩面用的鑼。

又於不在官徐菊、楊潤家起出楊壽名下白紬裙、青道袍各壹件，倒簪
貳枝，小白布貳疋，花手巾貳條，銅燈臺、銅面鑼、錫注各壹件。
(23/12723c)

亦見於《刑部等衙門題本》：「狄舍郎分得未起出銀伍拾兩，銀盃伍隻……銅面
羅壹個，桃紅紬褥壹條，紬衣貳件，青布壹疋。」〔註296〕

【轎杆】抬轎的桿子。

贓官向僕威要生嗔，立用轎杆打死邦泰。(16/8717a)

《國朝宮史・訓論二》：「此輩自顧走路不暇，豈能出力幫扶？即扶掖轎杆，轉
致累墜。」《補紅樓夢》第十七回：「鳳姐在轎內只見秦鍾扶著他的轎杆，因問
道：『你怎麼眼錯不見的又跑到那裏去了？』」〔註297〕亦其例。

【銀鈚】相當於銀釵，用以驗傷的一種工具。

頜頰脫落，咽喉銀鈚無探。(12/6642a)穀道虛空，銀鈚無探。(12/6642a)

〔註295〕許寶華，宮田一郎主編：《漢語方言大詞典》，中華書局1999年版，第1186頁。
〔註296〕臺灣中央研究院歷史語言研究所編：《明清史料》己編，中華書局1987年版，第208頁。
〔註297〕〔清〕嫏嬛山樵撰：《補紅樓夢》，北京大學出版社1988年版，第157頁。

《正字通·金部》：「鎞，櫛髮具。或作鈚。」「銀鈚」似為銀釵，本為櫛髮之具，本處用以作為驗屍工具。

【坊刻】民間書坊刻印的書籍。

> 院大學士臣馮銓、臣宋權謹題，為直糾悖亂坊刻以正人心事。（8/3997b）
> 臣等因訓課子孫，聊市坊刻，其文背謬荒唐，顯違功令，已令人不勝駭異，且序文止寫丁亥干支，並無順治年號。（8/3997b）

清王士禛《池北偶談·專山》：「杜牧之《弔沈下賢》詩云：「一夜小專山下夢，水如環佩月如襟。」坊刻訛作小孤，與本題無涉。」《陔餘叢考·刻時文》引《雲谷臥餘》載楊常彝云：「十八房之刻，自萬曆壬辰《鈞元錄》始。旁加批點，自王房仲選程墨始。其後坊刻漸眾，大約有四種……」〔註298〕亦其例。《大詞典》首引清龔自珍《〈妙法蓮華經〉四十二問》：「又誤取制舉文之坊刻評論付之，西土人不別也，盡譯之以歸。」

【倉斗】官府庫倉使用的量器，每倉斗壹石折市斗陸斗。

> 藩經收過倉斗屯糧米、豆共參千貳拾餘石，每石進倉加耗壹倉升，放出平短壹倉升。共放過米、豆貳千倉石，共侵剋倉斗米、豆各貳拾石，每倉斗壹石折市斗陸斗，共折市斗米拾貳石、豆拾貳石。（12/6550a）
> 官以倉斗進收，民以市斗課入，入有高尖，出有浮短。（12/6552d）

《世宗憲皇帝硃批諭旨·硃批布蘭泰奏摺》：「現在米價倉斗每石中米八錢六分，上米一兩五分不等。」《大清會典則例》卷五十四：「（康熙）四十年覆准，陝西甘肅河州所屬土司旱災照內地每大口月給米一倉斗，小口月給五倉升。」清丁宗洛《陳清端公年譜》卷下：「問：『汝云是倉斗是市斗？』奏：『亦是約略大概，民間早晚時價低昂不一。』」〔註299〕亦其例。

【市斗】民間交易時使用的量器，每倉斗壹石折市斗陸斗。

> 藩經收過倉斗屯糧米、豆共參千貳拾餘石，每石進倉加耗壹倉升，放出平短壹倉升。共放過米、豆貳千倉石，共侵剋倉斗米、豆各貳拾石，每倉斗壹石折市斗陸斗，共折市斗米拾貳石、豆拾貳石。（12/6550a）

〔註298〕〔清〕趙翼著：《陔餘叢考》，商務印書館1957年版，第696頁。

〔註299〕孔昭明編：《臺灣文獻史料叢刊》第9輯188《陳清端公年譜》，臺灣大通書局1987年版，第82頁。

官以倉斗進收，民以市斗課入，入有高尖，出有浮短。（12/6552d）

《世宗憲皇帝硃批論旨‧硃批喬世臣奏摺》：「臣隨即核定條規，頒發各州縣，飭將倉斛與市斗較準大小。」《陔餘叢考》卷三十：「然此猶以官斗、官秤論也，至市斗、市秤，則又有隨地不同者。」〔註300〕亦其例。

【行等】商行通用的秤銀衡器。

> 至邦裔原供牛價捌兩，歐章報供柒兩者，裔稱價係行等，而章以天平報數，天平柒兩即行等捌兩也。（36/20429c）

「等」與「戥」同，如《警世通言‧宋小官團圓破氈笠》：「（宋敦）便取出銀子，剛剛一塊，討等來一秤，叫聲慚愧，原來是塊元寶，看時像少，秤時便多，到有七錢多重。」「等」即「等子」，如《古今小說‧新橋市韓五賣春情》：「（吳山）踱到門前，向一個店家借過等子，將身邊買絲銀子秤了二兩，放在袖中。」

【煮酒】一種酒的名稱。

> 順治陸年貳月初參日，伍與盛參、羅陸壽共趕至在官朱柱家罄劫得米玖石捌斗，煮酒拾罈，衣服包貳簏。（20/11212a）

清煙霞主人《幻中遊》第九回：「石生聞得此信，因是節下，買了幾樣菜果，打了一瓶煮酒，拿到齋中。」〔註301〕《鏡花緣》第九十六回：「文芸。接過粉牌，只見上面寫著：山西汾酒；江南沛酒；真定煮酒；潮州瀨酒。」〔註302〕亦其例。《大詞典》「煮酒」未及此義。

【茶篦】茶以篦計，泛稱茶葉。

> 職即察照明例，更給牌文，賞給羊、酒、茶篦。（4/1787b-c）及察前任撫鎮亦皆量賞茶篦，以示羈縻。（8/4226b）戶部尚書臣車克等謹題，為甘軍饑困已極，茶篦委難償補，懇乞聖明軫恤開銷，以廣皇仁事。（16/8737b）

明清之際，「篦」可用作量詞指稱茶葉。如「一，本官查茶商蔣守永帶來私茶玖

〔註300〕〔清〕趙翼著：《陔餘叢考》，商務印書館 1957 年版，第 628 頁。

〔註301〕〔清〕煙霞主人編述：《幻中遊》（影印本），書目文獻出版社 1988 年版，第 80 頁。

〔註302〕〔清〕李汝珍著：《鏡花緣》，嶽麓書社 1989 年版，第 423 頁。

百篦，應該肆百伍拾篦入官，永通不報數。」（14/7708d）《世宗憲皇帝硃批諭旨‧硃批張坦麟奏摺》：「臣查江蘇省屬各州縣先後虧空帑銀並米、麥、豆等項，先經督撫分別，有可著追銀一百五十六萬三千七百餘兩，米、麥、豆三十萬八千四百餘石，無可著追銀及米、麥、豆、穀、茶篦折價銀共三十萬四千一百餘兩。」王士禛《居易錄》卷二十七：「臣請查照額徵茶篦，依數中馬，仍行嚴禁，不得濫中。」是其例。

2.3.3　家具服飾

【官箱】小型朱紅箱子，多作為嫁妝。〔註303〕

> 起出李三名下盜分金梅碗簪壹對，……剔漆匣，花漆匣各壹箇，官箱壹隻，銅錢貳千伍百文。（23/12722d-12723b）

《檮杌萃編》第二十四回：「說著就到房裏，在官箱內把賈端甫交的那張遺囑取了出來。」〔註304〕清蕙水安陽酒民《情夢柝》第十三回：「衾兒開廂房，看見十二隻大皮箱，又許多官箱拜匣，都是沉重封鎖。」〔註305〕亦其例。

【花漆匣】用花漆工藝加工的匣子。

> 起出李三名下盜分金梅碗簪壹對，……剔漆匣，花漆匣各壹箇，官箱壹隻，銅錢貳千伍百文。（23/12722d-12723b）

「花漆」當同「搓花漆」，為一種髹飾技法，在用漆灰堆起的或平堆形成的陰理花紋上，用彩漆點染、勾勒，猶似繡紋。〔註306〕

〔註303〕江南民間女兒出嫁時特製的一種小型朱漆箱子，內裝新娘的香袋、手巾等，還放進紅蛋、紅棗等。迎親喜日，用紅色包袱布包裹後由夫家來人先背走，俗稱「背官箱」。參見吳山主編：《中國工藝美術大辭典》，江蘇美術出版社1999年版，第409頁「官箱」條。

〔註304〕〔清〕誕叟著；秋谷標點：《檮杌萃編》，上海古籍出版社1997年版，第241頁。

〔註305〕〔清〕蕙水安陽酒民：《情夢柝》，參見老根主編：《中國古代手抄本秘笈》珍藏版卷3傳奇演義卷，中國戲劇出版社1999年版，第691頁。

〔註306〕中國文物學會專家委員會編：《中國文物大辭典》上，中央編譯出版社2008年版，第704頁。《中國民間美術詞典》「搓花漆」條解釋與此相類，可參。（張道一主編：《中國民間美術辭典》，江蘇美術出版社2001年版，第455頁）

【剔漆匣】用剔漆工藝加工的匣子。

> 起出李三名下盜分金梅碗簪壹對，……剔漆匣，花漆匣各壹箇，官箱
> 壹隻，銅錢貳千伍百文。（23/12722d-12723b）

剔漆爲雕漆工藝的一種。剔紅始於唐宋，盛於元、明、清，是漆器的一個品種。用調好的漆一層層塗在器胎上，積累到相當厚度，然後用小刀雕剔出各種花紋來，稱爲剔漆。如果是紅漆，就叫「剔紅」或「雕紅」，黑漆叫「剔黑」，彩漆叫「剔彩」。〔註307〕

【被套】放置被褥衣物的長方形大布袋。

> 金錫箔柒塊，火鐮壹張，刀參口，被套柒箇，褡褳參箇，布袋貳條，
> 黑豆參升，小銅鎖壹把，小鏡壹面，手巾壹條。（6/2993a-b）

《世宗憲皇帝硃批諭旨·硃批劉世明奏摺》：「今年（雍正五年）六月十八日日將落時，楊廷選挈了被套從我門前過。」《醒世姻緣》第十五回：「幸喜穿了破碎的衣裳，剛得兩個薄薄的被套，不大有人物色。」《大詞典》首引《儒林外史》第十二回：「（權勿用）左手捐著個被套，右手把個大布袖子晃蕩晃蕩，在街上腳高步低的撞。」

【被包】放置被褥衣物的行李袋。

> （于）繼芳又不合剝奪未獲白布綿襖、白被包各壹件，綿線口袋參條，
> 藍纏袋壹條。（9/4653d-4654a）

「包」有「囊」義。如宋黃庭堅《謝王烟之惠茶》：「香包解盡寶帶胯，黑面碾出明牕塵。」清蒲松齡《除日祭窮神文》：「你著我包內無絲毫，你著我囊中無半文。」《水滸傳》第二十六回：「武松把那被包打開，一抖，那顆人頭血淥淥的滾出來。」《警世通言》卷三十七：「這陶鐵僧辭了萬員外，收拾了被包，離了萬員外茶坊裏。」亦其例。

【衣服包】裝衣服的袋子。

> 順治陸年貳月初參日，伍與盛參、羅陸壽共趕至在官朱柱家罄劫得米
> 玖石捌斗，煮酒拾罈，衣服包貳箇。（20/11212a）

〔註307〕王振鐸著：《中華文化集粹叢書·工巧篇》，中國青年出版社 1991 年版，第 83
頁。

《儒林外史》第五十三回：「陳木南道：『我那表嫂是和氣不過的人，這事也容易，將來我帶了聘娘，進去看看我那表嫂，你老人家就裝一個跟隨的人拿了衣服包，也就進去看看他的房子了。』」《綠野仙蹤》第五十五回：「正說著，張華入來。如玉著他搬取被套。鄭三道：『怎走的這樣急？』那裏肯教張華搬取，自己揪起來扛在肩頭。鄭婆子連忙拿起衣服包。」〔註308〕亦其例。

【單被（單被）】單層的被。

> 分月白紬夾襖、青夏布直裰、白單被、裙幅、包裹，賣與不在官任魁軒，得銀九錢。（9/4840a）貳得分紅女紬衫壹件，桃紅女衫壹件，桃紅女裌襖壹件，紬裙壹件，白綿紬女衫壹件，單被一條，銅鏡一面。（22/12436b）起出李三名下盜分金梅碗簪壹對，⋯⋯希布單被各壹件。（23/12722d-12723b）

《釋名‧釋衣服》：「有裏曰複，無裏曰單。」《醒世姻緣傳》第二十回：「鄉約寫呈子申縣，將晁住娘子交付季春江看守，拾起地下一床單被把兩個屍首蓋了。」《玉蟾記》第八回：「女人披髮，衣如單被，貫頭而著之。」亦其例。

【網子】用以束髮的網狀頭巾。

> 又於盆泉路上捉獲魏尊朱，頭帶網子壹頂。（7/3689c-d）

《文明小史》第四十七回：「等到衣履一概辦齊，白趨賢早回去查明《申報》上的告白，出了兩隻大洋，替他辦了一條辮子，底下是個網子，上面仍拿頭髮蓋好，一樣刷得光滑滑的，一點破綻看不出來。」〔註309〕亦其例。亦作「網巾」，如「昨經過新鄉，有一生員尚廷寶未曾剃頭，仍包網巾，又偷營中贏壹頭，從本家捘獲。」（4/1887a-b）

【包腦】頭巾。

> 李光印分起獲藍布被壹床，香色破紬壹件，錫燈臺壹個，破紬背心壹件，花手巾壹條，破藍布褲壹條，破小包腦壹個，破白絹裙壹條，舊白布衫壹件，白布半疋，未起銀拾兩，等子壹把寄與張明宇家。（23/13012d-13013a）

〔註308〕〔清〕李百川著；侯忠義整理：《綠野仙蹤》，北京大學出版社1986年版，第439頁。

〔註309〕〔清〕李伯元著，韓秋白點校，《文明小史》，中華書局2002年版，第307頁。

《姑妄言》卷二十一：「頭上俱做黃布虎頭包腦，厚厚大大的。不但護住了頭項，且使那賊的馬不但不敢咬嚙人。」〔註310〕《七劍十三俠》第一百四十五回：「（王守仁）只見公案前立了三個絕色的女子：中間一個頭戴玄色湖繡包腦，一朵白絨毯高聳頂門。」〔註311〕亦其例。

【布頭】包頭的布巾。

問劉近池：你先供武朱布趕著打你，被破房椽子撞破布頭，扯破腎囊□故我不知道等語，你既沒有打他，爲何尋醫□□他調治？（17/9677a-b）

亦見於《金門志》卷五：「左、右營軍器火藥局：在後浦西門（花素鐵盔甲九百九十六頂副……布頭布頂十四架、布戰被二十四領……」亦作「包頭」，如《醒世恒言・陸五漢硬留合色鞋》：「可憐壽兒從不曾出門，今日事在無奈，只得把包頭齊眉兜了，鎖上大門，隨眾人望杭州府來。」

【梳籠（梳攏）】女子用以貫髮的簪子。〔註312〕

續後查獲破小稍連貳箇，內裝白花紬裙壹腰，大紅潞紬夾蘇衣壹件，藍絲紬夾襖壹件，水紅胡羅蘇衣壹件，月白秋羅裙壹腰，月白紗裙壹腰，大紅潞紬主腰壹箇，藍青梭布肆疋，銀釵壹對，重捌錢，銀螃蟹壹箇，墨壹塊，破梳匣壹箇，破梳籠壹副。（21/11616a-b）

《續通典・職官》：「貼庫僉書無定員，掌造貯巾帕、梳籠、刷抿、錢貫、鈔錠之類。」與該句類似的明劉若愚《酌中志・內臣職掌紀略》：「廣惠庫，職掌綵織帕、梳攏、抿刷、錢貫、鈔錠之類。」可見，「梳籠」同「梳攏」。《大詞典》「梳攏」謂「梳子」，引上文劉若愚《酌中志・內臣職掌紀略》，釋義未妥。考清吳景旭《歷代詩話》卷五十四：「吳旦生曰：『女子之笄曰『上頭』，而倡家處女初薦寢於人亦曰『上頭』，今之委巷叢談皆載此語，然則俗謂『梳籠』亦言『上頭』、『須梳籠』也。』」據此，「梳籠」與「上頭」同，而「上頭」即「女子之

〔註310〕〔清〕曹去晶著：《姑妄言》，中國文聯出版公司1999年版，第1064頁。

〔註311〕〔清〕唐芸洲著；鍾濤，黃良玉點校：《七劍十三俠》，北京十月文藝出版社1995年版，第719頁。

〔註312〕《近代漢語大詞典》收「梳籠」詞條，但僅指出其動詞用法，未及該詞的名詞義。參許少峰編：《近代漢語大詞典》，中華書局2008年版，第1721頁。

笄」。亦見於《宛署雜記・報字》:「……紅筋四十把,梳匣二十三個,梳籠二十三副,銅鏡七面……」〔註313〕《金雲翹傳》第十四回:「翠翹放了梳籠,即整衣到廳上來。」〔註314〕

【囤子】皮襖。

> 今審得據王化成供稱:在官生員劉孔泗原有狐皮囤子壹件,付與王化成發賣,化成用急,與在官當戶毛孟瑞鋪內當銀伍兩用訖。(16/9114 b-c)

同則材料上文稱「一款第貳番當鋪內用銀伍兩取野狐皮襖壹領,差撫道獻白米參斗、油果貳石、酒拾瓶。」(16/9114b)可證「囤子」即「皮襖」。《崇禎元年四月二十八日塘報》:「奴亦不肯放來,仍差馬秀才送職貂皮玄狐皮囤子各一件,人參十斤,大白馬二匹,金鞍二副,求職聽允。等情。」〔註315〕亦其例。亦稱爲「皮囤子」,如《續金瓶梅・戒導品》第十五回:「拴著些人們,到了一個大空寺裏,坐著十數個賊頭,一個假妝成韃子,也有帶皮帽子、穿皮囤子的,又沒有弓箭馬匹,都是些莊家槍棒。」〔註316〕

【坐馬】坐馬衣。套在外面的無袖戎衣,因便於騎射,故名。

> 戴炳搶得青坐馬肆件;陳眞壹搶得錫茶壺壹把,青布衣貳件。(15/8580b)王國義分得起獲白土紬直裰壹件,船布蓬壹件,印花布被壹床,破紬背心壹件,白被囊貳個,藍夾坐馬壹件,薑黃布被壹床,未起獲銀捌兩。(23/13012c-d)又打劫趙相公家,小的在西邊道口把風,不曾進去,分了銀子貳兩肆錢,青紬小坐馬壹件,毀來自己穿了。(34/19168a-b)

《醒世姻緣傳》第八十六回:「(呂祥)心裏想道:『預支了半年六兩工食,做了一領缸青道袍,一件藍布夾襖,一件佀青坐馬,一腰綽藍布夾褲,通共攪計了

〔註313〕〔明〕沈榜:《宛署雜記》,北京古籍出版社1980年版,第159頁。

〔註314〕青心才人編次:《金雲翹傳》,春風文藝出版社1983年版,第133頁。

〔註315〕毛承斗輯:《東江疏揭塘報節抄》,浙江古籍出版社1986年版,第113頁。

〔註316〕〔清〕丁耀亢撰;李增坡主編:《丁耀亢全集》中集《續金瓶梅》,中州古籍出版社1999年版,第109頁。

四兩多銀。』」﹝註317﹞《續金瓶梅》第八回：「只見他穿著一件烏青舊布坐馬小衣，腳上兩耳麻鞋，笑嘻嘻地迎出來，先關上門，忙迎來安小屋裏去，拿出那匣子，可不原封未動！」﹝註318﹞《聊齋俚曲集・窮漢詞》：「東頭邐邐雖是窮，還有一身新坐馬。」﹝註319﹞亦其例。《大詞典》首引《醒世姻緣傳》第五三回：「晁思才又問晁鳳借了銀頂大帽子插盛，合坐馬子穿上，繫著輕帶，跨著鏈，騎著騾，一直去了。」該詞今天還活躍在山東方言裏。﹝註320﹞又作「坐馬衣」，如「內供：杜念八、杜祖第二人臨時轉來，佩身腰刀一把，分未追贓物青布衫一件，破布藍裙一條，藍坐馬衣一件。」（32/17929b）該詞元代已見，如《牟尼和》第十五齣：「外帶氈笠，坐馬衣騎馬，抱孩上。」﹝註321﹞《大詞典》引明徐渭《雌木蘭》第一齣：「繡裲襠坐馬衣，嵌珊瑚掉馬鞭，這行裝不是俺兵家辦。」

【水衣】泅水之衣。

> 比（張）龍宇、張大、張二、張三各又不合遂將曹育麟家見獲飯米貳罈，黃豆壹罈半，白秋羅裙壹條，白夏布水衣壹件，破白布襪壹雙，並未獲大麥、粞子、夏麻、布帳等物，搜劫挑運回家。（29/16572b）

同則材料上文交代：「據海門海門縣知縣莊泰弘呈問得：壹名張二，本縣監。

﹝註317﹞〔清〕西周生撰：《醒世姻緣傳》，上海古籍出版社 1981 年版，第 1227 頁。

﹝註318﹞〔清〕紫陽道人撰：徐學清整理：《續金瓶梅》，中州古籍出版社 1993 年版，第 75 頁。

﹝註319﹞〔清〕蒲松齡著；路大荒整理：《蒲松齡集》，中華書局 1962 年版，第 1109 頁。

﹝註320﹞參閱家驥，晁繼周，劉介明編：《漢語方言常用詞詞典》，浙江教育出版社 1991 年版，第 794 頁。

﹝註321﹞〔明〕阮大鋮撰，徐凌雲、胡金望點校：《阮大鋮戲曲四種》，黃山書社 1993 年版，第 225 頁。對該段文字的理解，《戲曲與演劇圖像及其他》認為：「如明末刊本《遙集堂新編馬郎俠牟尼合記》第十五出『追嬰』為『外帶氈笠坐馬衣騎馬抱孩上』，此處馬衣就是由其他演員披藏在馬形套飾中，如同宋代兒童舞獅圖中的獅子一樣，可能和《芙蓉樓》圖版使用的『形兒』一樣，其實是借用了舞獅技藝表演而用作舞臺上馬的表現手法了。」（元鵬飛著：《戲曲與演劇圖像及其他》，中華書局 2007 年版，第 107 頁）似乎不盡妥當，疑原文「坐馬衣」前脫「穿」字，這一舞臺說明是指戴著氈笠，穿著坐馬衣，騎著馬，抱著孩子出現在舞臺上。

狀招：二父張龍宇與今見獲在官子張大、張三父子肆人與曹節運父曹育麟、母陳氏住居進解港排河南。」（29/16571b）據此可知，張龍宇與曹育麟等住居臨於河海，「水衣」乃家常必備之物，爲「洇水之衣」。亦見於《續小五義》第一百一十回：「蔣爺等把水衣換好，也是用油布把衣服包好，把寶劍扣上，先就跳入水內，試試水性如何。」〔註322〕《永慶升平全傳》第九十五回：「（五千飛虎水卒）都是分水魚皮帽，日月蓮子箍，水衣水靠，懷中抱定鈎鐮槍。」〔註323〕亦其例。

【蘇衣】衣服的一種。

> 續後查獲破小稍連貳箇，內裝白花紬裙壹腰，大紅潞紬夾蘇衣壹件，藍絲紬夾襖壹件，水紅胡羅蘇衣壹件，月白秋羅裙壹腰，月白紗裙壹腰，大紅潞紬主腰壹箇，藍青梭布肆疋，銀釵壹對，重捌錢，銀螃蟹壹箇，墨壹塊，破梳匣壹箇，破梳籠壹副。（21/11616a-b）

該詞未見其它用例，語源未明，姑存疑。

【快鞋】與扱鞋（拖鞋）相對，方便行路的鞋。

> （于）繼芳又不合與石登文至地名沙檫坡，繼芳手執弓箭劫奪行路人，未獲皮襖壹件，狐皮套壹頂，青快鞋壹雙，藍雲履鞋壹雙，沉香梭布綿襖壹件，藍梭褲壹件，青褡霸綿襖壹件。（9/4654b-c）楊宇分得荔枝色綿掛壹件，青絲紬夾褲壹條，青布快鞋壹雙，靸鞋壹雙，順刀壹口，鞓帶壹條，合包壹箇，月白綾兜肚一個，白氈壹條。（10/5701b）

明袁仲韶《啓禎紀聞錄》：「先一日，闖賊傳令束宮暨定王於大行皇帝梓宮行祭奠禮，東宮身穿白箭衣，白快鞋，行禮畢，即偪之入內。」《竹林豪俠》第七回：「李拔愣了一愣接過，打開一看，卻是一套嶄新衫褲，一雙千層薄底快鞋，一雙花底納幫素襪。」〔註324〕亦其例。

〔註322〕佚名撰：林邦鈞，蕭惠君點校：《續小五義》，北京師範大學出版社1993年版，第657頁。

〔註323〕〔清〕郭光瑞，〔清〕貪夢道人撰，顧良辰標點：《永慶昇平全傳》，上海古籍出版社1993年版，第707頁。

〔註324〕劉明遠著：《竹林豪俠》，中國文聯出版社2002年版，第102頁。

【布鞋】用布作成的鞋。

> 卿又不合輒逞強暴，將繩綑縛袁氏兩手，因伊咸〔喊〕驚地憐〔鄰〕，
> 卿遂逃走出外，一時慌忙遺落布鞋壹隻。（22/12151d）

明方以智《物理小識》卷六：「以茯苓、貫眾、天仙子、狼毒、草烏頭、白礬、
五靈脂等分煮新布鞵，晒乾，冬不透風寒，夏涼不漏水。」《明史·楊玉英列傳》：
「（楊）玉英聞之，囑其婢曰：『吾篋有佩囊、布鞵諸物，異日以遺官人。』」是
其例。